Insomnii

Editor: Camelia Soceanu
Redactor-şef: Carmen Radu

Redactare: Ana-Maria Datcu
DTP: Prosperity Exprim (Felicia Drăguşin)
Design interior şi grafica de copertă: Adriana Guţă

Descrierea CIP a Bibliotecii Naţionale a României
BINDER, IRINA
Insomnii / Irina Binder. - Bucureşti : For You, 2016

ISBN 978-606-639-128-3
821.135.1-4

Tel./fax.: 021/665.62.23
Mobil: 0724.212.695; 0724.212.691
E-mail: foryou@editura-foryou.ro
comenzi@editura-foryou.ro
Website: www.editura-foryou.ro
Facebook: Editura-For-You
Instagram: @edituraforyou
Twitter: @EdituraForYou

Printed in Romania ISBN 978-606-639-128-3

IRINA BINDER

Insomnii

EDITURA FOR YOU
BUCUREȘTI, 2016

VOUĂ, CU DRAGOSTE ȘI PREȚUIRE!

Acolo unde au existat lacrimi, Dumnezeu să îţi dea sărutări.

Acolo unde au existat grimase de durere, Dumnezeu să îţi dea zâmbete pline de fericire.

Acolo unde au existat dureri, Dumnezeu să îţi dea mângâieri.

Acolo unde au existat eșecuri, Dumnezeu să îţi dea reușite.

Acolo unde au existat îndoieli, Dumnezeu să îţi dea încredere.

Acolo unde au existat temeri și zbucium, Dumnezeu să îţi dea pace.

Acolo unde au existat greșeli, Dumnezeu să îţi dea iertare.

Acolo unde au existat sfârșituri, Dumnezeu să îți dea începuturi frumoase.

Acolo unde a existat ură, Dumnezeu să îţi dea iubire.

PREFAȚĂ

Se spune despre cuvinte că sunt cea mai puternică forță pe care umanitatea o are la îndemână. Ce nu se spune este că mereu alegem să folosim cuvinte după cum ne dictează sufletul, după cum privim spre lume, după cum ne ghidăm întreaga existență. Putem folosi cuvintele ca pe o armă nimicitoare, pentru a distruge și pentru a umili, sau putem să le folosim ca pe o mângâiere blândă, pentru a alina și a transforma. Războaie și povești de dragoste încep de la și prin câteva cuvinte. O antiteză perfectă a unei forțe pe care nu o conștientizăm pe deplin.

Insomnii, gânduri de la miezul nopții pentru clipe, momente critice din toiul zilei. O privire răvășitoare asupra lumii în care trăim și asupra felului în care alegem să conviețuim.

Și totuși, nu pot vorbi despre cartea *Insomnii* altfel decât vorbind despre Irina, despre omul de dincolo de cuvinte, de gânduri și de stările de bine.

Un om complex prin definiție. Un amalgam de furtuni reci și ploi calde. O împletire armonioasă a gesturilor și a faptelor cu lecții de viață și momente de reflecție. O grijă deosebită pentru suflet și inimă. O afirmație subtilă și discretă a lucrurilor pe care le bănuiam și pe care le-am observat deja. O carte ce cunoaște și demonstrează o altfel de maturizare și maturitate – de la interior spre exterior. Un om educat prin propriile experiențe și de către propriul suflet.

Un suflet infinit mai complex decât s-ar putea cuprinde într-o prefață sau defini printr-o carte.

Un suflet care progresează cu fiecare cuvânt și o carte care te trece prin toate procesele deja cunoscute de întreaga lume: sacrificiu, dor, luptă, pasiune, suferință, grijă, iubire, dezamăgire, recunoștință, tristețe, împlinire, anxietate, devotament, loialitate, intrigă, fascinație, ură, rușine, încredere – o listă vastă și care diferă de la om la om, de la inimă la inimă. O carte care ne pune oglinda în față, care ne face să privim în propriul suflet și care ne reamintește că nu suntem singuri pe lume și că fiecare gest, fiecare cuvânt, precum și lipsa acestora ne afectează la fel de mult precum îi afectează pe ceilalți. Un moment de introspecție prin fiecare poveste, pentru că undeva în adâncul sufletului știm deja că lumea se schimbă prin noi...

Alex

VREI SĂ MĂ CUNOȘTI?

Putem să iubim doar ceea ce cunoaștem și niciodată nu putem cunoaște în întregime ceea ce nu iubim.

ALDOUS HUXLEY

Vrei să mă cunoști? Atunci nu-mi privi insistent chipul și nu-mi pune etichete definitive după ce m-ai ascultat rostind doar câteva cuvinte.

Nu-mi evalua inteligența raportându-te la studii sau la condiția mea socială; nu-mi aprecia maturitatea emoțională raportându-te la vârsta mea biologică și nu crede că-mi cunoști educaţia după ce ai stat în preajma mea doar câteva secunde.

Nu mă analiza prin prisma lucrurilor pe care le am, pentru că, indiferent cât de multe aș avea, ele nu arată că am tot ceea ce îmi trebuie; indiferent cât de puţine aș avea, asta nu arată că-mi lipsește ceva.

Nu asculta poveștile altora despre mine și nu mă privi prin ochii celorlalţi, pentru că fiecare om mă vede diferit și prea puţini sunt aceia care mă văd așa cum sunt cu adevărat.

Nu-mi cataloga sensibilitatea, moralitatea și valorile în funcție de greșelile din trecut, pentru că nu cunoști conjuncturile ce au dus la săvârşirea lor. Nu poţi judeca omul după o singură faptă, aşa cum nu poţi judeca eternitatea după o singură zi.

Nu mă judeca după oamenii din anturajul meu – există motive întemeiate pentru care aceştia fac parte din viaţa mea, pe unii dintre ei neavând dreptul să-i aleg, să-i alung, să-i părăsesc.

Nu mă judeca după o vorbă, o faptă, o iubire.

Sunt mai profundă de atât.

Vrei să mă cunoşti cu adevărat?

Atunci vino şi trăieşte alături de mine o vreme. Vino în casa mea, în viaţa mea şi, dacă o să te încumeţi, în sufletul meu. Doar aşa ai să poţi vedea tot ceea ce mi se întâmplă, tot ceea ce trăiesc, tot ceea ce iubesc, tot ceea simt şi, da, tot ceea ce îndur.

Vino să îmi vezi toate trăirile, nu numai pe acelea pe care aleg eu să le las să se vadă. Ai să observi că nimic din ceea ce e omenesc nu mi-e străin, de la bucurie intensă până la tristeţe nemărginită. Vei avea ocazia să constaţi că am şi eu slăbiciuni, ca toţi oamenii, dar că, spre deosebire de mulţi, eu găsesc puterea să mă lupt cu neputinţele mele. Vino să-mi vezi şi bucuriile, şi necazurile, şi clipele de mulţumire, şi frământările interioare.

Vino să mă vezi întreagă.

Vino să vezi cum râd atunci când ar trebui să plâng şi cum găsesc puterea să le alin durerile altora, în timp ce ale mele mă sufocă.

Vino să vezi cum găsesc în mine forţa de a le da celor dragi aripi să crească, în timp ce pe mine mă dor şi acum urmele lăsate de aripile ce mi-au fost tăiate.

Vino să-mi cunoşti temerile din fiecare clipă şi iubirea de o viaţă.

Vino să-mi cunoşti tot universul, cu trecut, prezent şi... visuri.

De-abia apoi ai să-mi poţi pune o etichetă, înălţătoare sau denigratoare, după cum ţi-e voia, dar te conjur: nu-mi pune calificative înainte de a mă cunoaște cu adevărat.

De aceea te invit în lumea mea. Vino! Te provoc să mă cunoști. Nu promit că sunt mai bună sau mai rea decât ţi-ai imaginat... Doar că sunt mai profundă de atât.

Vino să mă cunoști și ai să poţi observa cu ochii tăi, poate contrar așteptărilor, cum sunt supusă eșecului, în ciuda tuturor eforturilor pe care le fac, cum primesc doar o parte infimă din iubirea de care depinde sufletul meu, în ciuda dragostei uriașe pe care o ofer necondiţionat, cum greșesc și câte regrete adun, dar și cât de mult sunt capabilă să iert.

Vino, oferă-mi câteva clipe din timpul tău, ca să mă vezi de aproape, abia atunci poţi să mă judeci. Vino să mă vezi cu visuri și iluzii, cu speranţe și înfrângeri, cu bucurii și suferinţe și abia după ce vei fi văzut tot tabloul, și nu doar câteva frânturi, de-abia atunci mă vei fi cunoscut puţin și vei fi îndreptăţit să mă cataloghezi. Dar înainte nu. Nu face greșeala să îmi pui etichete înainte de a mă cunoaște. Sunt mai profundă de atât.

Vrei să mă cunoști cu adevărat?

Atunci vino să mă vezi întreagă.

AM GREȘIT...

Cea mai mare greșeală a omului este
să se teamă să nu facă vreo greșeală.
ELBERT HUBBARD

Am greșit...

atunci când am renunţat la visurile mele doar pentru că alţii m-au descurajat;

când am spus „Nu mai pot!“ înainte să fi încercat măcar;

când le-am dat voie altora să îmi spună cine și cum sunt, uitând că doar eu sunt aceea care mă definește;

când m-am lăsat amăgită de cuvintele frumoase, dar pe ascuns veninoase, ale unor oameni care au văzut în mine doar o cale către scopurile lor;

când am amânat să spun „Iartă-mă!“, „Îmi pare rău!“, „Te iubesc!“;

când mi-a fost teamă să mângâi, să îmbrăţișez și să sărut;

când nu i-am permis inimii să iubească pe cine a vrut ea;

când am lăsat orgoliul să mă înstrăineze de oameni;

când nu am făcut primul pas spre împăcare;

când am dus lupte ce nu erau ale mele;

când m-am retras prea devreme din relații în care sufletul meu simțea nevoia să mai stea;

când am risipit cuvinte, emoții și lacrimi pe persoane care nu le-au meritat;

când am judecat fără a cunoaște;

când am vorbit în loc să fi ascultat;

când m-am amăgit cu iubiri și prietenii iluzorii, trecătoare;

când m-am lăsat condusă de slăbiciuni și n-am avut curaj să renunț la oameni care nu mă meritau, crezând că nu voi putea trăi fără ei;

când am cerșit iubire și când am implorat iertare pentru greșeli închipuite;

când m-am învinovățit nemeritat și m-am subapreciat, crezând că nu sunt destul de bună pentru a merita dragostea anumitor oameni;

când m-am simțit urâtă, neînsemnată și inutilă;

când am ales singurătatea pentru a mă proteja de suferințe;

când mi-am irosit energia străduindu-mă să le dovedesc cum sunt cu adevărat unor ființe incapabile să mă cunoască;

când m-am încăpățânat să aștept în fața unor uși închise definitiv;

când n-am avut curaj să aleg un drum diferit și m-am încăpățânat să merg alături de oameni pentru care eram doar o umbră;

când nu i-am iertat imediat pe aceia care mi-au greșit și am dus inutil povara unor încărcături sufletești nejustificate;

când am renunțat la mine pentru a fi așa cum au vrut alții;

când am uitat ceea ce merit cu adevărat, lăsându-i pe alţii să dicteze termenii fericirii mele.

Am greșit de fiecare dată când mi-am cedat puterea unei persoane sau unei situaţii din exterior, uitând că sunt valoroasă prin mine însămi, deoarece sunt copilul iubit al lui Dumnezeu.

Am greșit, dar mi-am învățat lecţiile și m-am iertat!

Deși nu îmi doresc, știu sigur că am să mai greșesc. Sunt un om ca toţi oamenii și nimic din ceea ce e omenesc nu mi-e străin. De aceea știu că voi mai face greșeli – poate iubind prea mult, poate lăsându-mă condusă de slăbiciuni, poate cedându-mi puterea din când în când. Dar, spre deosebire de anii tinereţii mele, acum am învăţat să mă iert, să mă iubesc și să mă accept așa cum sunt. În sfârșit, după multă vreme – prea multă, aș spune –, am învăţat să coabitez în pace cu mine. Și mi-e bine cu mine așa cum sunt!

IARTĂ-MĂ!

Dacă ierți, iartă totul, altfel n-ar mai fi iertare.

LEV NIKOLAEVICI TOLSTOI

Mi-am văzut în treacăt sufletul, dar l-am ignorat.

N-aveam timp pentru el. Eram prea ocupată să petrec clipe preţioase alături de cei dragi. Și nu voiam să-i ascult durerile și nemulţumirile. Eram prea copleșită de durerile altora, ce trăiau în mine ca şi cum ar fi fost ale mele.

Dar, într-o zi, când m-am trezit prea pustiită, mi-am cercetat atent fiinţa și mi-am amintit de sufletul meu, pe care l-am ignorat atât timp. Mă aştepta acolo stingher, dezgolit, neprotejat de vremea rea. Și, stânjenită, mi-am făcut curaj să-i vorbesc cu sinceritate:

Iartă-mă, suflete! Iartă-mă că, nepermis de mult timp, am pus alte lucruri și alte suflete mai presus de tine!

Iartă-mă că te-am împovărat cu griji inutile, cu regrete, cu râuri de lacrimi plânse şi neplânse, cu doruri, cu temeri, cu ură!

Iartă-mă că nu am avut grijă de tine, că te-am lăsat chiriaș la persoane care nu te-au meritat...

Iartă-mă că te-am amăgit cu speranţa unei păci interioare mereu amânate, mimând fericirea!

Iartă-mă pentru toate jumătățile de măsură cu care am trăit, pentru toate bucuriile pe care ţi le-am refuzat și pentru toate libertăţile de care te-am privat!

Iartă-mă că nu te-am ascultat când mă avertizai și că nu ți-am vorbit cu sinceritate și curaj atunci când mă rugai!

Iartă-mă că ţi-am ignorat chemările și că ţi-am înăbușit bucuriile!

Iartă-mă că te-am transformat în gară pentru tot felul de trecători, cei mai mulţi neștiind să te respecte și la plecare luând tot ce-au putut din tine, lăsând în urma lor numai tristeţe, durere și dor!

Iartă-mă că uneori te-am pustiit chiar eu de tot ceea ce aveai mai frumos, smulgând din tine cele mai frumoase flori, fără a mai sădi altele în locul lor...

Iartă-mă că nu ţi-am dat timp pentru dragoste, pentru liniște, pentru iertare, pentru frumos!

Iartă-mă pentru toate întrebările fără răspuns cu care te-am torturat, pentru toate complexele cu care te-am împovărat!

Iartă-mă pentru toate ezitările, pentru toate amânările și pentru visurile la care am renunţat!

Iartă-mă că te-am supus rătăcirilor mele de moment!

Iartă-mă că te-am bulversat cu sentimente contradictorii, cu iubiri iluzorii, fiind prea grăbită să iubesc, să urăsc, să plec și să mă întorc!

Iartă-mă că ţi-am luat prea des dreptul la fericire!

Iartă-mă că nu am știut cât ești de fragil și de dependent de iubire!

Iartă-mă!

Înainte să ceri, oferă.
Înainte să primești, dăruiește.
Înainte să judeci, cunoaște.
Înainte să vorbești, gândește.
Înainte să acuzi, cercetează.
Înainte să uiți, iartă.
Înainte să pretinzi, merită.
Înainte să faci ceva, crede.
Înainte să ceri înțelegere, înțelege.
Înainte să ceri prietenie, fii prieten.
Înainte să ceri bunătate, fii bun.
Înainte să ceri iertare, iartă.
Înainte să ceri iubire, iubește.

Nu știi niciodată unde duce un drum
dacă nu faci primul pas.
Teama de eșec ne ține de multe ori în loc.
Îndrăznește să faci primul pas către țelurile tale și către visurile cele mai frumoase.
Fă primul pas către oamenii pe care simți că vrei să îi cunoști și pe care crezi că ai putea să îi iubești. Fă primul pas către omul care ți-ai dori să fii. Nu te teme de neprevăzut. Crede în tine!

ACUM ȘTIU

A fi liber înseamnă, înainte de toate, a fi responsabil față de tine însuți.
MIRCEA ELIADE

Acum știu să trăiesc... pentru că există o diferență între „a trăi" și „a exista".

Acum știu că eu sunt cea mai importantă persoană din viața mea și n-am să mai uit asta niciodată.

Acum știu că între iubire și ură există o barieră mult prea fragilă și mai știu că pentru a ți transforma un prieten în dușman nu trebuie neapărat să-i greșești, ci este de ajuns să nu îi faci pe plac doar o singură dată.

Acum știu că niciun străin nu te poate iubi, nu te poate ajuta și nu te poate ierta așa cum o fac părinţii tăi.

Acum știu că anumite drumuri au un singur sens și că pe el nu există cale de întoarcere.

Acum știu că lucrurile nespuse la timp zadarnic sunt spuse prea târziu.

Acum știu că uneori e mai bine să îţi ascunzi fericirea de ochii lumii, ca să nu le stârnești invidia celor neîmpliniți, pentru că nicio fericire nu durează atât de mult și atât de intens încât să combată răutatea permanentă din jur.

Acum știu diferența dintre complimentele dezinteresate și lingușire și răspund la fiecare cu cuvinte potrivite.

Acum știu să nu mă mai pun suflet acolo unde dau de rea-voință, rea-credință și prostie.

Acum știu că în spatele bunelor intenții se pot ascunde uneori și interese proprii.

Acum știu că sensibilitatea este văzută, de multe ori, ca fiind slăbiciune.

Acum știu că este mai onorant să pierzi decât să câștigi trișând.

Acum știu că a aștepta după alții înseamnă timp pierdut, adică viață scursă fără posibilitatea de a se mai întoarce.

Acum știu că e inutil să vreau să mă fac iubită de suflete care n-au înțeles singure să mă iubească...

Acum știu că mai întâi trebuie să încerc să mă ajut singură și abia apoi să strig după ajutor.

Acum știu să nu mai caut vinovați pentru eșecurile mele și să îmi asum responsabilitatea deplină pentru felul în care arată viața mea. Altfel spus, mi-am acceptat cu demnitate greșelile, neputințele și slăbiciunile și am ales să mă iert pentru fiecare dintre ele.

Acum știu că am voie să greșesc, dar că oamenii nu au voie să mă judece pentru asta. Că nu trebuie să cer nimănui aprobare pentru felul în care îmi trăiesc viața și că singurul care poate să mă judece și să mă condamne este numai Dumnezeu.

Acum știu că am dreptul să fac orice alegeri vreau eu, și nu ce vor alții, mai bine sau mai rău intenționați.

Acum știu că nu trebuie să depind de nimeni pentru a fi fericită și sunt cu atât mai recunoscătoare cu cât fericirea mea e înmulțită astăzi cu doi.

Acum știu că nu oricine mă ascultă e și interesat de problemele mele și că în spatele aparentei curiozități nevinovate a unora se poate ascunde o dorință concretă de a-mi face rău.

Acum știu că exhibându-mi fragilitatea sufletească îmi asum riscul să se profite de vulnerabilitatea mea.

Acum știu că rațiunea nu poate fi mereu în consens cu inima și că amândouă pot fi supuse rătăcirilor.

Acum știu să respect și să accept alegerile celorlalți, chiar dacă acestea îmi influențează viața și îmi răstoarnă întregul univers.

Acum știu că tot ce aparține trecutului trebuie să rămână în urmă, că durerile sufletești nu se vindecă odată cu trecerea timpului, ci iertând.

Acum știu că viața înseamnă să faci alegeri în fiecare clipă și că niciodată nu este prea târziu să o trăiesc așa cum îmi doresc.

Acum știu că numai de mine depinde cum percep singurătatea: ca pe o nenorocire sau ca pe o binecuvântare (fiindcă în singurătate omul are șansa să se redescopere, să facă alegeri fără a fi influențat de dorințele altora și să evolueze).

Acum știu că nu e cazul să dau importanţă părerilor altora despre mine fiindcă oamenii mă vor eticheta mai mult după prejudecățile lor decât după calitățile sau faptele mele.

Acum știu că nu e important să fiu acceptată de toată lumea și că îmi pot vedea de drum și fără să am aprobarea tuturor.

Acum știu că răutatea este boala sufletelor singure și neîmplinite, iar bunătatea – o binecuvântare oferită de Dumnezeu.

Acum știu că trebuie să existe și buni, și răi, pentru a da farmec vieţii pe Pământ, și că oricine se poate schimba neașteptat, atât în bine, cât și în rău.

Acum știu că întotdeauna va exista cineva mai bun decât mine și că acesta nu e un motiv să mă îngrijorez.

Acum știu că nu voi găsi niciodată la alții răspunsurile la întrebările mele existențiale, ci în mine însămi.

Acum știu că starea mea de spirit depinde doar de mine – nu de starea vremii, nu de toanele altora.

Acum știu să îmi păstrez echilibrul în mers și nu uit niciodată cine m-a învățat să merg și cine m-a susținut să nu cad.

Acum știu că, indiferent cine mă pune la pământ, numai în fața lui Dumnezeu pot să-mi plec genunchii.

Acum știu că orice ceartă degradează sufletul, de aceea evit conflictele – nu din lașitate, ci pentru că sunt conștientă că niciun război, cât de mic, n-a adus vreodată ceva bun.

Acum știu că oamenii care mă vorbesc pe la spate s-au așezat singuri în locul pe care îl merită: în urma mea – și atunci de ce să le dau eu mai multă importanță?

Acum știu că n-ar trebui să am așteptări de la oameni, fiindcă nu toți se vor purta mereu echitabil.

Acum știu că atunci când iubești nu există distanțe care să nu poată fi parcurse, lucruri care să nu poată fi spuse, nici probleme de nerezolvat, nici greșeli de neiertat.

Acum știu că oamenii care azi mă iubesc cel mai mult pot fi primii care dispar când mi-e greu, dar asta nu mă împiedică să iubesc iar și iar.

Acum știu să pierd, să iert și să uit.

Acum știu că iubirea nu trebuie dovedită și justificată.

Acum știu că iubirea nu trebuie păzită.

Acum știu să mă iert, să nu mă mai condamn pentru nereușite și să mă iubesc.

Acum știu că lucrurile făcute cu iubire devin cele mai mari și mai frumoase realizări.

Acum știu că există Dumnezeu, care mă poartă pe brațe atunci când nu mai pot să merg, care îmi trimite un om bun atunci când rămân singură, care îmi trimite un vis nou atunci când nu mai aspir la nimic.

Acum știu că nimic nu este posibil fără Dumnezeu.

AȘ OPRI TIMPUL TĂU, DRAGĂ MAMĂ

Cea mai frumoasă „Miss Univers“, Mamă,
Încoronată frunte de vers, Mamă,
Cea mai romantică rază de soare, Mamă,
Inimă nobilă, nemuritoare, Mamă...

ILEANA ȘIPOTEANU

Dacă aş putea, aş opri timpul pentru tine, dragă mamă.

Aş opri timpul tău ca să poţi trăi, în sfârșit, tot ceea ce nu ai trăit atunci când ar fi trebuit.

Aş opri timpul tău ca să nu-ţi răsară fire albe atât de devreme, ca să nu te împovăreze ridurile, ca să mai ai răgaz pentru a te simţi frumoasă, femeie, plină de viaţă.

Aş opri timpul tău ca să-ţi ofer toate momentele pe care le-ai fi meritat, toate mângâierile, îmbrățișările și toate bucuriile de care ai fost privată pe nedrept.

Aş opri timpul tău ca să te odihnești, să îți relaxezi mâinile atât de muncite, să ai și tu timp doar pentru tine. Să te văd bucurându-te de lucrurile pentru care ai muncit atât de mult, să faci numai ceea ce-ți place, și nu doar ceea ce trebuie.

Aș opri timpul ca să te răsfăț, să te alint și să te copleșesc cu iubire. Să îți șterg lacrimile și să le acopăr urmele cu sărutări.

Aș opri timpul tău ca să mă pot plimba cu tine, să îți împărtășesc din visurile mele și să îți aflu cele mai frumoase povești.

Aș opri timpul tău ca să te cunosc și să te înțeleg. Să îți aflu durerile, temerile, dorințele neîmplinite, să știu cum aș putea să îți bucur sufletul și cum ar trebui să fiu ca să fii mândră de mine.

Aș opri timpul tău ca să îți împlinești visurile frumoase pe care le-ai abandonat atunci când ai început să visezi doar pentru mine.

Aș opri timpul tău ca să te văd râzând și ca să memorez fiecare zâmbet al tău, de care îmi va fi atât de dor atunci când mă vei lăsa singură și când voi avea nevoie de o amintire sfântă.

Aș opri timpul tău ca să primești fiecare clipă de fericire atât de meritată.

Aș opri timpul tău ca să învăţ de la tine tot ce trebuie să știu despre viaţă, despre renunţări, despre puterea de a trăi prin și pentru cei dragi.

Aș opri timpul ca să îți spun toate cuvintele frumoase pe care nu ți le-am mărturisit la timp.

Aș opri timpul tău ca să nu pleci nicicând de lângă mine…

DACĂ VĂ IUBIȚI...

Dacă te porți iubitor față de cineva, vei primi iubire – deoarece iubirea se întoarce întotdeauna către ea însăși.

PAUL FERRINI

Dacă o iubești, ascult-o, chiar dacă ţi se pare banal și plictisitor ceea ce îţi spune. Încearcă să-i înţelegi nevoile și capriciile, chiar dacă ţie, ca bărbat, ţi se par copilărești. Ei bine, pentru ea nu sunt. De dragul armoniei în cuplu, respect-o și încearcă să-i îndeplinești acele nevoi pe care tu le consideri nimicuri, dar care pentru ea sunt totul. Fă-i complimente, mulţumește-i pentru efortul cu care gătește, îţi calcă hainele și are grijă să îţi asigure un cămin confortabil și curat. Pe scurt, apreciază faptul că are grijă de tine. Nu o considera cicălitoare doar pentru că simte nevoia să își impună punctul de vedere. Fii matur și explică-i cu răbdare atunci când consideri că este confuză.

Dacă o iubești, nu te purta ca și când n-ai observa că se află în preajma ta. Noi, femeile, suntem dependente de atenţie și de acele priviri încurajatoare ce ne fac să ne simţim frumoase, iubite, în siguranţă.

Dacă o iubești, nu o folosi ca pe un obiect casnic sau sexual. Fă-o să se simtă dorită, iubită, apreciată, determin-o să fie nebună de dorul tău, să-ţi caute cu disperare braţele și sărutările. Dacă o iubești, nu-i aminti mereu defectele, nu o compara cu alte femei și nu o împovăra cu complexe. Ai ales-o pe ea. De ce ai ales-o? Ajut-o să fie frumoasă, menţinându-i starea de fericire și încrederea de sine.

Dacă o iubești, nu-i întoarce spatele când îţi spune ceva ce nu-ţi place și fă tot posibilul să aveţi un dialog.

Dacă o iubești, nu râde de visurile ei și nu o descuraja. Nu-i spune „N-o să reușești!", ci „O să încercăm împreună!".

Dacă o iubești, amintește-i mereu prin gesturi, prin vorbe și prin fapte că ea e centrul universului tău, iar dacă nu mai e așa, te rog, n-o înșela. Mai bine fii bărbat și ai decenţa și curajul să te desparţi de ea.

Dacă știi ce ar face-o fericită, nu aștepta o ocazie anume pentru a-i face o bucurie. Orice zi e potrivită pentru a-ţi arăta preţuirea faţă de ea și am înţeles, în timp, că e mai bine să ne bucurăm zilnic de lucrurile mărunte decât să trăim nefericiţi în așteptarea fericirii ce se va produce cândva. Clipa de acum e tot ceea ce avem și nu ne garantează nimeni că vom ajunge până la acel Cândva.

Dacă o iubești, nu-i spune „da" ca să scapi repede de gura ei când tu ești hotărât să spui „nu". Nu-i spune „nu" când tu ai în minte un „da" clar. Fii sincer! Iubește-o așa cum poţi, dar iubește-o!

Dacă îl iubești, nu-i cere să fie așa cum vrei tu, nu-i inhiba personalitatea, nu-l transforma într-un produs al tău, nu-i impune sentimente și nu-l determina să îi fie teamă de tine. Înţelege-i stângăcia cu care face curat în casă și apreciază-i de fiecare dată străduinţa. Nu-l mai critica pentru tot ceea ce nu îţi place la el și amintește-ţi de ce te-ai îndrăgostit de el. Poate v-aţi schimbat amândoi în lupta cu furtunile vieţii, însă cel care intră pe uşă este tot el, cel de care te-ai îndrăgostit atunci. Încearcă să-ţi aminteşti asta în fiecare zi, iar animozităţile vor fi mai puţine şi clipele de bucurie mai numeroase. Aşadar, când prima ta pornire este să-l cicăleşti de îndată ce ajunge acasă pentru toate lucrurile pe care nu le-a făcut, mai bine abţine-te şi taci, căci, chiar dacă îţi vei înăbuşi supărarea acum, răsplata ta va fi mai mare după aceea: liniştea casei şi, de ce nu?, poate chiar fericirea de durată în cuplu. Chiar dacă îţi vine greu şi uneori ţi se pare nejustificat, apreciază lucrurile pe care le-a făcut şi, dacă nu eşti mulţumită, învaţă-l, cu iubire şi cu răbdare, să facă lucrurile mai bine data viitoare. Duhul blândeţii, şi nu aerul de superioritate, îţi va asigura liniştea.

Ajută-l să îţi înţeleagă nevoile şi să te cunoască şi nu te supăra atunci când ţi se pare că nu te înţelege. Nu-l obosi cu obsesiile tale, nu-l alunga cu crize şi frustrări personale. Fă-l să vină acasă cu bucurie, să se simtă primit cu iubire, să simtă pacea, confortul, libertatea şi căldura căminului de care are atâta nevoie. Lasă-l să se simtă liber.

Dacă îl iubeşti, nu-l agasa cu gelozia şi cu toanele tale. Nu-ţi pierde răbdarea, nu fi egoistă şi pune-te din când în când şi în locul lui. Gândeşte-te că şi el are dureri, că şi el este obosit, că nu e dator doar să se dăruiască şi că merită şi el să fie alintat, răsfăţat, copleşit cu dragoste şi cu atenţie. Dacă îl iubeşti, fii frumoasă, elegantă şi caldă. Fii femeia demnă de a fi respectată, preţuită, iubită şi dorită. Nu lăsa rutina să pună stăpânire pe relaţia voastră, surprinde-l plăcut cu tot felul de surprize şi cu atitudinea ta jucăuşă de femeie vie şi dornică să fie fericită şi să trăiască intens. Nu te neglija, nu-l întâmpina mereu îmbrăcată în treningul lălâi cu care faci curat prin casă, convinsă că e dator să te placă oricum. Nu e. Fii femeia minunată şi frumoasă care l-a cucerit şi nu uita că, atunci când tu te simţi frumoasă, transmiţi frumuseţe prin fiecare por al tău. Iar el va observa asta și te va răsplăti cu atenția după care tânjește sufletul tău.

Dacă îl iubești, susține-l necondiționat și fă-o cu eleganță. Ajută-l să fie bărbatul demn și puternic alături de care să fii mândră. Nu-i reproșa lucruri pe care nu le are, ci ajută-l să le dobândească, nu-i reproșa ceea ce nu este, ci ajută-l să devină.

Și, mai ales, iubește-l!

Dacă vă iubiți, întâmpinați-vă mereu cu bucurie și păstrați armonia în relația voastră. Nu vă mai certați pentru toate nimicurile. Nu vă mai aruncați priviri răutăcioase, nu mai ridicați tonul unul la celălalt și nu vă spuneți cuvinte necugetate ce vor durea mai târziu. În situații de criză, faceți o pauză de câteva minute, apoi lăsați inimile să vorbească, și nu orgoliile. Dacă vă certați, nu veți depăși mai bine și mai repede problemele, ci le veți amplifica.

Dacă vă iubiți, nu vă mai adresați reproșuri, nu mai invocați greșeli și dureri din trecut, care oricum s-au consumat... Iertați, uitați și căutați să faceți totul mai bine ca în trecut. Să aveți bunăvoința de a încerca să îndreptați lucrurile și decența de a spune „Îmi pare rău“. Și, mai ales, să aveți puterea de a spune „Iartă-mă!“.

Dacă vă iubiți, nu vă înstrăinați unul de celălalt, nu căutați răspunsuri și rezolvări la problemele dintre voi discutând cu alte persoane. Comunicarea trebuie să existe doar între voi doi, findcă numai voi știți ce simțiți și ce vă doriți unul de la celălalt. Aveți răbdare să vă cunoașteți, faceți acele mici compromisuri ce ajută la păstrarea armoniei în cuplu.

Dacă vă iubiți, nu mai considerați sacrificiu orice gest făcut în favoarea celuilalt.

Dacă vă iubiți, nu prețuiți mai mult obiectele decât vă prețuiți unul pe celălalt și momentele petrecute împreună. La sfârșit, acele lucruri de care vă înconjurați vor fi doar niște vechituri, dar amintirile adunate într-o viață împreună vor fi averea voastră.

Dacă vă iubiți, nu vă grăbiți să decideți că sunteți sau nu potriviți raportându-vă la criteriile lumii. Sunteți unici, sunteți perfecți în imperfecțiunea voastră și aveți răbdare să vă cunoașteți. Acordați-vă timp să vă înțelegeți, să învățați să trăiți împreună. Nu lăsați nimic să vă dezbine: nici necazurile, nici pe oamenii rău intenționați și nici orgoliile voastre rănite.

Dacă vă iubiți, fiți cei mai buni prieteni și confidenți.

Dacă vă iubiți, fiți împreună și faceți totul împreună. Împărțiți fericirea, lacrimile, durerile, temerile, neajunsurile, visurile, timpul, viața.

Iubirea înseamnă împreună la bine și la greu, cu perfecțiune și imperfecțiune, cu fericire și nefericire, cu abundență și cu lipsuri, dar toate împărțite la doi...

Iubiți-vă!

SECRETUL FERICIRII

Nu-ți face griji pentru lucrurile pe care nu le poți controla. Acesta este secretul fericirii.

EPICTET

Mulţi învăţaţi au încercat de-a lungul timpului să găsească și să definească secretul fericirii, mecanismul din spatele creării unei vieţi frumoase și armonioase. Nu știu dacă există un secret al fericirii, iar dacă există, este unul general valabil pentru fiecare trăitor pe acest Pământ sau fiecare om are propriul lui mod de a fi fericit?

Ceea ce știu sigur e că fiecare este dator să încerce să fie fericit și să trăiască frumos, pentru ca, la sfârșit, să poată privi cât mai senin înapoi și cu cât mai puţine regrete.

Și cred că am fi mult mai fericiţi...

~ dacă nu ne-am mai compara mereu cu alţii, dacă nu ne-am mai dori constant să fim ca ei sau în locul lor, dacă am trăi mai mult concentraţi pe *a fi* decât pe *a avea.*

~ dacă am trăi mai echilibrat și ne-am reevalua mai des valorile și priorităţile.

~ dacă am trăi mai mult pentru noi înșine decât pentru alţii. Alegerile pe care le facem sunt raportate mai mult la ceilalți decât la noi înșine. Concurăm prostește și inutil cu oameni care au mai mult, ne străduim să dobândim lucruri ce nu ne sunt neapărat folositoare și pierdem timp prețios din viață pentru a le avea, doar pentru a fi în rând cu lumea. Avem orgolii și ambiţii nejustificate, pentru care ne irosim timpul, sănătatea și pacea inimii.

~ dacă ne-am folosi altfel energia și timpul consumate inutil cu diverse aspecte distructive pentru binele nostru și al aproapelui nostru. Iar printre aceste aspecte distructive ce ne irosesc energia și vitalitatea enumăr doar: invidia, superficialitatea, răutatea, teama de eșec, dorinţa nebună de a dovedi că avem și că putem. Lista este mult mai lungă, dar aţi înţeles voi ce rele ne distrag atenţia de la ceea ce este cu adevărat important: viaţa noastră, fericirea noastră.

~ dacă ne-am schimba perspectiva prin care îi vedem pe aceia de lângă noi. Adică ar trebui să vedem binele din fiecare, și nu răul, să îi privim pe oameni cu drag și să le apreciem calităţile – și vă asigur că orice om are calităţi și de la oricare seamăn avem ceva de învăţat – în loc să vedem la ei trăsăturile urâte. Asta înseamnă să ne bucurăm pentru reușitele lor, și nu să îi invidiem.

~ dacă ne-am schimba optica despre viaţă privind înainte, spre viitor, în loc să ne cantonăm în trecut, unde nu mai putem schimba nimic. Stând ancoraţi în trecutul ce ne-a încărcat cu dureri, ne sabotăm singuri fericirea și ne transformăm de-a pururi în victime ale deziluziilor.

~ dacă nu ne-am mai tortura cu întrebări inutile și cu gânduri negative, dacă nu ne-am mai împovăra sufletele cu regrete și cu ură, dacă ochii noștri ar vedea dincolo de aparenţe, dacă inimile noastre ar bate în ritmul iubirii.

~ dacă am învăţa să facem totul cu iubire: să ne trezim zi de zi cu chef de viaţă, să mâncăm cu bucurie fără să ne mai învinovăţim că nu am început dieta fix în acea dimineaţă, să ne îmbrăcăm binecuvântând hainele confortabile în loc să ne uităm supăraţi în oglindă că nu ne place ceva la noi, să mergem la serviciu cu recunoştinţă chiar dacă ne aşteaptă nişte sarcini mai dificile în acea zi. Dacă am privi de dimineaţă cu optimism spre ziua ce ne stă dinainte, cu siguranţă totul ne-ar ieşi mai bine şi nu ne-am mai simţi atât de epuizaţi fizic şi psihic.

Poate că secretul fericirii este bunătatea faţă de noi înşine şi faţă de aceia din jurul nostru şi iubirea în tot ceea ce facem, ce suntem, ce gândim... Iar iubire? Avem cât pentru zece vieţi. Trebuie doar să ne folosim de ea.

TREBUIE SĂ ȘTII CÂND E CAZUL SĂ PLECI

Este de o mie de ori mai bine să ai bun simț fără educație decât să ai educație fără bun simț.

ROBERT G. INGERSOLL

Când am suferit pentru prima oară din cauza lipsei de considerație (pe care o manifesta o prietenă față de mine), am avut norocul să îl am pe tata alături. Nu știu cum se făcea, dar el găsea mereu cuvintele potrivite cu care să îmi aline tristeţea și prin care să mă facă să înţeleg adevărul profund din spatele anumitor situaţii. Îi sunt recunoscătoare pentru înţelepciunea cu care m-a îndrumat în viaţă, iar dacă astăzi sunt omul care sunt, acest lucru i se datorează și lui.

Aveam pe atunci o prietenă, să-i spunem Ioana, pe care o preţuiam foarte mult, dar care se purta din ce în ce mai rece cu mine. Oricât de multe eforturi de apropiere făceam, aveam impresia că nu mai reușeam nicicum să-i fac pe plac. Și nu mă simţeam vinovată de nimic, iar ea nu îmi spunea despre ce era vorba, ca să știu măcar cu ce o deranjasem și să-mi cer scuze. Ea era tot mai distantă, iar eu tot mai tristă. Nu înţelegeam de ce.

Când i-am spus tatălui meu că Ioana se comportă astfel, cu tactul lui caracteristic, de care mi-e dor în fiecare zi, el mi-a amintit imediat de o cunoștinţă de-a noastră care avea prostul obicei să meargă des în vizită la rude și prieteni și să uite să mai plece. Era vestită pentru obiceiul ei deranjant de a sta mai mult decât se cuvenea, uneori până noaptea târziu, și cei din cercul nostru de cunoscuți începuseră să o evite.

Nu înţelegeam de ce tata îmi dăduse acest exemplu – care era legătura dintre acea cunoștinţă și prietena mea, dar tata m-a lămurit.

– Fetiţa mea, în viaţă trebuie să știi când e timpul să pleci din casa unui om sau din viaţa lui. Trebuie să simţi când nu ești dorită și nu trebuie să aștepți până când prezenţa ta devine deranjantă. Nu abuza de ospitalitatea unui om. Trebuie să știi când e cazul să te retragi. Să nu insiști niciodată să rămâi acolo unde observi că nu ești bine primită. Sufletul omului este ca o casă: nu insista să rămâi dacă nu te mai simți dorită acolo... Ceea ce e în exces dăunează. Fii mereu atentă cu cât te expui – mai bine să fii scumpă la vedere, iar când apari prezenţa ta să fie apreciată, decât să îi obosești pe oameni. Fii atentă să îţi crească rădăcini numai în casa și în viaţa acelora care contează. În rest, fii precum vântul: vii, stai puţin și apoi pleci mai departe.

Un om care are inima plină de iubire
nu va fi niciodată singur, sărac sau urât.

Adevăratele comori ale unui om se află în sufletul său. Sunt toate sentimentele frumoase, forța cu care se ridică ori de câte ori viața îl îngenunchează, spiritul liber, bunătatea, generozitatea cu care împarte tot ceea ce are mai bun și mai frumos, credința și iubirea cu care se dăruiește lumii. Iar fără aceste comori până și cei mai bogați oameni sunt foarte, foarte săraci...

OMUL BUN

Când vezi un om bun, încearcă să-l imiți;
Când vezi un om rău, analizează-te.

CONFUCIUS

Omul bun are mereu un zâmbet pentru cei încruntaţi, o vorbă bună pentru cei descumpăniţi, o mângâiere pentru cei îndureraţi.

Omul bun privește cu duioșie, vorbește cu iubire și se dăruiește cu drag.

Omul bun nu se teme de sărăcie și nici nu admite compromisuri ce nu-i fac cinste pentru a deveni bogat.

Omul bun nu se teme de oamenii răi, fiindcă el știe că răutatea este o slăbiciune și că puterea adevărată este bunătatea, iar ea învinge întotdeauna.

Omul bun nu se teme de singurătate, fiindcă știe că Dumnezeu nu-l părăsește niciodată și că întotdeauna îi va trimite un suflet care să-i umple singurătatea.

Omul bun nu se teme de suferinţe, fiindcă știe că fiecare durere are alinarea ei și că fiecare încercare are învățătura ei.

Omul bun nu se răzbună pe aceia care l-au rănit, ci-i iartă mereu fiindcă noaptea, înainte de culcare spune mereu „...Şi ne iartă nouă greșelile noastre precum și noi iertăm greşiţilor noștri".

Omul bun nu judecă, ci ajută. Necondiţionat. Fără să aş-tepte ceva în schimb.

Omul bun nu se simte mare când îi ajută pe alţii, ci se simte binecuvântat, fiindcă știe că a ajuta este o onoare și o oportunitate înălțătoare.

Omul bun are o inimă puternică, iar ea îl ajută să rămână mereu drept și să nu se prăbușească în momentele grele ale vieţii.

Omul bun vede ceva frumos chiar și în cel mai urât om sau lucru, vede ceva bun chiar și în cel mai rău om sau lucru, vede ceva de valoare chiar și în cel mai banal om sau lucru. Pentru că el vede prin ochii lui, iar ei sunt întruchiparea blândeţii și bunătăţii.

Omul bun rămâne bun oricât de mult l-ar încerca viaţa și oricât de mult l-ar dezamăgi oamenii pe care-i întâlnește.

Omul bun nu își va pierde niciodată speranța, încrederea, puterea, credința, duioșia, iubirea. Pentru că el a înţeles că bunătatea este răsplătită întotdeauna.

DESPRE SUFLETE MARI, DESPRE SUFLETE MICI...

Oamenii se grăbesc să judece pentru a nu fi ei înșiși judecați.

ALBERT CAMUS

Vă voi povesti o întâmplare petrecută cu mulţi ani în urmă, când eram copil, și am să v-o relatez în mod obiectiv, lăsându-vă pe voi să descoperiţi mesajul din spatele cuvintelor...

Întâmplarea din copilăria mea este despre un bărbat care avea la vremea aceea în jur de 35–40 de ani și care locuia cu mama lui. Bărbatul avea patima băuturii și nu îmi amintesc să-l fi văzut treaz vreodată; de fiecare dată când ne-am intersectat cărările, l-am evitat. M-am îndepărtat de el pentru că știam deja de la toată lumea care îl stigmatiza că era un om condamnabil și dizgraţios. Auzisem că era divorţat, iar gura lumii îi pusese eticheta de „om bun de nimic".

Și, văzut din exterior, bărbatul chiar așa părea. Căci ce vedea lumea? Un beţiv divorţat care locuia cu mama lui. Ce gândea lumea? Că era divorţat din cauza viciului pe care îl avea.

De fapt, după cum am aflat apoi, realitatea era cu totul alta: nu bărbatul fusese de vină pentru acel divorţ şi tocmai despărţirea de femeia pe care o adora l-a aruncat în patima băuturii, transformându-l din bărbatul cândva fericit într-o versiune a lui decăzută: un om plin de complexe, slab, nefericit.

L-am văzut deseori batjocorit în public, cel mai adesea în mod gratuit, fără să fi făcut ceva, insultat doar pentru că era altfel. Până şi copiii îl necăjeau, încurajaţi de faptul că nimeni nu le zicea nimic... Într-o zi, l-am văzut în mijlocul unei situaţii de-a dreptul umilitoare: căzut la pământ şi umilit de nişte tineri teribilişti, care îl loveau cu picioarele violent şi îl udau cu apă. De jur împrejur se adunaseră câţiva curioşi, care asistau iscoditori la batjocura adusă unei fiinţe umane. Bărbatul era într-o stare avansată de ebrietate şi nu se putea apăra. Zăcea ud, făcând mişcări greoaie şi scoţând din când în când câte un strigăt furios. Nu avea putere nici să vorbească, nici să se apere, darămite să se mai ridice. Mi-am făcut curaj să îi rog pe agresori să se oprească, mustrându-i pentru modul impropriu de a-şi arăta superioritatea. Plictisiţi, aceştia s-au îndepărtat, glumind între ei, probabil „felicitându-se" reciproc pentru isprava lor.

Apoi am văzut-o pe mama bărbatului alergând într-un suflet ca să îşi salveze copilul. Probabil că o persoană care asistase la acea scenă a alertat-o pe bătrână, iar aceasta venea cum putea mai repede. Nu ştiu de ce, m-am aşteptat ca femeia să îl certe, văzându-l expus la acea batjocură, în starea aceea mizerabilă, decăzut din condiţia umană. În schimb, am văzut o mamă disperată, plânsă, împietrită de durere, care a îngenuncheat lângă fiul ei şi care, sub privirile curioase şi dezaprobatoare ale spectatorilor, şi-a ajutat fiul să-şi recapete o minimă decenţă, ştergându-i faţa de apa aruncată pe el şi murmurând în barbă ceva. Cu toată blândeţea şi grija din lume, l-a ajutat să se ridice, deşi era o mână de femeie, i-a aranjat hainele cum a putut mai bine şi l-a purtat sprijinit de ea către casă, lăsându-i încet în urmă pe privitorii care se uitaseră la toată scena ca la execuția unui condamnat în piața publică.

Pentru acea femeie, acel bărbat nu era un bețiv, era copilul ei. Și nu era un om demn de dispreț și de batjocură, ci un suflet care avea nevoie de ajutor și de înțelegere în cele mai grele clipe ale vieții lui.

De atunci a trecut ceva timp și am mai avut ocazia să văd fel și fel de oameni „căzuți la pământ", însă nu am mai văzut niciodată o atitudine precum a acelei mame. N-am să uit niciodată chipul îndurerat al acelei femei și dragostea din toate gesturile ei. Totuși, nu compasiunea ce răzbătea din toată făptura ei a fost ceea ce m-a impresionat cel mai tare: pe mine m-a emoționat până la lacrimi ceva mai mare decât noi toți – o iubire dincolo de înțelegerea omenească, cea de mamă. Acea mamă care înfrunta cu demnitate oprobriul public pentru fiul ei era însăși definiția iubirii necondiționate.

Știu că unii dintre voi veți gândi că era firească purtarea ei, de vreme ce îi era mamă și era poate singura care știa cauza durerii fiului, găsindu-i circumstanțe atenuante, însă eu cred că era ceva mai mult de atât.

Pe toți ne poartă viața, ca într-un *montagnes russes*, când sus, când jos: când suntem fericiți, când trăim dureri sfâșietoare. Nu e nimeni scutit de suferință, tot timpul vom găsi în jur semeni aflați în agonie, însă contează să fii Om atunci când te trezești față în față cu slăbiciunea umană. Și cred că a fi Om înseamnă să te comporți ca o mamă, ca un tată, ca o soră, ca un frate, ca un fiu sau ca o fiică nu numai față de cei dragi, ci și față de un străin care are nevoie de ajutorul tău. Ura, disprețul, invidia nu ajută, atenția, compasiunea, iubirea, da.

Este ușor să te comporți frumos cu cei din familia ta sau cu cei de la care ai ceva de câștigat, însă caracterul de Om se vede din ajutorul acordat aceluia de la care nu ai nimic de câștigat. Oare cu ce l-au ajutat pe acel bărbat tinerii care l-au umilit? Oare cu ce experiență de viață au rămas ei din scena aceea tragică?

Am auzit adesea îndemnul „Dacă nu poți face bine, nu face nici rău". Știți ce mi se pare trist? Că, ori de câte ori apare șansa de a face un bine cuiva, oamenii devin deodată indiferenți, lipsiți de interes și dau înapoi. De ce oare? Dar când e vorba de a face un rău, gratuit de cele mai multe ori, se unesc, devin interesați, dobândesc „puteri" nebănuite și investesc timp și energie ca să distrugă. Oare de ce nu investesc iubire?

De prea multe ori am văzut oameni care s-au asociat să distrugă, să denigreze și să-i facă rău unui om „căzut la pământ" și, cu regret vă spun, am văzut prea rar oameni unindu-se să ajute, să înțeleagă, să zidească. Sufletele mărunte, meschine, reci și goale ca niște peșteri pustii, se mulțumesc să îngroașe straturile gloatei, să facă parte din oprobriul public, să trăncănească și să nu întindă o mână spre ființa decăzută, chiar dacă aceasta le-a fost cândva prieten. Unul cu care au împărțit aceeași masă, același timp, aceleași sentimente și promisiuni. Iar ceea ce mi se pare de-a dreptul strigător la cer este faptul că, uneori, deși nu doresc neapărat să-l denigreze pe prietenul lor, aceste suflete mici se coalizează cu turma pentru că așa e de *bonton:* să fii cu cei mai mulți.

Lecția pe care mi-a dat-o acea femeie, căreia îi voi mulțumi toată viața pentru exemplul său, este să nu-mi doresc niciodată să fac parte din turma ridicolă, care aproape întotdeauna este formată din oameni mici care se simt mari doar atunci când se coalizează cu alții ca să arate cu degetul spre cineva. Am învățat atunci că oamenilor care condamnă și pedepsesc, care anulează și desființează batjocoritor, care se simt superiori când scot în evidență defectele altora, dacă s-ar privi cu sinceritate în oglindă, nu le-ar plăcea imaginea lor. Ei defilează țanțoși cu moralitatea lor închipuită, de obicei în gloată, își arogă calităţi pe care nu le au, se erijează în iubitori de Dumnezeu și drepţi judecători pe Pământ, deși trăiesc în contradicţie cu cele mai multe principii creștine, dintre care primul a fost, este și va fi iubirea de aproapele.

Pentru mine, în scena aceea, bărbatul în stare de ebrietate zăcând neputincios în balta de apă este mai demn decât tinerii batjocoritori și decât lumea dispreţuitoare care îl priveau, cu aroganţă, de sus. Pentru mine, ei sunt mici, iar el este mare.

CÂȚI MERITĂ?

Învinge durerea,
Râzi cât se poate,
Căci tot la zi ajunge
Și cea mai lungă noapte.
WILLIAM SHAKESPEARE

Știi ceva? Scapă de starea asta deplorabilă, de supărare. Nu merită!

Te-aș întreba: câţi dintre oamenii pentru care te consumi acum și pentru care ai sufletul tulburat și îngreunat sunt lângă tine să îți vadă tristețea și zbuciumul? Câți te țin în brațe și încearcă să îți aline tristețea și singurătatea? Câţi dintre ei ţi-au fost alături când ţi-a fost greu? Câţi ţi-au alinat durerile și câţi ţi-au înţeles slăbiciunile și rătăcirile omenești, fără a te judeca? Câți au alergat grăbiţi spre tine să îți aducă ceva atunci când îţi lipsea? Câţi dintre ei ţi-au şters lacrimile atunci când plângeai însingurat? Câţi au contribuit la ceea ce ești și la ceea ce ai acum? Câți se bucură pentru reușitele tale și câți suferă pentru pierderile tale? Câți ți-au adus fericirea la ușă? Câţi dintre ei ar renunţa acum la confortul lor și la pacea lor sufletească pentru tine? Dacă mâine toată lumea s-ar întoarce împotriva ta, câţi s-ar lupta cu ea pentru tine? Dacă mâine s-ar spune minciuni despre tine, câţi ţi-ar lua apărarea și câți le-ar asculta curioși? Câţi dintre ei te cunosc cu adevărat? Câţi dintre ei te iubesc și câţi doar te folosesc?

Înţelegi despre ce vorbesc? TU ești tot ce ai mai de preţ, tu ești cel mai bun prieten al tău. Tu depinzi toată viaţa numai de tine. Doar tu te vei putea privi obiectiv, doar tu îţi vei putea înţelege slăbiciunile, neputinţele, durerile și rătăcirile. Doar tu te vei putea ajuta singur mereu.

Nu mai suferi, nu te mai consuma, nu te mai irosi. Nu merită. Nimeni.

CEVA DE IUBIRE...

Există o singură măsură a iubirii: aceea de a iubi fără măsură.

SF. BERNARD DE CLAIRVAUX

Într-o zi, câţiva copii au vrut să se amuze pe seama unui băiat din cartier care era naiv şi inocent. Adolescentul suferea de retard mintal şi era destul de credul atunci când oamenii îi arătau bunăvoinţă. Copiii i-au cerut să intre într-o farmacie şi să întrebe dacă au nişte medicamente ciudate...

Băiatul, încântat că le poate fi de folos acelor copii, a intrat cu multă îndrăzneală în farmacie şi s-a aşezat la rând. Copiii au intrat şi ei, dar au rămas lângă uşă, aşteptând curioşi reacţia farmacistei şi a băiatului care urma să se expună penibilului.

– Aveţi pastile de iubire? a întrebat băiatul cu voce tare şi foarte sigur pe el.

Copiii au izbucnit în râs şi, mulţumiţi că şi-au făcut jocul, au ieşit repede din farmacie. Farmacista a înţeles imediat jocul copiilor şi l-a privit pe băiat câteva clipe.

– Avem ceva, dar nu pastile. Doreşti?

– Da, a spus băiatul convins.

Atunci, farmacista a ieșit de după tejghea și s-a apropiat de băiat. A observat că, afară, ceilalți copii urmăreau scena prin fereastră și, fără să mai stea pe gânduri, l-a îmbrățișat pe băiat. O îmbrățișare lungă, călduroasă, plină de iubire. Băiatul nu a părut mirat și a primit îmbrățișarea bucuros.

– Îmbrățișările sunt din iubire și fac foarte bine la sănătate. Acum, du-te și dă-le și copiilor de afară, că au mare nevoie, da? a spus farmacista.

Băiatul i-a mulțumit și a ieșit afară, cu brațele larg deschise, ca să ofere îmbrățișări. Zâmbetele satisfăcute ale copiilor s-au transformat în priviri vinovate. Aceștia n-au putut refuza îmbrățișarea sinceră a băiatului, pentru că ar fi trebuit să îi ofere explicații, iar întâmplarea le-a oferit o lecție pe măsura intenției și a faptei lor...

PLEACĂ

Dăruiește-i persoanei pe care o iubești: aripi pentru a zbura, rădăcini pentru a se întoarce și motive pentru a rămâne.
DALAI LAMA

Atunci când un loc sau o persoană îți produc mai multă tristețe decât fericire, pleacă. Nu stărui acolo unde nu te simți binevenit, dorit, așteptat. Nu te încăpățâna să rămâi lângă oameni care nu te prețuiesc și cărora nu le pasă de fericirea ta.

Atunci când te afli printre oameni care îți spulberă visurile, care te împiedică să evoluezi și să îți atingi țelurile, pleacă. Nu-i permite nimănui să îți irosească șansele de a deveni cine vrei să fii cu adevărat și de a ajunge acolo unde îți dorești.

Atunci când te afli lângă cineva care te face să te simți inutil, neimportant, incapabil, neapreciat și neiubit, pleacă. Nu-i permite nimănui să te facă să crezi că nu ești suficient de bun, că nu poți mai mult, că nu ți se cuvine tot ceea ce e mai bun. Nu lăsa pe nimeni să te descurajeze și să-ți impună limite.

Atunci când, indiferent de locul unde te afli, plângi mai des decât râzi, pleacă. Nu-i datorezi nimănui tristețea și nefericirea ta.

Atunci când te afli într-un loc, lângă o persoană sau într-o situaţie care îţi fură pacea sufletului, pleacă. Nu rămâne să te obişnuieşti cu ceva ce este toxic pentru sufletul tău. Mai târziu nu vei mai putea scăpa. Teama, nesiguranţa şi neîncrederea sunt sentimente distructive, pe care nu le meriţi.

Atunci când te afli într-o relaţie în care eşti nevoit mereu să te justifici şi să-ţi dovedeşti iubirea şi loialitatea, pleacă. Nu-ţi irosi ani preţioşi din viaţă străduindu-te să-i convingi de sentimentele tale şi de intenţiile tale bune pe cei incapabili să primească iubirea.

Atunci când omul de lângă tine nu te mai priveşte şi nu îţi mai vorbeşte cu iubire, făcându-te să te simţi mai mult o povară decât o binecuvântare, pleacă. Nu depinzi de un om anume şi, cu siguranţă, există un altul care să te iubească aşa cum meriţi. Nu rămâne nicio clipă în plus lângă cineva pentru care nu mai însemni nimic – acordă-ţi libertatea să pleci şi, cine ştie?, poate chiar vei găsi pe cineva pentru care să însemni totul.

EȘTI FRUMOASĂ, FEMEIE DRAGĂ!

Femeia este simbolul bunăvoinței și al frumuseții.
NOVALIS

Ești frumoasă cu fiecare cuvânt pe care îl rostești, fiindcă vorbele tale exprimă tandreţe, compasiune și înţelepciune.

Ești frumoasă cu fiecare pas pe care îl faci, fiindcă pașii tăi te poartă mereu către oamenii pe care-i iubești și prin care trăiești.

Ești frumoasă cu fiecare zâmbet pe care îl oferi cu generozitate, fiindcă zâmbetele tale sunt pline de soare și de bunătate.

Ești frumoasă cu brațele tale primitoare, care au îmbrăţișat și au oferit adăpost.

Ești frumoasă chiar și când ai umerii căzuţi, fiindcă ei poartă poveri numai de tine știute.

Ești frumoasă chiar și când ai riduri, pentru că fiecare dintre ele a fost lăsat de o grijă ori o supărare ori o bucurie pe care ai trăit-o numai tu. Ele sunt mărci ale timpului, însă sunt semne ale Timpului tău, femeie, ale vieţii tale. Să nu-ţi pară rău de niciunul dintre ele.

Ești frumoasă chiar și când ai câteva kilograme în plus, ele nu-ţi fură din graţie, din strălucire și din eleganţă.

Ești frumoasă cu fiecare cicatrice pe care o ascunzi în inima ta – pentru că este o medalie câștigată în luptele pe care le-ai dus cu viaţa.

Ești frumoasă cu mâinile tale muncite și obosite, fiindcă ele poartă urmele atâtor trude și momente de dăruire, iar mângâierile lor sunt capabile să alunge cei mai aprigi demoni.

Ești frumoasă chiar dacă anii au lăsat urme de neșters pe chipul tău.

Privirile dezaprobatoare ale celor incapabili să îţi vadă frumuseţea nu te fac să fii mai puţin frumoasă. Nu-ți pierde nicio clipă încrederea în tine!

Ești frumoasă exact așa cum ești tu, cu bucuriile tale, cu tristeţile tale, cu lacrimile tale, cu dorurile tale, cu privirile încruntate și sufletul împovărat de griji, cu graba ta, cu capriciile tale, cu zbuciumul tău și cu slăbiciunile tale!

Ești frumoasă, femeie dragă! Bucură-te de tine! Bucură-te de viaţă!

Cu drag pentru voi, femei minunate!

POȚI ȘI MERIȚI MAI MULT

Mulțumește-te cu ceea ce este, dar caută mereu ceva mai bun.

SOCRATE

Poţi şi meriţi mai mult decât să-ţi limitezi universul la o singură persoană şi la un singur vis. Viaţa e plină de oameni frumoşi, deschide-te să-i vezi.

Poţi şi meriţi mai mult decât să aştepţi după oameni indecişi, care nu fac decât să-ţi irosească timpul cu promisiuni şi iluzii. Acţionează.

Poţi şi meriţi mai mult decât să aştepţi în faţa unor ziduri, sperând zadarnic că vor deveni uşi. Pleacă. Mergi pe drumul tău.

Poţi şi meriţi mai mult decât să te tot învinovăţeşti pentru tot ceea ce ai făcut sau n-ai făcut, pentru ceea ce ai spus sau n-ai spus. Înseninează-te! Ai făcut tot ceea ce ai crezut mai bine la momentul acela, cu ceea ce ştiai la momentul acela.

Poţi şi meriţi mai mult decât să cerşeşti iubire şi să tânjeşti mereu după atenţia şi mângâierile de care depinde sufletul tău. Întoarce-te cu iubire spre tine şi nu-i mai permite nimănui să fie etalonul fericirii tale. Tu contezi.

Poţi şi meriţi mai mult decât să auzi la nesfârşit „Iartă-mă!" şi „Îmi pare rău!", spuse de guri mincinoase care doar te rănesc... Dacă nu sunt sincere, regretele acelora care ţi-au greşit sunt tot o formă de manipulare. Îndepărtează-te de acei oameni şi nu le mai permite să se joace cu emoţiile tale.

Poţi şi meriţi mai mult decât jumătăţi de măsură. Meriţi iubire sinceră, prieteni adevăraţi, o viaţă senină. Alungă din cale tot ceea ce-ţi dăunează, iar dacă nu poţi alunga, atunci îndepărtează-te tu.

Poţi şi meriţi mai mult decât să trăieşti situaţii în care să fii nevoită să îţi ascunzi lacrimile şi grimasele de durere în spatele unor zâmbete chinuite. Opreşte-te, adună-ţi puterile şi fugi cât mai departe de aceia care-ţi fac rău.

Poţi şi meriţi mai mult decât să asculţi mereu părerile greşite despre tine ale acelora care trăiesc cu impresia că te cunosc atât de bine încât îşi pot permite să te judece şi să îţi critice alegerile. Nu. E viaţa ta. Sunt alegerile tale. Succesele tale. Eşecurile tale. Ale *tale*, nu ale lor.

Poţi şi meriţi mai mult decât să îţi duci existenţa întrebându-te mereu „De ce?" şi „Cum ar fi fost dacă...?". Poţi şi meriţi mai mult decât să porţi în suflet povara unui trecut care te ţine în loc şi care te ucide puţin câte puţin... Cu ce mai poţi schimba acum trecutul? Lasă-l aşa cum a fost şi învaţă lecţia lui ca să fii pregătit pe viitor.

Nu are rost să te torturezi acum cu regrete şi cu întrebări fără răspuns.

Nu mai poţi schimba trecutul, de aceea te rog să nu-ţi întuneci nici viitorul.

Poţi şi meriţi mai mult!

UN PRIETEN

Prietenia este cel mai de preț bun al omului. Fără prietenie nu e dragoste, fără dragoste nu e prietenie.

GOETHE

Un prieten îţi şterge şi lacrimile, nu stă împreună cu tine doar atunci când râzi.

Un prieten te și ascultă, nu doar îți vorbește.

Un prieten îţi mai şi oferă, nu doar îţi cere.

Un prieten te și înţelege, nu doar așteaptă să fie înţeles.

Un prieten te mai și mângâie, nu doar pretinde mângâiere.

Un prieten nu așteaptă să-l chemi atunci când ţi-e greu și nici să îi ceri tu ajutorul.

Un prieten nu te obosește cu dramele lui și nu te încarcă mereu cu lucruri negative, știind că și tu ai problemele tale.

Un prieten îţi recunoaște mai întâi calităţile și meritele și abia apoi defectele.

Un prieten nu îţi cere justificări pentru tot ceea ce spui, ce faci și ce nu faci și nu pretinde de la tine să faci eforturi pentru a-l mulţumi.

Un prieten nu consideră că ai obligaţii faţă de el şi nu te face niciodată să te simţi dator.

Un prieten nu se simte nedreptăţit atunci când nu-i poţi face pe plac, ci te înţelege aşa cum eşti, cu calităţile şi cu defectele tale.

Un prieten nu-ţi întoarce spatele la prima greşeală şi nu te judecă pentru neputinţele tale.

Un prieten nu-ţi reaminteşte mereu că tu ai greşit şi că el te-a iertat.

Un prieten nu te judecă pentru alegerile tale şi respectă tot ceea ce iubeşti tu, din respect pentru tine, şi nu pentru persoana pe care ai ales-o tu.

Un prieten nu ascultă bârfele spuse despre tine şi nu se îndoieşte de tine atunci când aude un zvon negativ. Dacă îşi pleacă urechea din curiozitate sau, şi mai rău, îngroaşă rândurile celor care te bârfesc, atunci nu îţi e şi nu ţi-a fost niciodată prieten.

Un prieten nu te va încuraja niciodată să intri în conflicte, să decazi, să te porţi necuviincios şi să fii meschin.

Un prieten îţi protejează secretele şi nu îţi trădează încrederea cu care ţi-ai deschis sufletul în faţa lui, nici măcar atunci când este foarte supărat pe tine.

Un prieten nu îţi spune doar ceea ce îţi place să auzi, nu te flatează nemeritat şi nu te încurajează atunci când greşeşti.

Un prieten nu poartă măşti în preajma ta şi nu te obligă să porţi măşti în preajma lui.

Un prieten nu concurează cu tine şi nu se simte inferior sau superior ţie indiferent cât de diferite ar fi mediile din care proveniţi.

Un prieten nu te invidiază pentru ceea ce ai, ci se bucură pentru reuşitele tale.

Un prieten nu îţi reproşează niciodată că nu i-ai dat ceva, ci îţi mulţumeşte pentru ceea ce ai reuşit să îi dai.

Un prieten nu te abandonează atunci când îți este greu și te iubește chiar și atunci când treci prin decăderi. Mai ales atunci.

Un prieten nu-și pune orgoliul personal mai presus de tine.

Un prieten îți oferă amintiri frumoase, nu regrete.

Un prieten te face să te simți în siguranță în sufletul lui.

Un prieten nu raportează totul la „eu“, ci la „noi“. Un prieten adevărat te iubește necondiționat.

De fapt, dacă stau bine și mă gândesc, epitetul „adevărat“ nici nu ar trebui să stea lângă cuvântul „prieten“, pentru că se înțelege de la sine că prietenul nu poate fi decât o persoană care te prețuiește în mod real și care te iubește cu adevărat.

Restul sunt doar cunoștințe.

SCRISOARE PENTRU CEALALTĂ FEMEIE

Recunosc, te-am urât.

Am urât toate lacrimile pentru care te-am considerat vinovată. Am urât fiecare clipă în care tu îl ţineai în braţe pe omul de care eu depindeam sufletește. Te-am urât de fiecare dată când am strâns la piept perna pe care ar fi trebuit să doarmă el. Te-am urât când l-am așteptat, sperând că se va întoarce la mine, iar el nu venea.

Te-am urât neînţelegând cum poţi să te bucuri de povestea voastră știind că eu sufăr nemeritat.

Te-am învinovăţit pentru toate visurile pe care mi le-ai luat și pentru clipele fericite pe care tu le-ai trăit mișelește în locul meu.

Și te-am invidiat.

Te-am invidiat crezând că ești mai bună și mai frumoasă ca mine, că tu ai ceva ce eu nu am, acel ceva care l-a făcut pe omul meu iubit să fugă în braţele tale. Te-am invidiat pentru că sfârșitul meu era începutul tău.

A trebuit să plâng până la epuizare ca să înţeleg că, de fapt, el nu a plecat pentru că eu nu eram suficient de bună pentru el, ci pentru că el nu era suficient de bun pentru mine. El a căutat doar ceva potrivit lui, o femeie în faţa căreia să nu se simtă inferior, să nu se simtă mic sufletește, în fața căreia să se simtă bărbat. A căutat femeia care să nu-i ceară mai mult decât era el dispus să ofere, care să nu i se opună, care să-i laude scăpările, care era mai disperată decât mine să facă anumite compromisuri pentru a nu-l scoate din zona de confort.

A trebuit să mă las torturată de învinuiri și remușcări sfâșietoare până să înțeleg că plecarea lui nu a fost o nenorocire, ci o binecuvântare. O eliberare.

Azi, nu mai plâng.

Azi, zâmbesc și nu mai privesc în urmă, acolo unde ați rămas voi doi.

Azi, nu te mai invidiez, fiindcă acum știu că tu ai ceea ce meriți, iar eu voi primi ceea ce mi se cuvine.

Azi, nu mă mai simt inferioară ție, ba chiar mă bucur că nu sunt în locul tău. El nu mai e problema mea acum, ci a ta. Dacă mă gândesc bine, pot chiar să te compătimesc. Dar nu, nu-ți plâng de milă. Îți meriți soarta. Pentru că, la fel cum s-a plictisit de mine, se va plictisi și de tine.

Azi, nu te mai urăsc deoarece am înțeles că, de fapt, acel sfârșit era doar pentru a mă putea bucura de acest început.

Și pentru că mi s-a dat această șansă la un nou început, o îmbrățișez cu tot trupul și sufletul meu și promit să fac totul pentru a fi fericită.

DE CE VORBIM DESPRE...?

Oamenii trebuie cunoscuți pentru a fi iubiți. Dumnezeu trebuie iubit pentru a fi cunoscut.

BLAISE PASCAL

Mi s-a întâmplat de multe ori să fiu considerată habotnică doar pentru că am vorbit sau am scris despre Dumnezeu. Unii m-au și condamnat pentru asta, aducând tot felul de argumente conform cărora credința se poartă în suflet, și nu la vedere, așa că se cade să nu vorbesc în public despre ea. Alţii au fost suspicioși, comentând că oamenii care vorbesc despre Dumnezeu vor doar să defileze cu credința în El, în semn de laudă, când ei sunt de fapt numai niște ființe demne de milă, care doresc să mai strângă niște like-uri prin mijloace demne de dispreţ, iar Dumnezeu e numai bun pentru a-mi mai aduce niște simpatii virtuale.

Și unora, și altora le spun că greșesc: oamenii vorbesc despre lucruri în care cred și pe care le iubesc.

Atunci când iubești pe cineva, când ești îndrăgostit de cineva, îţi vine să îţi strigi iubirea în gura mare, să le povestești tuturor despre omul minunat pe care îl ai în viaţa ta și despre fericirea pe care ţi-o oferă.

De ce simţim nevoia să-i vorbim lumii despre omul iubit, despre copiii noştri şi despre alte persoane dragi? Fiindcă le iubim. Din IUBIRE.

La fel se întâmplă şi cu Dumnezeu. Aceia care vorbesc despre El nu sunt habotnici, nu îşi doresc să convingă lumea de ceva sau să o manipuleze, nu vor să se laude – pur şi simplu Îl iubesc şi simt nevoia să povestească lumii despre dragostea pentru El, despre frumuseţea Lui, despre miracolele pe care El le înfăptuieşte, despre felul în care dragostea pentru El le schimbă clipă de clipă viaţa.

Nu ştiu de ce unii Îl consideră pe Dumnezeu un subiect tabu. Poate din cauză că nu Îl cunosc îndeajuns de bine, Îl consideră pe Dumnezeu un fel de fiinţă punitivă, răzbunătoare, de care se tem. Însă Dumnezeu nu e răzbunător. Dacă ar fi fost aşa, am fi fost cu toţii osândiţi veşnic.

Nu. Dumnezeu iubeşte şi iartă neobosit.

Dumnezeu aşteaptă de la noi să iubim şi să iertăm neobosit.

Oamenii ar trebui să respecte ceea ce iubesc ceilalţi, fie că este vorba despre iubirea pentru omul cu care îşi împart viaţa, despre iubirea faţă de propriul copil, despre iubirea pentru Dumnezeu.

Iubirea este cel mai frumos sentiment. Datorită iubirii se întâmplă miracole, datorită iubirii suntem frumoşi şi buni, datorită iubirii devenim familii, prieteni, părinţi, copii...

Iar Dumnezeu este IUBIRE!

Oamenii buni pe care-i întâlnim
sunt cel mai frumos mod prin care Dumnezeu
ne spune că ne iubește și că merităm tot ceea ce este
mai bun. Prețuindu-i pe oamenii buni,
îi răspundem lui Dumnezeu cu aceeași iubire
cu care ne-a binecuvântat.

Cu drag și prețuire,
pentru Duhovnicul meu!

Faptul că tu nu știi că ești un om minunat
nu înseamnă că nu ești.

Le-ai permis prea mult altora să îți spună
cum ești și cum nu ești și ai uitat cine ești,
ce poți și ce meriți.

Ești o minune, deci poartă-te ca atare
și simte-te ca atare!

PENTRU EL – AL MEU

Scris în cartea vieții este și de veacuri, și de stele
Eu să fiu a ta stăpână, tu stăpân vieții mele.
MIHAI EMINESCU

Nu-mi mai amintesc de momentele în care m-ai dezamăgit, dar nu voi putea uita niciodată momentele în care mi-ai umplut până la refuz inima de fericire.

Nu-mi mai amintesc de câte ori nu mi-ai făcut pe plac, dar nu voi putea uita niciodată de câte ori mi-ai făcut bucurii și mi-ai respectat dorințele.

Nu-mi mai amintesc de lacrimile pe care mi le-ai provocat, dar nu voi uita niciodată de câte ori m-ai făcut să zâmbesc și să râd cu toată ființa mea.

Nu-mi mai amintesc răceala și indiferența privirilor tale, dar nu voi uita niciodată privirile cu care m-ai făcut să mă simt cea mai frumoasă, cea mai dorită și cea mai iubită femeie din lume.

Nu-mi mai amintesc de câte ori mi-ai lipsit, dar nu voi uita niciodată de câte ori mi-am găsit pacea și alinarea în brațele tale protectoare.

Nu-mi mai amintesc nimic din imperfecțiunile tale, dar nu voi uita niciodată că tu ai fost perfect pentru mine.

Nu-mi mai amintesc de câte ori nu mi-ai spus ceea ce mi-aş fi dorit să aud, dar nu voi uita niciodată că mi-ai spus mereu adevărul și că, atunci când am avut nevoie, vorbele tale au fost mângâieri pentru mine.

Nu-mi mai amintesc de câte ori m-am îndoit de tine, dar nu voi putea uita niciodată că tu ai fost demn de toată încrederea mea și că m-am simțit în siguranță în sufletul tău și alături de tine.

Nu-mi mai amintesc lucrurile pe care nu le-ai făcut, dar nu voi uita niciodată toate lucrurile frumoase și sacrificiile pe care le-ai făcut pentru mine.

Nu-mi mai amintesc de câte ori m-am simţit neglijată, dar nu voi uita niciodată de câte ori mi-ai șters lacrimile, m-ai încurajat, m-ai copleșit cu dragoste, m-ai protejat și m-ai făcut să mă simt universul tău.

Nu-mi mai amintesc de câte ori ai plecat de lângă mine, dar nu voi uita niciodată că mereu te-ai întors la mine.

Cu dragoste, pentru Alex

NOSTALGIE

De unde sunt eu? Sunt din copilăria mea.
Sunt din copilăria mea ca dintr-o țară.
ANTOINE DE SAINT-EXUPÉRY

Îmi amintesc cu nostalgie de anii copilăriei și de felul în care mă grăbeam să cresc. Îmi doream să devin adult, să am drepturi la fel ca oamenii mari, să am puterea lor de decizie și libertatea lor, fără a bănui vreo clipă câte responsabilități, câte provocări, câte încercări, câte dezamăgiri și câte renunțări la visuri sunt într-o viață de adult...

Nu știam că, atunci când nu mai ești copil, nu-i mai ai pe părinți mereu cu tine ca să te protejeze, că societatea nu mai este blândă cu tine, că supraviețuirea devine o luptă continuă, că lucrurile au o altă valoare și dimensiune, că o greșeală minoră nu îți mai este iertată atât de ușor, ba chiar se interpune între tine și oameni pe care îi iubești...

Îmi aduc aminte că, atunci când eram copil, imitam obiceiurile adulților, de exemplu mi se părea fantastic să bei cafea. Azi mi se pare fantastic să te poți juca, să te poți bucura de lucruri mici, copilărești, să speri cu tot sufletul la ceva ce îți dorești, știind că, dacă vei fi cuminte, vei primi pentru că meriți. Azi știu că nu primești întotdeauna ceea ce meriți, că a fi demn și onest nu este garanția că vei primi recunoaștere, că succesele nu îți vor fi întotdeauna răsplătite așa cum se cuvine. Azi mi s-ar părea minunat să poți spune fără frică tot ceea ce gândești, să pui întrebări fără a te teme că ești acuzat de prostie, să poți greși fără a fi judecat și condamnat, să poți fi iertat cu adevărat după ce ai greșit și ai cerut iertare sincer.

Ca adult, astăzi știu că nimeni, niciodată, nu te poate iubi la fel cum te-au iubit părinții și că nimeni nu te iartă cu adevărat, adică fără a avea resentimente. Azi știu că iertarea este, de multe ori, doar o promisiune ce ascunde un compromis.

Când eram copil, mi se păreau foarte interesante discuțiile adulților, la care nu aveam voie să asist, crezând că sunt despre lucruri mărețe și despre secrete minunate pe care le voi descoperi și eu când voi fi mare. Acum pot spune cu dezamăgire că rareori am găsit interesante discuțiile adulților – în marea lor majoritate sunt conversații goale, lipsite de conținut și de emoții, în care oamenii fie se laudă cu ce au și ce pot, fie îi critică pe alții, fie caută să obțină ceva de la ceilalți: recunoaștere, beneficii, aprobare. Ca adult, am observat câtă vorbă goală este în orele de discuții dintre adulți, câtă răutate și mizerie se ascund de multe ori sub vorbe aparent inocente.

Când eram copil, mă fascinau femeile care se fardau și purtau tocuri și abia așteptam să am voie să fac și eu asta. Azi nu mă mai bucur la fel deoarece văd că tocurile și machiajul nu mai sunt mereu sinonime cu eleganța, frumusețea și feminitatea. Azi doar mi-e dor de pantofiorii mei din lac roșu cu buline albe, de care eram atât de mândră și de care mă bucuram mai mult decât mă bucur azi de toți pantofii mei cu toc la un loc. Azi nu mai râvnesc la pantofii cu toc și la rochiile lungi de seară, ci mi se pare de o mie de ori mai frumos să merg desculță prin iarbă, să pășesc timid prin grămezi de frunze uscate, să mă tăvălesc cu bucurie prin zăpadă.

Când eram copil, nu știam că există oameni răi, ci doar Bau-Bau, care venea să te sperie numai dacă nu erai cuminte. Ca adult, am aflat că Bau-Bau e doar o invenție, dar că există cu adevărat oameni răi și perfizi, care te dușmănesc și te pedepsesc fără să le fi greșit cu ceva.

Când eram copil, nu m-am îndoit niciodată de existența lui Doamne-Doamne și nu uitam niciodată să îmi spun rugăciunea înainte de culcare. Ca adult, m-am întrebat de multe ori dacă El există cu adevărat și am uitat adesea să mă rog sau măcar să îmi îndrept ochii spre cer, în semn de mulțumire.

Când eram copil, visam la o casă a mea, pe care o vedeam plină de prieteni, cărora le găteam și pe care îi tratam regește, împărțind cu ei nu numai mâncare pregătită cu dragoste de mine, ci și mii de momente frumoase, presărate cu emoții și visuri. Ca adult, mă trezesc adesea în singurătatea casei mele, fără a mă bucura de o masă împărțită cu oameni dragi, fără a găsi bucurie în a găti pentru altcineva, de multe ori neavând cu cine să împart emoția, bucuria și tristețea, rămânând singură cu bucurii și dureri doar de mine știute.

Mi-e dor de copilărie și de tot ce ar fi putut să fie...

IARTĂ-TE!

Sfatul cel mai important: iubește cu tot sufletul și iartă.

ARSENIE PAPACIOC

Pentru toți oamenii pe care nu ai reușit să-i iubești,
pentru toți oamenii pe care nu ai reușit să-i faci să te iubească,
pentru tot ce ai greșit cu sau fără voie, față de alții, dar mai ales față de tine,
pentru tot ce ai spus și a rănit pe cineva,
pentru tot ce nu ai spus, tăinuind,
pentru tot ce ai făcut și i-a cauzat dureri cuiva,
pentru tot ce nu ai făcut, renunțând la visuri,
pentru alegeri care te-au dus la eșec,
pentru toate neputințele și slăbiciunile tale,
pentru lacrimile vărsate nemeritat,
pentru furia pe care ai simțit-o, dorind să te răzbuni,
pentru timpul irosit cu nimicuri și cu oameni de nimic,
pentru naivitatea cu care ai iubit și te-ai dăruit unor oameni care nu te-au meritat,
pentru că ai fost cel mai aspru judecător al tău,

pentru că te-ai torturat cu gânduri negative, frici și remușcări,
pentru zilele triste și pentru nopțile pline de frământări,
pentru că ai uitat să o iubești pe cea mai importantă persoană din viața ta: pentru că ai uitat să te iubești pe tine însuți,
IARTĂ-TE!

Învață din tot ceea ce ai trăit și ia-o de la capăt: cu visuri noi, cu speranțe noi, cu o versiunea a ta mai bună, mai curajoasă, mai puternică, mai iubitoare!

CELOR CARE MĂ DETESTĂ

Îți scriu ție, omule care mă detești...

Numai tu cunoști motivele ce te-au făcut să mă detești și să mă disprețuiești, fiindcă eu știu că nu ți-am făcut niciun rău și că nu îți datorez nimic. Poate că tu mă consideri vinovată de ceva și mă urăști, dar, dacă ai fi sincer cu tine însuți, ai realiza că nu eu sunt responsabilă de neputința ta de a fi bun și de a scăpa de obsesii care îți otrăvesc sufletul. Dacă nu am reușit să rămânem prieteni, asta nu înseamnă obligatoriu că trebuie să fim dușmani, dar asta este o alegere ce îți aparține.

Vreau să știi că eu nu te urăsc. Pur și simplu, nu reușesc să te înțeleg și te privesc cu compasiune. Te compătimesc pentru tristețea ta, pentru durerea și frustrarea pe care le porți în suflet. Te compătimesc pentru că te complaci în rolul de victimă (închipuită) și pentru că nu ești capabil să fii obiectiv și sincer. Te compătimesc pentru neputința ta de a rămâne demn. Te compătimesc pentru că te irosești cu gânduri negative, cu invidie și cu încercări disperate de a-mi face rău.

Ar trebui să știi că, atunci când încerci să îmi faci rău, îți faci rău ție. Pe mine nu mă ating gesturile tale disperate de a-mi lua pacea sufletească. Tu nu ai nicio putere asupra mea. Tu ești doar un exemplu negativ pentru mine, fiindcă mi-ai arătat cum nu mi-aș dori să fiu niciodată. Nu vei reuși niciodată să mă faci să te urăsc și nici să mă răzbun pe tine. Și știi de ce? Pentru că mă iubesc prea mult pe mine ca să te las să mă transformi într-un om urât și rău. Pentru că mă iubesc atât de mult, încât nu accept să-mi consum energia disprețuindu-te pe tine. Pentru că, la sfârșitul zilei, îmi dau seama că ești atât de mic și atât de speriat, încât mă rog pentru tine lui Dumnezeu să te aibă în paza Sa.

Cu fiecare încercare a ta de a mă lovi, te vei lovi pe tine. Cu fiecare încercare a ta de a mă murdări, te murdărești, de fapt, pe tine. Ești prea slab ca să mă poți clătina și ești prea mic ca să îmi poți sta în cale.

Regret că nu ai liniște, că ești atât de fragil și atât de speriat. Cred că răutatea ta este cauzată de teamă, iar teama este un semn de slăbiciune și de nesiguranță, de neîncredere în tine. Regret că faci alegeri proaste, că nu îți poți depăși condiția, că, în loc să îți umpli sufletul cu iubire, tu ți-l umpli cu ură. E atâta ură în tine, încât nu mai este loc pentru iubire și pace.

Te-ai gândit vreodată că poate mă detești din cauză că nu poți fi ca mine? Pentru că, în timp ce tu cauți urâtul și răul din oameni, eu caut să mă bucur de frumusețea lor. Pentru că, în timp ce tu judeci și condamni, eu înțeleg și iert. Pentru că, în timp ce tu instigi persoane să ți se alăture în actele tale nebunești și nedemne, eu adun în jurul meu oameni minunați cu care fac lucruri frumoase. Pentru că, în timp ce tu cauți să distrugi, eu caut să clădesc. Pentru că, în timp ce tu lovești, eu mângâi și îmbrățișez. Pentru că, în timp ce tu găsești satisfacție în a-i face pe oameni să plângă, eu găsesc bucurie în a le șterge lacrimile de pe obraz și a-i face fericiți. Pentru că, în timp ce tu descurajezi și ucizi visuri, eu le arăt oamenilor că au aripi. Pentru că, în timp ce tu ești încruntat, eu zâmbesc. Pentru că, în timp ce tu faci eforturi să fii rău, eu mă străduiesc să devin mai bună. Pentru că, în timp ce tu mă înjuri, eu mă rog pentru tine. Pentru că, în timp ce tu te victimizezi, eu caut să-mi identific și să-mi îndrept greșelile. Pentru că, în timp ce tu adormi cu sufletul împovărat, dacă nu cumva ai insomnii, eu adorm cu sufletul plin de pace. Pentru că, în timp ce tu urăști, eu iubesc.

Tu, omule care mă detești, ar trebui să știi că, de fapt, te detești pe tine. Îți detești propriile slăbiciuni, neputințe și urâțenia sufletească. Mă privești prin ochii tăi diformi.

Ar trebui să știi că fiecare om aruncă în ceilalți cu ceea ce are el în suflet, unii cu noroi, iar alții cu iubire.

Ar trebui să știi că un om care se iubește pe sine nu poate urî pe nimeni, de aceea te îndemn să te iubești și să faci pace cu tine, *fiindcă* tu *ești cel mai mare dușman al tău, nu eu.*

TU ALEGI CINE VREI SĂ FII

Viața nu devine mai ușoară.
Tu devii mai puternic.
ANONIM

După fiecare experiență în care cineva te-a făcut să suferi, tu alegi cine vrei să fii: victima acelora care te-au rănit sau un om puternic, demn și fericit.

După fiecare nedreptate ce ți s-a făcut, tu alegi cine vrei să fii: un om răzbunător și rău sau un om iertător și bun.

După fiecare nereușită, tu alegi cine vrei să fii: un om descurajat, care își plânge de milă o viață, sau un om încrezător, care nu renunță și luptă în continuare pentru a-și atinge țelurile.

După fiecare cuvânt urât ce ți se spune, tu alegi cine vrei să fii: un om care răspunde tot cu cuvinte urâte sau un om care vorbește cu respect și iubire.

După fiecare încercare a cuiva de a-ți cotropi sufletul, tu alegi cine vrei să fii: un om care cotropește suflete sau un om care le locuiește frumos, lăsând în urma lui pace și amintiri frumoase.

După fiecare suferință cu care te încearcă viața, tu alegi cine vrei să fii: o persoană care-L urăște pe Dumnezeu sau un om drept, ca Iov, care I-a dat slavă lui Dumnezeu chiar și atunci când pierduse totul.

După fiecare înfrângere, tu alegi cine vrei să fii: un om care rămâne în genunchi sau un om care se ridică și merge demn mai departe.

După fiecare poveste urâtă pe care ai trăit-o, tu alegi cine vrei să fii: un om care nu va mai crede în povești frumoase sau un om care va scrie cele mai frumoase povești.

La sfârșitul fiecărei zile din viaţa ta, tu alegi cum vrei să fii: un vin de calitate sau un vin ce se transformă în oţet.

De fiecare dată, alegerea îţi aparţine.

SUNTEM SĂRACI

Un om sărac nu este un om fără bani,
este cel care nu are niciun vis.
HENRY FORD

Suntem săraci...

pentru că, deși avem viață, nu trăim;

pentru că, deși nu avem destul timp, aceasta este resursa pe care o irosim cel mai mult;

pentru că vorbim mult, dar nu transmitem nimic;

pentru că ascultăm, dar nu înțelegem;

pentru că privim, dar nu vedem;

pentru că avem sentimente, dar ne e teamă să le exprimăm;

pentru că avem mâini, dar nu mângâiem, nu ștergem lacrimi, nu îmbrățișăm;

pentru că avem picioare sănătoase, dar nu ne mai deplasăm fără mașini; și, cel mai trist, pentru că, indiferent cum ne-am deplasa, nu mergem acolo unde putem să facem bine;

pentru că avem cerul și frumosul în jur, dar mergem cu privirea în pământ;

pentru că avem sufletele pline de zâmbete, dar chipurile ne sunt împietrite de grimase triste;

pentru că avem case mari, dar ele sunt lipsite de dragoste, de râsete și de prieteni care să le treacă pragul;

pentru că avem bani de irosit pe nimicuri ce ne omoară timpul și sănătatea, dar nu avem bani pentru a cumpăra ceva care să ne bucure cu adevărat sufletul: o carte, un disc, o floare;

pentru că avem mâncare de risipit, dar nu avem de dăruit acelora care nu au;

pentru că, deși avem muzică, noi ascultăm zgomote și vorbărie inutilă;

pentru că, deși avem pace pe pământ, noi ducem războaie între noi;

pentru că, deși e atât de ușor să menţinem pacea pe pământ, noi preferăm să cotropim și să ucidem;

pentru că, în loc să ne rugăm divinităţii, noi mai mult cerșim;

pentru că studiem mult și învăţăm puţin;

pentru că, deși cunoaștem foarte mulţi oameni, prea puţini dintre ei ne sunt prieteni;

pentru că dăm mereu naștere unor visuri noi, dar suntem prea comozi ca să ni le și împlinim;

pentru că plângem după lucruri, dar renunțăm ușor la oameni;

pentru că avem ambiţii, dar nu avem valori;

pentru că preferăm să renunţăm în loc să luptăm;

pentru că, în loc să zburăm, ne târâm;

pentru că, în loc să iertăm, părăsim;

pentru că, în loc să cunoaștem, judecăm;

pentru că urâm în loc să iubim...

EXISTĂ DOAMNE-DOAMNE?

Dumnezeu este intervalul dintre două bătăi ale inimii.
EMIL CIORAN

– Dar, până la urmă, există Doamne-Doamne?
– Există...
– De unde știi? L-ai văzut?
– Da.
– Unde?!
– Peste tot. Uite: aici și aici și acolo. În pomul ăsta, în florile din grădină, în tot ceea ce există. Toate au fost create de El, deci există în toate așa cum și tu exiști în tot ceea ce faci. Orice faptă a ta dovedește că exiști, orice desen, orice...
– Dar florile din grădină nu le-a creat Doamne-Doamne. Le-am plantat noi, ai uitat?
– N-am uitat, așa este. Dar înainte să le plantăm noi în pământ, ni le-a plantat Dumnezeu în inimi.

Să nu uitați că Dumnezeu a sădit în inimile noastre iubirea. Iar noi avem puterea să creăm minuni cu ea.

UITĂ ȘI MERGI MAI DEPARTE

Uitarea și mersul mai departe sunt cea mai mare înțelepciune.
FRIEDRICH NIETZSCHE

S-a terminat. Iubirea pe care o credeai Acea Poveste cu Acel Final Fericit și în care tu te-ai dăruit în întregime s-a risipit ca un nor, iar din el au plâns mii de lacrimi. Ale tale. Despărţirea de Prinţul Visurilor tale a fost o lovitură atât de puternică, încât ţi-a răsturnat întregul univers și te-a făcut să îţi pierzi echilibrul sufletesc. La capăt de drum, la final de poveste, înţelegi nu numai că tu nu vei mai fi niciodată mireasa lui, ci și că el a dispărut pentru totdeauna din viaţa ta. Oricât de bune sau de rele ar fi fost momentele trăite împreună, îţi dai seama că nu vă veţi mai ţine niciodată de mână, că nu vă veţi mai vorbi, că veţi traversa strada dacă întâmplarea v-ar scoate în cale unul altuia.

Suferi cu atât mai mult cu cât depeni la nesfârșit firul poveștii voastre și nu înţelegi unde ai greșit. Regreţi timpul pe care l-ai irosit alături de un bărbat lângă care te vedeai până la sfârșit, apoi îţi frângi mâinile obsesiv, gândindu-te la ce ai fi putut face mai bine ca să nu se întâmple asta, te perpeleşti întrebându-te ce nu ai făcut bine şi în sinea ta tot mai speri să îl faci să se întoarcă la tine. Oricât de multe încercări ai face, nu poţi scăpa de întrebările ce îţi provoacă durere sau de crâmpeiele de speranţă că el se va reîntoarce într-o bună zi la tine. Îl vrei şi nu îl vrei. Plângi, speri, eziţi, nu îţi găseşti locul... şi toate acestea fiindcă nu ai primit niciun răspuns rezonabil, ci doar scuze monosilabice ale unui om indecis, pe care acum îl consideri imatur.

Eşti atât de prinsă în durerea pe care o trăieşti, încât nu mai întrezăreşti nicio speranţă la fericire. La Fericirea cu Altcineva. Nu mai vezi nimic altceva, în afară de povestea tristă pe care o retrăieşti încontinuu fiindcă nu ai puterea şi curajul să-i întorci spatele acelui trecut căruia nu îi mai aparţii şi care te ţine captivă în nefericire şi deznădejde. Şi plângi după un om care, aparent, ţi-a luat totul: pacea sufletească, visuri, sentimente, încredere şi amintiri.

Poate că aşa este – poate că el ţi-a luat Povestea Aceea frumoasă la care ai visat toată viaţa şi în care ai crezut din prima clipă, dar ai de gând să-l laşi să-ţi ia şi prezentul şi viitorul? Ai de gând să îţi iroseşti o parte din timpul pe care nu îl mai poţi recupera niciodată suferind după un bărbat care nu mai face parte din viaţa ta şi pentru care tu nu mai exişti decât ca o simplă amintire? Pentru că fiecare clipă în care îţi plângi de milă, fiecare regret, fiecare urmă de vinovăţie pe care ţi-o atribui nemeritat, fiecare lacrimă şi fiecare grimasă de durere înseamnă irosirea timpului tău, irosirea vieţii tale.

Opreşte-te o clipă şi ai curajul să te priveşti în oglindă. Meriţi să suferi atât după cineva care nu te-a apreciat? Şterge-ţi lacrimile, aminteşte-ţi cine erai înainte să-l întâlneşti pe el şi caută forţa de a te iubi pe tine mai mult decât iubeşti un om care nu ţi-a răspuns cu aceeaşi iubire. Aşa cum ai putut trăi fără el până în clipa în care l-ai cunoscut, vei putea trăi fără el şi de acum înainte. Păstrează ceea ce a fost frumos între voi doi, prețuiește momentele minunate și dă drumul tristeții. Dezleagă-te de iubirea pentru el, de clipele netrăite, dar îndelung visate, și privește senin înainte. Viața nu se termină odată cu plecarea unui om care nu a știut să te iubească așa cum ți-ai dorit tu.

Nu meriți să suferi atât! Nu îți mai tortura sufletul cu întrebări inutile, cu regrete și cu așteptări fără rost!

Uită și mergi mai departe!

Dacă nu-i vezi lacrimile unui om, nu înseamnă că acesta nu plânge pe ascuns în sufletul lui.

Trecutul și-a primit partea de timp și sentimente ce i se cuvenea. La fel și oamenii care-i aparțin.

Nu lua în prezent povești apuse din trecut, nici oameni care nu mai fac parte din viața ta. Trebuie să iei cu tine doar amintirile frumoase și învățăturile. Regretele și resentimentele doar îți îngreunează inutil sufletul.

Nu mai lăsa nimic din ceea ce ți-a umbrit cerul trecutului să îți umbrească și cerul prezentului.

Nu-i mai da trecutului nimic. Nici timp, nici sentimente, nici măcar o lacrimă. Pentru că nici trecutul nu-ți mai dă ție nimic. Privește doar înainte. Caută lumina, caută pacea și caută-i pe oamenii care-ți vor fi trimiși ca să-ți arate că orice trecut, oricât de dureros, devine doar o amintire tristă, estompată de iubirea cu care te vor copleși cei sortiți să facă parte din viața ta.

Uitarea e o binecuvântare.

Înainte să uiți, iartă.

Lasă-i trecutului toate durerile. Le merită.

AM PLÂNS...

Lacrimile sunt cuvintele pe care inima nu le poate rosti.

ANONIM

Cândva, când eram mică, tata m-a surprins plângând. Mi-a spus atunci că Doamne-Doamne le-a dat oamenilor un număr fix de lacrimi. Și că există două feluri de lacrimi: de tristețe și de fericire.

– Nu îți irosi lacrimile, tati, pentru lucruri care nu merită. Păstrează-le pentru atunci când va trebui să plângi de fericire. Ar fi păcat să nu ai în acele momente cu ce să plângi!

Cu timpul am uitat îndemnul tatălui meu. Am uitat cât de prețioase sunt lacrimile mele și că nu oricine merită să mi le irosesc. Și am irosit așa râuri de lacrimi.

Am plâns pentru fiecare deziluzie, pentru fiecare durere, pentru fiecare eșec. Am plâns pentru întrebări rămase fără răspuns și pentru așteptări zadarnice. Am plâns în singurătate și am plâns în văzul lumii, căutând alinare. Am plâns de dor. Am plâns pentru oameni care nu m-au iubit așa cum i-am iubit eu. Am plâns pentru nedreptăți ce mi s-au făcut, pentru promisiuni frumoase și iluzii cu care am fost amăgită. Am plâns de fiecare dată când cineva mi-a arătat Raiul, ca mai apoi să mă trimită direct în Iad. Am plâns de neputinţă și am plâns de ciudă că am trăit jumătăţi de măsură. Am plâns pentru alegeri greșite și pentru că m-am abandonat altora, lăsându-i să mă folosească. Am plâns ori de câte ori am plătit prea scump pentru naivitatea cu care am crezut în oameni. Am plâns pentru prietenii imaginare și pentru iubiri închipuite. Am plâns pentru dramele altora, trăind povești ce nu erau ale mele. Am plâns după oameni care m-au abandonat, convinsă că nu voi putea trăi fără ei. Am plâns implorând iertare pentru greșeli pe care nu le făcusem, dar pe care mi le asumasem în momente de disperare, când voiam cu orice preţ să-l ţin lângă mine pe bărbatul de care depindea sufletul meu.

Privind în urmă la câte lacrimi am plâns în zadar, îmi pare rău că mi le-am irosit pentru situaţii ce nu meritau atenţia mea excesivă. Dar azi am maturitatea să înţeleg și să îmi recunosc toate naivităţile, neputinţele, slăbiciunile, rătăcirile și renunţările. Azi îmi amintesc mai des de îndemnul tatălui meu, realizând câtă dreptate avea. De aceea azi nu mai plâng la fel ca în trecut. Am înţeles că îi sunt datoare sufletului meu cu lacrimi de fericire...

NEVOIA DE BRAȚE PROTECTOARE

Nu există prietenie sau dragoste precum aceea a unui părinte pentru copilul său.
HENRY WARD BEECHER

Când eram copil și cineva îmi rănea sufletul, aveam tendința să alerg în brațele tatălui meu. Aveam nevoie de siguranța brațelor lui, unde mă simțeam protejată de toate răutățile lumii. În brațele lui tati nu putea să se întâmple nimic rău – acolo exista iubire și protecție cât pentru o lume întreagă de adversități.

Într-o zi, nu mai știu ce din ce motiv, am alergat din nou în brațele tatălui meu, căutând adăpost, însă acesta nu m-a primit. Și m-am ascuns într-un loc unde să nu fiu văzută și am plâns până când am obosit. Atunci m-am supărat foarte tare pe tata și am trăit sentimentul ăla straniu de singurătate cumplită...

De fapt, tata știa de ce mă refugiam în brațele lui. Eram speriată de răutatea vreunei persoane care îmi rănea sufletul și frica de acea răutate mă făcea să caut cu disperare protecție și iubire în brațele lui, dar având ca efect faptul că mă făcea să mă simt mică, neputincioasă și neiubită.

Tata m-a refuzat și a doua oară când am căutat protecția brațelor lui pentru a plânge. M-a durut enorm, dar de atunci nu am mai căutat alinare la el când mă rănea cineva. Și, în loc să fug plângând către tata, în loc să mă ascund într-un loc ferit de privirea tuturor, am început să înfrunt lumea. Am început să prind încredere în mine și nu m-am mai lăsat rănită. Am început să nu mă mai simt singură, avându-mă de data aceasta doar pe mine... Și am înțeles că nimeni nu are dreptul să mă nedreptățească și să mă facă să sufăr. Așa că am început să îmi aleg cu atenție prietenii și să îi îndepărtez treptat pe falșii amici, am început să înlătur lucrurile ce nu îmi făceau bine și să mă feresc de situațiile ce mă destabilizau. Mi-am dat seama curând că acele persoane și lucruri de care în trecut mă agățam cu disperare, crezând că într-un fel depind de ele, nu erau decât lucruri ce mă țineau departe de... esența mea.

Timpul a trecut, iar eu am înțeles foarte clar de ce, de la un moment dat, tata nu m-a mai primit în brațele lui călduroase atunci când simțeam nevoia să găsesc consolare și siguranță. Am înțeles – pe calea cea mai grea, dar cred cu fermitate că și singura posibilă – că, deși îl durea fiecare lacrimă de-a mea, deși simțea cu ardoare nevoia să mă îmbrățișeze și să îmi șteargă lacrimile, deși s-ar fi luptat cu lumea întreagă pentru a mă apăra, tata a trebuit să mă lase să mă descurc singură fiindcă numai așa aș fi dobândit putere și încredere în mine.

Azi tata nu mai este și nu mă mai poate strânge în brațe, însă, dacă cineva încearcă să mă rănească, să mă sperie și să mă descurajeze, știu că nu sunt singură și neajutorată, știu că nu sunt neputincioasă, știu că nu sunt neiubită. Știu că, deși nu îl mai am pe tata să mă strângă la piept și să îmi șteargă lacrimile, Îl am pe Dumnezeu, care îmi este tot timpul alături și care mă protejează, suferind împreună cu mine, alinându-mi fiecare durere și dăruindu-mi încredere, putere și pace...

SCHIMBĂRI

Nu lucrurile se schimbă. Noi ne schimbăm.
HENRY DAVID THOREAU

Vine o zi în care te saturi de iubiri declarative și de prietenii închipuite.

Te saturi de oameni imperfecți, dar care pretind de la tine să fii perfect.

Te saturi de lăcomia unora, care doar așteaptă să le dai și care niciodată nu sunt mulțumiți.

Te saturi să ți se vâneze orice greșeală și să nu ți se recunoască niciun merit.

Te saturi de critici, de judecăți nejustificate, de acuzații nefondate și de opinii nesolicitate.

Te saturi să ți se reamintească mereu ce ai făcut sau ce nu ai făcut, ce ai spus sau ce nu ai spus...

Te saturi să fii arătat cu degetul de ipocriții care se consideră etaloane de moralitate.

Te saturi de palmele pe care le primești peste obrazul pe care altădată erai sărutat.

Te saturi de indiferența, de egoismul și de lipsa de considerație cu care ești tratat.

Te saturi să vezi cum ești pus pe ultimul loc, cum ești doar o ultimă opţiune, o roată de rezervă.

Te saturi să fii folosit.

Te saturi să fii lingușit și să ţi se acorde atenţie doar atunci când reprezinți mijlocul pentru atingerea unor scopuri.

Te saturi de aceia care îţi irosesc timpul și de aceia care îţi încarcă sufletul cu emoţii negative și cu regrete.

Te saturi să fii ţinta frustrărilor, neputinţelor, lamentărilor patetice ale celor născuţi cu vocația de victimă.

Te epuizează prostia, răutatea și ignoranța unor oameni pe care ești nevoit să îi suporţi.

Te saturi să îți pierzi vremea justificându-te și încercând să-i faci pe unii să te cunoască.

Și atunci faci schimbări…

Eu tocmai am făcut niște schimbări în viaţa mea. Dacă nu mai auzi nimic de mine, înseamnă că și tu ești una dintre ele.

M-AM GRĂBIT

Nu-i judec pe oameni după greșelile lor, ci după dorința lor de a se corecta.

BOB MARLEY

M-am grăbit să-i numesc „prieteni" pe unii oameni care nu au avut deloc sentimente sincere pentru mine și pentru care am fost doar o punte către scopurile lor.

M-am grăbit să-i numesc „prieteni" pe unii oameni care n-au făcut niciun fel de efort ca să mă cunoască și să mă înţeleagă și care mi-au devenit judecători pentru greșeli născocite de ei. Tot ei sunt aceia care mi-au devenit și cei mai aspri călăi.

M-am grăbit să-i numesc „prieteni" pe niște oameni ieftini, care li s-au vândut prea repede altora, pe cuvinte frumoase, pe laude ipocrite și pe prietenii închipuite. Și care m-au vândut la fel de repede.

M-am grăbit să-i numesc „prieteni" pe oameni care, de îndată ce am îndrăznit să le spun adevăruri ce au deranjat, m-au abandonat fără niciun regret.

M-am grăbit să-i numesc „prieteni" pe oameni care pun mai presus orgoliul propriu și falsitatea decât omenia și sinceritatea.

M-am grăbit să-i numesc „prieteni" pe niște oameni incapabili să iubească și să relaționeze cu sinceritate, oameni care au dovedit că nu sunt în stare decât să se folosească de alții și să cultive amiciții interesate.

M-am grăbit să-i numesc „prieteni" pe unii oameni egoiști, care mi-au cotropit sufletul, mi-au invadat casa și mi-au irosit timpul doar pentru a-și umple singurătatea.

M-am grăbit să-i numesc „prieteni" pe unii oameni care declarativ se întreceau în promisiuni bine garnisite cu amăgiri, dar care, odată puși în fața posibilității de a-și arăta prietenia, făceau repede cale-ntoarsă ori inventau scuze penibile.

M-am grăbit să-i numesc „prieteni" pe unii oameni care mi-au declarat iubirea în gura mare în locuri publice, dar care, în intimitate, au dovedit că nu sunt capabili să se iubească nici măcar pe ei înșiși...

M-am grăbit să-i numesc „prieteni" pe oameni pe care-i vedeam alături de mine până la sfârșitul drumului meu, dar care au cotit brusc pe alt drum de îndată ce au zărit vreo cărare cu iz de oportunitate.

M-am grăbit să iubesc pentru ca mai apoi să mă grăbesc să uit că am iubit...

AȘTEPTĂRI

Înțeleptul așteaptă totul de la el însuși,
omul simplu așteaptă totul de la ceilalți.
CONFUCIUS

Aştepţi.

Aştepţi acel moment în care toate îndoielile și toate temerile îţi vor fi alungate.

Aştepţi acea clipă în care toate întrebările tale vor primi răspunsurile de care ai atâta nevoie.

Aştepţi să ţi se spună adevăruri pe care tu le știi de mult, dar pe care nu le rostești ca să nu rănești, ca să nu incomodezi, ca să nu distrugi ceea ce abia mai arată ca un întreg.

Aştepţi să ţi se răspundă cu aceeași încredere și cu aceeași dăruire pe care tu le oferi.

Aştepţi ca o persoană foarte dragă sufletului tău să aibă curajul de a recunoaște că te iubește.

Aştepţi febril mângâierea cuiva drag, dar ea pare să nu vină niciodată atunci când sufletul tău are nevoie disperată de ea.

Aştepţi acel „Iartă-mă!“ ce ţi-ar da forţa să mergi mai departe, să crezi din nou în iubire și să îţi dorești un nou început.

Aștepți acea îmbrățișare care îți va alunga toată singurătatea și care te va face să uiți toate așteptările chinuitoare...

Te hrănești cu iluzii frumoase despre iubiri curate, despre gesturi tandre, despre o poveste minunată în doi, despre clipe de fericire atât de meritate...

Și aștepți...

Până când?

PODURI

Oamenii construiesc mai multe ziduri
și mai puține poduri...
ISAAC NEWTON

Recunosc. Au existat oameni care mi-au pătruns în suflet cu mare ușurință, fără să facă nimic special în acest sens, doar fiind ceea ce sunt ei de fapt: oameni fundamental buni, luminoși. Au existat și oameni interesați care, deși au făcut zeci de eforturi să se apropie de mine, umplându-mă de mii de complimente meșteșugit croite, nu au reușit. Îi vedeam de partea cealaltă a drumului cum mergeau în paralel cu mine, țintindu-mă cu privirea lor și gratulându-mă exagerat, doar-doar vor reuși să se apropie de mine și să îmi intre pe sub piele.

Recunosc. Pe unii i-am lăsat să se apropie, pe alții, nu. Dintre aceia care au pășit alături de mine pe cale, unii au rămas, iar alții și-au văzut de drum după o vreme. După unii am plâns, după alții m-am scuturat repede, zâmbind cu seninătate că am rămas să-mi văd singură de drum. Vorba aceea, mai bine singură pe cale decât *mal accompagnée.* Unii dintre cei plecați nu s-au mulțumit să își vadă de drumul lor și s-au oprit să arunce cu pietre în mine, ca să mă rănească, să mă oprească din mers, să mă abată de la calea mea dreaptă și să mă vadă la pământ...

Recunosc. Unii au reușit o vreme, iar alţii, nu. Deși din când în când m-a mai rănit câte o piatră, m-am ridicat de fiecare dată, mi-am îndreptat hainele, mi-am așezat cu demnitate vreo șuviţă de păr ce nu mai era la locul ei și mi-am continuat drumul. Și nu m-am irosit niciodată încercând să arunc cu pietre înapoi. Ba chiar am încercat să-i ajut pe lapidatorii mei... și am adunat cu multă trudă și răbdare toate pietrele aruncate spre mine, pe care le-am cărat cu greu uneori, și am construit din ele poduri frumoase către mine...

Recunosc. Cei mai mulţi dintre ei nu au avut curaj să pășească pe podul întins spre ei și să vină spre mine... Puţinii curajoși – unii dintre ei sfâșiaţi de regrete, iar alţii și mai porniţi împotriva mea – au încercat să își ia pietrele înapoi, dar, odată zidite în acele poduri stabile, ele nu mai puteau fi scoase deoarece podurile mele au fost construite cu multă iubire, iar iubirea este un liant sigur.

Recunosc. Cei mai neputincioși dintre detractorii mei, aflați de partea cealaltă a drumului, otrăviţi de invidie și de ură, au încercat să îmi distrugă podurile, aruncându-le în aer, pentru că nu suportau să vadă cum oamenii vin în continuare spre mine și pentru că nu suportau să mă vadă fericită... Și am încercat să fiu și mai iubitoare, și mai fericită, ca să trimit pe podurile construite de mine, înspre ei, detractorii mei, pace, recunoștinţă și iubire care să suplinească neiubirea lor. Pentru că, indiferent câtă ură și cât venin ar trimite ei înspre mine, acestea nu vor putea învinge niciodată forța și siguranța iubirii care circulă pe podurile mele, dinspre mine către ei.

Să fiţi iubiţi!

DACĂ AȘ PUTEA SĂ FIU DIN NOU COPIL...

Om mare este cel care nu și-a pierdut inima sa de copil.

MENCIUS

Dacă aș putea să fiu din nou copil...

i-aș săruta mâinile tatălui meu, pentru tot ceea ce mi-a dăruit, pentru tot timpul și pentru toată răbdarea cu care m-a ajutat să descopăr lumea și cu care mi-a răspuns la aceleași întrebări iar și iar...

i-aș săruta mâinile pentru toate mângâierile și îmbrățișările pe care mi le-a oferit, pentru că m-a dus în brațe atunci când mă alintam...

i-aș săruta mâinile cu care mi-a șters lacrimile atunci când eram tristă și cu care mi-a mângâiat părul, făcându-mă să mă simt protejată și prețuită...

i-aș săruta mâinile cu care mi-a adus de atâtea ori prăjituri, mere și portocale, cu care mi-a ținut cana de ceai atunci când eram bolnăvioară...

i-aș săruta mâinile cu care mi-a adus primul buchet de flori pe care l-am primit în viața mea, cu care mi-a deschis ușile și poarta de atâtea ori...

i-aș săruta mâinile cu care și-a șters lacrimile atunci când i-a fost dor de mine...

Azi nu mai sunt copil... și doar lacrimile mai sărută amintirea tatălui meu...

ADEVĂRURI CARE DOR

Una dintre cele mai grave boli pe lumea asta este să nu însemni nimic pentru nimeni.

MAICA TEREZA

Mi-a trebuit ceva timp să înţeleg şi să accept...

că nu toţi cei care îţi zâmbesc te şi agreează; că nu toţi cei care te complimentează te şi plac; că nu toţi cei care te aprobă sunt şi de acord cu tine.

că nu toţi cei care te ascultă te şi înţeleg sau sunt interesaţi cu adevărat de soarta ta – cei mai mulţi sunt doar curioşi să afle detalii despre tine.

că prea puţini oameni se bucură sincer de reuşitele tale şi că, de multe ori, în spatele bucuriei afişate a unora se ascund frustrări şi invidie.

că multe dintre chipurile binevoitoare pe care le afişează oamenii în public sunt, de fapt, măşti şi că multe dintre sentimentele lor pozitive sunt doar trăiri abil jucate.

că eşti bârfit tocmai de aceia care te cunosc cel mai puţin şi eşti judecat tocmai de aceia care sunt mai imorali ca tine.

că nimic nu e gratis în lume și că prea puţini oameni îţi oferă ceva fără a aștepta altceva în schimb și fără avea interese ascunse.

că prea puţini oameni îţi întind voluntar o mână de ajutor, fără ca tu să fii nevoit să li-l ceri.

că mulţi arată compasiune și bunătate doar de ochii lumii, când în realitate sunt indiferenţi și interesaţi să își facă o imagine publică de persoană generoasă.

că nu toţi cei care spun că iartă o și fac cu adevărat și că unii nu iartă niciodată, ba chiar își ascund ura în spatele zâmbetelor.

că unii oameni uită de îndată binele pe care li l-ai făcut, dar îţi vor reproșa la nesfârșit chiar și cea mai neînsemnată greșeală.

că nu toţi cei care susţin că sunt credincioși sunt și buni, că pentru unii credinţa este, de fapt, frică de Dumnezeu, și nicidecum iubire pentru Dumnezeu și semeni.

că azi poţi însemna totul pentru cineva, iar într-o clipă poţi deveni nimeni deși nu ai greșit cu nimic.

că, atunci când oamenii au nevoie de tine, îţi arată făţiș iubirea, iar când nu le mai servești scopurilor lor, îţi arată disprețul și indiferența.

că pe aceeași ușă pe care îţi intră în viaţă nefericirea pleacă și mulţi oameni care ţi-au fost alături doar în momentele de bucurie, știind că acum nu mai ai nimic de oferit.

că, atunci când nu sunt folosiţi pentru înălţarea semenilor sau a celor neajutoraţi (copii, bătrâni, animale), banii dezumanizează.

că, dacă nu ai pe nimeni în viaţa ta, banii și celebritatea nu îţi ţin de cald.

că, atunci când îndrăznești să fii diferit, ești catalogat ca fiind ciudat și ești respins.

că, atunci când adevărul pe care îl rostești îi incomodează pe cei falși și ipocriţi, aceștia nu se dau în lături de la a-ţi compromite imaginea ca să discrediteze și să se apere pe ei în acest fel rușinos.

că, deși există o lege a compensaţiei, este posibil ca aceia care ţi-au făcut rău să nu fie pedepsiţi niciodată – sau cel puţin nu în timpul vieţii tale.

Mi-a trebuit ceva timp ca să înţeleg și să accept aceste adevăruri care dor, însă din momentul în care le-am acceptat viaţa mea a devenit mult mai ușoară.

ÎNSTRĂINARE

Pentru aceasta m-am ascuns și am închis ușile: ca să le pot fi de folos mai multora.
SENECA

Oamenii te condamnă atunci când te înstrăinezi de ei. Se simt neglijaţi, abandonaţi, nedreptăţiţi. Și prea puţini dintre ei se întreabă care a fost motivul pentru care te-ai distanţat. Nu fac niciun efort să vadă dacă ei ţi-au greșit cu ceva, ci încep pe loc să caute greșeli numai la tine. Și, dacă acestea nu există, le vor născoci. Nu își vor asuma nicio vină, nu vor accepta că au fost îndepărtați și îţi vor deveni dușmani.

La un moment dat am ales să fac ordine în viaţa mea, iar asta a însemnat, inevitabil, să mă îndepărtez de anumiţi oameni. De ce? Pentru că în orice relaţie, fie că este una de iubire, de prietenie sau de colegialitate, este nevoie de doi. Iar atunci când într-o relaţie am rămas singură, am ieșit și eu din ea. De ce? Pentru că mi s-a părut obositor să o susţin numai eu cu emoţie și energie. Pentru că mi s-a părut firesc ca o relaţie în care suntem egali să fie susţinută în egală măsură și de celălalt partener.

Așadar, atunci când am ales să fac această curăţenie de primăvară... sufletească, am decis să mă îndepărtez de câteva categorii de oameni care mă epuizau.

M-am îndepărtat de oamenii cu care nu aveam nimic în comun. Deși am acceptat întotdeauna mentalitățile diferite, gusturile și valorile diferite, unii oameni au fost atât de deosebiți de mine, încât nu aveam niciun punct comun pe care să mai construim ceva. Surprinzător, ei au fost aceia care au încercat într-un mod agresiv să îmi impună părerile și valorile lor, nerespectându-mi personalitatea.

M-am îndepărtat de oamenii lipsiți de ambiție și de motivație, oameni pe care m-am săturat să-i trag după mine și să-i fac să privească în sus.

M-am îndepărtat de oamenii care s-au apropiat de mine doar pentru a mă folosi, purtând pe chipurile viclene măști prietenoase și zâmbitoare.

M-am îndepărtat de oamenii care în fața mea defilau cu bunele lor intenții, iar pe la spate nutreau sentimente de ură și invidie.

M-am îndepărtat de oamenii răi, negativi, pesimiști, hipercritici, care strică armonia din jurul lor oriunde s-ar duce, oameni care te indispun permanent cu proasta lor dispoziție și cu remarcile lor acide.

M-am îndepărtat de oamenii egoiști, care trăiesc doar pentru ei, care nu văd decât cum să manevreze totul pentru ca să le fie lor bine, care se pun mereu pe primul loc și care cred că li se cuvine totul.

M-am îndepărtat de oamenii curioși, pe care îi preocupau mai mult amănuntele intime din viața mea decât persoana mea și ceea ce aveam eu de oferit.

M-am îndepărtat de oamenii falși, prefăcuți, mincinoși, răi, ipocriți, bârfitori, de aceia care m-au judecat pe legea lor pentru felul în care mi-am dus viața.

M-am îndepărtat de oamenii care m-au transformat imediat în dușman atunci când i-am contrazis și când le-am spus ceea ce nu le plăcea să audă, deși era adevărul.

M-am îndepărtat de oamenii care au încercat să îmi taie aripile, să mă tragă în jos, să mă prindă în mocirla lor; de la ei nu am învățat decât partea urâtă a vieții.

M-am îndepărtat de oamenii care îmi iroseau timpul, pentru a-și umple egoist singurătatea.

M-am îndepărtat de oamenii insensibili la frumos, concentrați prea mult pe „a avea" și prea puțin pe „a fi".

Dacă mi-a fost ușor să plec?

Nu, nu mi-a fost ușor să mă îndepărtez de oameni, pentru că de fiecare persoană cu care am relaționat m-au legat sentimente frumoase. Am fost atașată de fiecare om în parte și am văzut binele din fiecare. Însă atunci când optimismul meu necondiționat a fost grav avariat de falsitatea și răutatea lor, am decis că îmi e mai bine să nu mă mai iluzionez cu prietenii închipuite.

Sigur că cei mai mulți dintre aceia de care m-am depărtat sunt astăzi criticii mei cei mai vehemenți. Sunt primii care arată cu degetul în direcția mea, strigând în portavoce că succesul m-a transformat într-o persoană înfumurată și suficientă. Nu este așa. Îi rog și pe această cale să caute adevărul în sufletul, în caracterul și în comportamentul lor. Dacă îl vor găsi, ușa mea le este în continuare deschisă. Dacă nu îl vor găsi, atunci să își cumpere portavoce și mai mare și să își strige în ea nemulțumirea. Eu nu am de ce să le dau explicații – ar fi inutile.

Mi-am ascultat inima și rațiunea atunci când m-am îndepărtat de ceea ce îmi făcea rău și i-am păstrat aproape de mine doar pe oamenii care cunosc și prețuiesc valoarea prieteniei și a omeniei. Lor nu trebuie să le dau explicații despre deciziile mele pentru că ei sunt cei care mă înțeleg din priviri.

DA, MAI EXISTĂ ȘI BĂRBAȚI...

E genul de bărbat de care nu poți să scapi decât dacă te măriți cu el.

MAE WEST

Da, mai există și bărbați...

care știu să fie și soți buni, și tați buni, și fii buni, și colegi buni, și prieteni buni.

care știu cât trebuie să spună din ceea ce gândesc, precum și să își expună punctul de vedere fără a jigni.

care au personalitate fără a manipula și a-și impune în mod agresiv ideile.

care nu au ambiții de copii săraci, care nu se simt complexați de bărbații bogați și frumoși.

care știu să își recunoască eșecurile și își asumă greșelile și nu caută mereu vinovați pentru neîmplinirile lor.

care nu sunt superficiali și duali.

care știu să separe comportamentul de stadion de cel de societate, fiind domni atunci când trebuie și grobieni atunci când e cu adevărat necesar.

care sunt politicoși cu femeile și cu persoanele mai în vârstă, care îi deschid ușa unei femei necunoscute și îi cedează locul unei persoane în vârstă.

care știu ce se cuvine și ce nu se cuvine să discute cu o femeie pentru a nu o plictisi și pentru a nu o expune la situații ridicole.

care trăiesc pentru fericirea femeii de lângă ei și care prețuiesc familia mai mult decât orice.

care nu uită ziua mamei lor, ziua iubitei și care pun preț pe evenimentele importante din viața oamenilor dragi.

care știu să își iubească și să își respecte mama și sora fără a le compara mereu cu iubita; care știu să își iubească și să își respecte iubita sau soția fără a o compara mereu cu mama sau cu sora.

care au răbdare cu copiii, care sunt responsabili și protectori.

care plâng atunci când îi emoționează ceva, când le e dor, când se simt singuri și neputincioși.

care știu cum și când să flirteze, făcând-o într-un fel elegant, fără a părea disperați.

care nu se laudă cu cuceririle lor, cu performanțele lor și nici cu lucrurile pe care le au.

cărora nu li se pare umilitor să se așeze în genunchi în fața iubitei sau să își ceară iertare.

care nu le compară pe femeile din trecut cu cea din prezent.

care nu consideră că treburile administrative sunt doar de competența femeilor și se implică activ în gospodărie.

care știu să fie frumoși și sexy chiar dacă nu au abdomen cu pătrățele și chiar dacă nu arată tocmai ca idolii din filme.

care au un umor fin și sunt amuzanți fără a fi bufoni.

cărora nu li se pare nebărbătesc să citească poezii, să meargă la teatru, să se uite la filme romantice.

care nu au nevoie de o femeie care să îi îngrijească la fel ca pe niște copii.

care știu să facă dragoste și nu o fac pe femeie să se simtă folosită.

care știu să facă și complimente nealuzive, fără subînțeles sexual.

care au brațe primitoare și protectoare pe care femeia iubită să le considere cel mai frumos și cel mai sigur loc de pe pământ.

care înțeleg că o femeie are nevoie de susținere, de încurajări, de protecție, de cuvinte calde, de priviri admirative, de alintări, de atenție.

care nu trăiesc cu impresia că femeile au nevoie de mult prea mult pentru a fi mulțumite și știu să le facă fericite prin gesturi mici.

care nu își denigrează fostele iubite.

care nu încearcă să le cumpere și să le impresioneze pe femei cu lucruri.

care sunt manierați, educați, culți și stilați.

care sunt sensibili la frumos, care sunt romantici și nu se rușinează cu asta.

care o privesc pe femeie în ochi când aceasta le vorbește și care știu când trebuie și când nu trebuie să o dezbrace din priviri.

care știu printr-o simplă privire să facă o femeie să se simtă frumoasă și să își dorească să li se dăruiască.

Da, există și astfel de bărbați și este responsabilitatea noastră, a femeilor din viața lor – mame, bunici, surori, iubite, soții –, să îi educăm să fie astfel.

Tu știi oare că ești un om frumos? Da, ești!

Ești frumos nu pentru că ai un chip cu trăsături perfecte, ci pentru că zâmbești, pentru că privești cu duioșie și râzi în hohote.

Ești frumos nu pentru că ești tânăr sau bătrân, ci pentru că sufletul tău este viu, dornic să se dăruiască și să iubească.

Ești frumos nu pentru că ai un trup perfect, ci pentru că îți folosești trupul pentru a iubi și a dărui, oferind îmbrățișări, mângâieri și sprijin. Pentru că muncești neobosit pentru cei dragi.

Ești frumos pentru că plângi atunci când îți este dor, când pierzi, când suferi, când te bucuri, când iubești.

Ești frumos pentru că te sensibilizează tot ceea ce este frumos, dar și tristețea lumii.

Ești frumos pentru că te dor nedreptatea și răutatea.

Ești frumos nu pentru că o spun alții privindu-te, ci pentru că o spun fără cuvinte, iubindu-te, așa cum ești și pentru ceea ce ești.

Ești frumos pentru că Dumnezeu nu face greșeli!

Dacă oamenii îți vor lua,
Dumnezeu îți va da înapoi înzecit.
Dacă oamenii te vor nedreptăți,
Dumnezeu îți va face dreptate.
Dacă oamenii te vor lovi,
Dumnezeu te va mângâia.

MI-A SPUS MIE DOAMNE-DOAMNE

Trebuie să ne golim de prea plinul Eu ca să mai intre în noi un pic de Dumnezeu.

PETRE ȚUȚEA

Aveam vreo 8 anișori când tata, care se apropia deja de vârsta de 60 de ani, s-a îmbolnăvit – o pneumonie urâtă ce l-a pus la pat. Eu l-am îngrijit la fel cum mă îngrijise el de atâtea ori când am fost bolnăvioară. I-am făcut ceaiuri și-i duceam pastilele și mâncarica la pat.

– Haide, înghite pastila asta chiar dacă e amară și mâine o să fii bine, i-am spus.

– De unde știi?

– Mi-a spus mie Doamne-Doamne.

Nu știu de ce am făcut acea afirmaţie... Poate că era o fantezie copilărească, poate chiar credeam că, atunci când Îi vorbeam lui Doamne-Doamne, El îmi răspundea.

Și era și normal să cred asta, pentru că îmi împlinea toate dorinţele.

Mai târziu, după câţiva ani, tata m-a surprins îngrijorată din cauza unei teze ce se apropia.

– Lasă, o să iei 10, mi-a spus.

– De unde știi tu? am întrebat neîncrezătoare.

– Mi-a spus mie Doamne-Doamne.

Dar între timp crescusem și nu mai credeam că se putea vorbi cu Doamne-Doamne...

Se spune că, dacă-I vorbești lui Dumnezeu, ești credincios, dar dacă El îți vorbește ție, ești nebun...

De multe ori oamenilor din jurul meu li se pare foarte ciudat că, ori de câte ori îmi doresc ceva, primesc – uneori pe cele mai neașteptate căi și de la cei mai neașteptați oameni. Prietenii mei se amuză adesea că, dacă îmi e poftă de ceva anume, în scurt timp apare cineva și îmi aduce exact acel ceva. Dar mie nu mi se pare ciudat... dimpotrivă... este lucrul cel mai firesc din lume: este felul în care îmi vorbește Doamne-Doamne.

De atâtea ori în viață am avut visuri pe care cei mai mulți dintre noi le consideră imposibil de realizat. Mai devreme sau mai târziu, Dumnezeu și-a arătat iubirea-I nemărginită față de mine împlinindu-le pe toate în felul ce era optim pentru mine în acel moment.

Din copilărie și până acum nu am renunțat să vorbesc cu Dumnezeu, iar El îmi răspunde negreșit. Și nu, nu sunt nebună... Dumnezeu ne vorbește tuturor, în fiecare zi, numai că noi nu Îl auzim... Poate că de vină sunt zgomotele lumii ori poate gândurile noastre... Dar El ne vorbește prin toate sunetele naturii – prin șipotul apei și unduirea copacilor, prin ciripitul vesel al păsărelelor și bubuitul tunetului, prin scâncetul pruncului nou-născut și glasul suav al mamei – și prin frumusețea zilnică a naturii, de la primele raze ale soarelui până la sclipirea stelelor. Ne vorbește prin toate lucrurile pe care noi le considerăm a fi normale, dar care sunt, de fapt, miracole – ne vorbește prin toate reușitele noastre, prin împlinirea dorințelor, prin frumusețea noastră, prin bunătate, prin iubirea pe care o primim și o dăruim, prin mesajele ascunse în semne și sincronicități.

El ne vorbește neîncetat de atâtea mii de ani încoace. Trebuie doar să Îl ascultăm... să Îl ascultăm cu inima.

DRAGOSTEA

De aș grăi în limbile oamenilor și ale îngerilor, iar dragoste nu am, făcutu-m-am aramă sunătoare și chimval răsunător. Și de aș avea darul proorociei și tainele toate le-aș cunoaște și orice știință, și de aș avea atâta credință încât să mut și munții, iar dragoste nu am, nimic nu sunt.

EPISTOLA ÎNTÂIA CĂTRE CORINTENI
A SFÂNTULUI APOSTOL PAVEL

Ce e dragostea?

Dragostea nu înseamnă cuvinte, nici promisiuni, nici eforturi și nici justificări.

Dragostea nu înseamnă teamă, sacrificii inutile, compromisuri.

Dragostea este lipsită de egoism și de interese proprii.

Dragostea înseamnă să devii universul omului de lângă tine, iar el – universul tău.

Dragostea închide răni făcute de oameni care nu au știut să te iubească.

Dragostea înseamnă să vezi omul la fel de frumos și de special chiar și atunci când trece prin transformări și prin decăderi.

Dragostea înseamnă zâmbete, lacrimi de fericire și de dor.

Dragostea înseamnă brațe primitoare, ochi senini și o inimă plină.

Dragostea înseamnă răbdare, înțelegere și uneori așteptări chinuitoare.

Dragostea înseamnă încredere.

Dragostea înseamnă să fii frumos, bun și puternic cât pentru doi.

Dragostea înseamnă ca, atunci când te afli alături de jumătatea sufletului tău, să simți că ai totul, chiar dacă nu ai nimic.

Dragostea înseamnă să înțelegi fără explicații, să crezi fără dovezi, să auzi fără cuvinte, să vezi cu ochii închiși, să simți fără atingeri.

Dragostea înseamnă iertare.

Dragostea înseamnă „noi“, „împreună“, „al nostru“.

Dragostea înseamnă același drum, aceleași dureri, aceleași bucurii și aceleași visuri.

CU ADEVĂRAT PRIETENI

Numai câtorva oameni le pasă cu adevărat. Restul sunt doar curioși.
ANONIM

Oamenii vor reuși să fie cu adevărat prieteni...

atunci când vor învăţa să se dăruiască necondiţionat, atunci când nu vor mai vedea totul prin prisma propriului interes...

atunci când vor pune preţ pe valorile morale, și nu pe cele materiale.

atunci când vor ajuta și vor dărui pentru că sufletul îi îndeamnă să facă asta, nu pentru că se simt obligaţi.

atunci când nu se vor mai compara cu ceilalţi, ci numai cu ei înșiși, încercând în fiecare zi să fie o versiune mai bună a lor. În felul acesta nu se vor simţi complexaţi de superioritatea unora și nu își vor exacerba egoul simţindu-se superiori altora.

atunci când vor învăţa să iubească fără egoism și fără a fi posesivi.

atunci când nu își vor mai impune prin orice mijloace ideile și gusturile și vor respecta alegerile celuilalt.

atunci când vor avea așteptări realiste, nu pretenții fanteziste.

atunci când vor înțelege că prietenia nu îndatorează decât moral.

atunci când nu vor mai invidia, ci se vor bucura de reușitele și de fericirea celuilalt.

atunci când îi vor accepta pe oameni așa cum sunt, cu bune și cu rele, cu defecte și cu greșeli, și nu vor mai încerca să-i schimbe cu orice preț, făcându-i să se potrivească pe calapodul lor.

atunci când vor învăța să împartă cu ceilalți, să aștepte, să accepte, să înțeleagă...

atunci când vor lăsa mândria la o parte și nu vor aștepta ca acela care le-a greșit să facă primul pas spre împăcare.

atunci când vor avea puterea să ierte cu adevărat și nu vor mai ține evidența greșelilor, a vorbelor necugetate, a ieșirilor nervoase.

atunci când vor ști să păstreze cu sfințenie secretele destăinuite și tainele inimilor celorlalți.

atunci când, în loc să judece, vor încerca să înțeleagă și să își ofere dezinteresat ajutorul.

atunci când nu se vor mai rușina să spună „Am greșit“, „Ai dreptate“, „Îmi pare rău“, „Iartă-mă“, „Am nevoie de tine“, „Îmi lipsești“, „Te iubesc“.

atunci când vor renunța la competiție, la dependența de a fi mai sus, mai tare, mai altfel, la orgoliul nejustificat – și singurul orgoliu justificat este acela profesional, ce te face să îți dorești să fii mai bun în meseria ta.

atunci când vor înțelege că prietenia nu înseamnă numai momente frumoase, ci și lacrimi, dezamăgire și luptă.

atunci când vor înțelege că fără iubire și sinceritate nu poate exista prietenie autentică.

Atunci și numai atunci vor reuși să fie cu adevărat prieteni.

RIDURI

Zâmbește și vei avea prieteni.
Încruntă-te și vei avea riduri.
GEORGE ELIOT

Atunci când observi ridurile unei femei, știi ce vezi?

Nu-i vezi anii, nici bătrânețea, ci urmele lăsate de zâmbetele frumoase purtate pe chip chiar și atunci când sufletul ei plângea pe ascuns.

Vezi urme lăsate de râsetele ce i-au bucurat sufletul.

Îi vezi fericirea toată.

Vezi lacrimile ce au lăsat urme pe chipul ei, de parcă acestea și-ar fi creat cărări spre inimă... lacrimi de dor, de durere, de neputință, de singurătate și poate mult prea rar de fericire.

Vezi grimase din clipele în care sufletul ei a fost chinuit de remușcări, de așteptări, de temeri.

Vezi momentele în care s-a simțit neînțeleasă, neprețuită, nedorită, neiubită, a nimănui...

Vezi tristețea adâncă din momentele în care a fost nedreptățită, judecată, dezamăgită și abandonată.

Îi vezi miile de clipe de îngrijorare și de așteptare.

Îi vezi renunțările la visuri și resemnarea în fața pierderilor și a neputințelor.

Îi vezi iubirea, teama, deznădejdea, dăruirea și sacrificiile făcute în numele iubirii.

Ridurile arată cât a adunat sufletul ei într-o viață trăită cu bune și cu rele, o viață în care a dăruit mult mai mult decât a primit...

Ridurile ei îi arată frumusețea și sensibilitatea sufletului.

Când vezi ridurile unei femei, preţuieşte-o! Ascund în ele mai multă lacrimă, mai multă bucurie și mai multă patimă decât vei putea înţelege tu.

Prietenelor mele, cu drag!

VA VENI O ZI

Ce-ţi poţi dori mai mult decât să ai pe cineva cu care să poţi vorbi ca și cu tine însuţi?

CICERO

Va veni o zi în care vei întâlni pe cineva special care te va face să înțelegi de ce nu au funcţionat relațiile tale anterioare.

Acel cineva special îți va da răspunsuri la toate întrebările tale, puse obsesiv atâta vreme sau chiar nepuse.

Acel cineva special îți va risipi complexele și frustrările cu care ai rămas în urma acelora care te-au respins sau abandonat și care, prin purtarea lor, te-au făcut să crezi că nu ești demn să fii fericit, iubit, apreciat.

Acel cineva special îți va reda încrederea în tine, în oameni și în iubire.

Acel cineva special îți va readuce zâmbetul pe chip și te va face să verși doar lacrimi de fericire.

Acel cineva special te va iubi cu adevărat și nu-i va fi frică să-și arate iubirea. Te va iubi așa cum ești, fără a încerca să te schimbe, fără a pretinde să faci eforturi ca să fii pe placul său.

Acel cineva special te va determina să devii un om și mai bun și mai frumos, fiindcă te va ajuta să te redescoperi, să ajungi la esenţa ta autentică, aceea de persoană care emană iubire.

Acel cineva special te va învăța să te iubești și să te prețuiești exact așa cum ești. Te va urma oriunde și veți împărți tot ceea ce înseamnă viața, cu bune și cu mai puțin bune, cu bucurii și cu dureri, cu împliniri și cu pierderi.

Pentru acel cineva special nimic nu va fi prea greu, prea mult, prea departe sau imposibil atunci când va fi vorba de tine...

Va veni o zi în care acel cineva special te va ține de mână, iar tu vei simți siguranța și protecția iubirii!

Să fiţi fericiţi!

CELE MAI FRUMOASE MÂINI

Mama este la fel ca și bunul Dumnezeu: o căutăm la nevoie și o uităm când suntem mulțumiți.

CARMEN SYLVA

Cele mai frumoase mâini sunt mâinile mamei.

Mâinile cu care și-a mângâiat cu mândrie și iubire burtica atunci când erai încă în pântecele ei.

Mâinile cu care te-a ținut în brațe, cu care te-a mângâiat, te-a spălat, te-a îngrijit și ți-a pregătit hrana.

Mâinile de care te-ai sprijinit când ai făcut primii pași.

Mâinile cu care și-a șters lacrimile atunci când a fost îngrijorată din cauza ta, când s-a bucurat de succesele tale, când ți-a simțit lipsa, când ai rănit-o cu vreo privire rece sau cu vreo vorbă nemeritată...

Mâinile cu care ți-a alinat durerile, temerile și cu care ți-a dat curaj și forță să mergi mai departe.

Mâinile cu care a muncit neobosită pentru tine, cărând greutăți, îndurând asprimea gerului, lucrând târziu în noapte pentru ca tu, dimineaţa, să ai tot ceea ce îţi trebuie.

Mâinile cu care ți-a dăruit tot ceea ce a avut ea mai bun.

Mâinile cu care ți-a deschis ușa de mii de ori.

Mâinile pe care și le împreunează adesea într-o rugăciune trimisă Cerului pentru tine...

Cele mai frumoase mâini sunt mâinile mamei.

REGRETE

Mai bine să trăiești cu regrete decât cu remușcări.

JULES RENARD

Adesea, când stau cu mine și îmi trec în revistă viața, pe lângă miile de lucruri pentru care îi sunt recunoscătoare lui Dumnezeu, mă gândesc cu tristețe și la promisiunile pe care nu le-am respectat, la acțiunile și deciziile pe care le-am amânat, la lucrurile pe care nu le-am făcut la timp. Și mă învăluie regretele atunci când mă gândesc...

la toate cuvintele rostite în grabă, negândite. Și la toate cuvintele frumoase nerostite.

la amânări pe a doua zi, pe mai târziu, pe altă dată, când voi avea energia și curajul de a spune, a arăta, a îndrăzni, a iubi.

la lacrimile acelora pe care i-am rănit cu voie sau fără de voie.

la timpul irosit cu gânduri negative, din vanitate sau ignoranță.

la cât de mult timp am ignorat lucrurile ce mă fac să iubesc viața.

la momentele în care i-am lăsat pe alții să aleagă în locul meu.

la oameni pe care i-am pierdut.

la locuri și la oameni pe lângă care am trecut privind în pământ.

la adevăruri pe care am refuzat să le aud și pe care nu am îndrăznit să le rostesc.

la faptul că am judecat înainte să cunosc.

la faptul că am vorbit atunci când trebuia să ascult.

la faptul că am plecat atunci când ar fi trebuit să rămân.

la toate „Te iubesc“-urile pe care nu am îndrăznit să le spun.

la toate acele „Iartă-mă“ pe care le-am spus prea târziu sau pe care nu le-am rostit deloc.

la nopțile chinuite de frământări îndreptăţite sau nejustificate.

la toate zilele însorite în care m-am ascuns între patru pereți în loc să ies în natură și să mă bucur de viaţă și de creaţia lui Dumnezeu.

la tata, pe care azi nu îl mai pot îmbrățișa.

la zâmbetele ascunse în suflet.

la visuri abandonate.

la faptul că mi-am interzis să fiu fericită atunci când inima mea își dorea asta.

la lipsa de iubire de sine.

la tot ceea ce m-a ținut departe de mine...

NU MAI AM TIMP

Iubești viața? Atunci nu risipi ca un nesăbuit timpul, căci din timp este făcută viața.

BENJAMIN FRANKLIN

Nu mai am timp să aștept ceva ce cred că nu se va întâmpla niciodată.

Nu mai am timp să sper că te vei regăsi și că vei decide cine ești și ce vrei de la viaţă.

Nu mai am timp să aștept după amânările, după rătăcirile și după nehotărârile tale.

Nu mai am timp să fiu o variantă de rezervă pentru cineva și nu mai sunt dispusă să aștept la nesfârșit ca alţii să-și dea seama unde greșesc faţă de mine.

Nu mai am timp să mă pun deoparte pentru tine, pentru un cândva nedefinit, când poate tu vei fi capabil să mă descoperi și să mă iubești.

Nu mai am timp pentru amânări și renunţări.

Nu mai am timp să sufăr, să mă simt nesigură, să mă tem și nu mai timp să te tot aștept.

Nu mai am timp să-mi refuz ceea ce merit, să mă risipesc și să tânjesc după iubire.

Nu mai am timp să cred în iluzii frumoase și în promisiuni mincinoase.

Nu mai am timp să mă mulţumesc cu jumătăţi de măsură.

Nu mai am timp să aștept să te schimbi și de aceea nu-mi mai amân nicio secundă plecarea. Dacă aș rămâne, m-aș schimba eu... și nu meriţi un asemenea sacrificiu.

Rămâi cu bine!

Atunci când mi-e foarte dor de oamenii pe care-i iubesc, îmi amintesc că îmi bat în piept.

Fiecare nouă zi din viața ta este un dar.
Un dar fragil ca o floare trecătoare, dar care
îți poate oferi bucurii, lecții importante, șanse
și amintiri eterne și prețioase.

Dăruiește-ți un vis. O șansă. Un nou început.
O porție de râs. Emoții. Câteva lacrimi de fericire.
Un prieten. Frumusețe. Dragoste.

Și dăruiește-le altora câte puțin din tine.
Un zâmbet. Un gând bun. O încurajare.
Mângâiere. O îmbrățișare. Iertare. Armonie.
Încredere. Iubire.

MAMA

Mama, ideal de femeie, fermecător și venerat.
LEV TOLSTOI

I-am văzut chipul mamei... îngândurat și obosit.

Și i-am văzut mâinile... muncite și îmbătrânite...

A fost nevoie să devin femeie pentru a o înțelege pe mama... pentru a înțelege câte frământări interioare, câte visuri neîmplinite, câte dureri și doruri nespuse a ascuns în sufletul ei.

Oare cum a învățat să se pună pe locul doi și cum a învățat să se abandoneze și să trăiască prin mine?

Câtă forță a putut să aibă inima ei, care a suspinat și a plâns atât pentru mine, cât și pentru toate durerile și nedreptățile la care a fost ea supusă?

Visurile ei au apus... s-au dus... pentru că acum visează visurile mele. Nu își mai dorește nimic pentru ea, căci toate dorințele ei sunt acum, de fapt, dorințe pentru mine. Se hrănește cu fericirea mea și moare câte puțin de dorul meu și de supărare atunci când vede că sufăr.

Of, mamă, dacă aș fi știut mai devreme, dacă aș fi înțeles mai devreme toate astea! Nu ți-aș mai fi întors spatele când îmi dădeai un sfat, nu te-aș mai fi contrazis și nu aș mai fi ridicat tonul la tine. Nu aș fi spus niciun cuvânt care să îți rănească sufletul atât de fragil!

Ți-aș fi spus cât mai des că te iubesc și că ești frumoasă. Ți-aș fi mulțumit pentru fiecare clipă de dăruire și pentru sacrificiile tale neobosite.

M-aș fi plimbat mai mult cu tine și mai puțin cu prietenii mei. Te-aș fi rugat să stai cu mine la masă și te-aș fi servit eu, să simți și tu că ești iubită.

Nu te-aș mai fi lăsat să muncești atât și nu aș mai fi cerut atât de multe de la tine! Aș fi făcut tot posibilul să-ți bucur inima, să îți arăt că toate eforturile tale făcute cu atâta iubire îți sunt acum răsplătite cu recunoștință și dragoste!

Te iubesc, mama mea minunată!

VÂRSTA NU CONTEAZĂ

Nu există vârstă pentru un nou început.
MIHAELA TATU

Când a aflat că va muri (din cauza unei boli incurabile necruțătoare), cea mai bună prietenă a mea, Luminița, m-a rugat să-i promit că nu îmi voi mai spune niciodată vârsta.

– Nu numai că nu vreau să le-o mai spui cu voce tare altora, dar nu mai vreau nici să te raportezi la vârsta ta. Nu mai sta cu ochii pe ceas și nici cu gândul la ani.

Ea știa cum e să trăiești mereu cu teama de ridicol, amânând luarea unor decizii importante sau renunțând la anumite lucruri... Nu s-a căsătorit cu omul iubit când avea 20 de ani pentru că i se părea că era prea tânără. După 30 de ani nu s-a mai dus în cluburi sau la patinoar și i se părea deplasat să se dea pe tobogan și în leagănele din parc pentru că se considera prea bătrână pentru toate acestea. Și s-a trezit într-o zi că sfârșitul îi e aproape, iar sufletul ei era împovărat de prea multe regrete. Din cauza bolii, care îi limita fizic posibilitatea de a se mai mișca, pentru Luminița era cu adevărat prea târziu.

Vârsta biologică nu are nicio legătură cu vârsta sufletească, însă, din cauza prejudecăților societății, omul trăiește raportându-se permanent la vârstă, fără să realizeze că se autosabotează amânându-și îndeplinirea dorințelor pentru mai târziu sau chiar renunțând la ele pe motiv că „nu-mi stă bine la vârsta mea“.

Oamenii se îmbracă anost de la o anumită vârstă, considerând că nu se mai cade să poarte culori vii și ținute îndrăznețe. Se separă de tineri, simțindu-se stingheri în preajma lor, și se izolează în grupuri de seniori, deși uneori nici nu simt în suflet că sunt bătrâni. Doar se conformează unor norme sociale nescrise.

Oare tata, care la 60 de ani se dădea cu patinele laolaltă cu toți copiii de pe stradă, era nebun? Nu. Știa să se bucure de viață. Și refuza să fie un moș ramolit, obtuz și lipsit de chef.

De ce ar fi prea târziu să faci o facultate la 40 de ani? Sau să îți urmezi o vocație de care nu ai avut timp în tinerețe? De ce ar fi prea târziu să te îndrăgostești la 60 de ani? Pentru că ești prea bătrân? Chiar te simți bătrân sau asta este ceea ce spune buletinul tău? Sufletul tău ce simte? S-a abandonat total neputinței? Nu-și mai dorește să trăiască frumos?

Într-un documentar marca Discovery se spunea că oamenii îmbătrânesc mai repede dacă sunt conștienți de vârsta lor. Câtă vreme conștientizezi că timpul trece, știi că trebuie să îmbătrânești, iar creierul îi transmite organismului niște mesaje ce îl ajută să îmbătrânească. Este un fel de efect nocebo – convingerea conștientă că îmbătrânești produce modificări în corp. Cât timp te raportezi la vârsta ta, te simți bătrân și te porți ca atare.

Uită buletinul într-un sertar și nu mai ține cont de vârstă! Trăiește pur și simplu așa cum simți. Vrei să te simți tânăr? Atunci fii tânăr!

Nu mai spune câți ani ai. Făcându-ți cunoscută vârsta, oamenii te vor trata în funcție de ea, vor avea așteptări de la tine raportate la vârsta ta și, mai mult de atât, te vor influența, descurajându-te atunci când vei dori să iei anumite decizii, argumentând fie că „e prea devreme“, fie că „e prea târziu“, fie că „ești prea tânăr“, fie „prea bătrân“.

Consecinţa? Animat de vocile care îţi spun în cor ce e bine sau nu e bine să faci cu viaţa ta, vei cădea de acord cu ele, deşi poate că sufletul tău tânjeşte după contrariu. Şi îţi vei spune că mai poţi să aştepţi 1–2 ani până să-ţi împlineşti cutare vis, care se vor transforma în alţi 1–2 ani şi tot aşa, îndepărtându-te cu decenii întregi de visul tău. Iar la vârsta la care sufletul îţi dă semnalul de trezire şi îţi dai seama că nu mai poţi aştepta, observi în buletin că ai o vârstă la care gura lumii va avea din nou ceva de obiectat: „O să zică lumea că am luat-o razna dacă fac asta la vârsta mea“, „Cine se mai uită la mine la vârsta mea?“, „E prea târziu să mă mai schimb acum, la vârsta mea“.

Însă nu e deloc aşa. Gura lumii e formată din vocile frustraţilor care nu au avut curajul să îşi împlinească propriile visuri şi care îşi fac un obiectiv din a le tăia aripile curajoşilor care se zbat pentru visul lor. Gura lumii nu este forul moral de care să ţii cont atunci când vrei să faci ceea ce îţi şopteşte sufletul tău. Inima ta este adevăratul maestru interior.

Cine spune că o femeie în vârstă de 40 de ani nu poate avea un iubit de 30? Ori că o femeie frumoasă nu poate iubi sincer un domn plinuţ, mai ales dacă e şi charismatic? Ori că nu poţi deveni manechin de podium la 70 de ani, aşa cum este cazul unui celebru bătrânel asiatic pe care cei mai mulţi dintre noi l-am văzut recent pe reţelele de socializare?

De ce am ţine cont de prejudecăţi? De ce am continua să punem etichete de vârstă, categorie socială, sex, apartenenţă etnică sau religioasă? Lumea se schimbă într-un ritm ameţitor. Mentalitatea se schimbă. Timpurile se schimbă. Gura lumii nu se schimbă. Ea este, prin definiţie, cârcotaşă şi răutăcioasă. De ce să ne ducem viaţa în funcţie de ea? Când vreodată în istorie gura lumii a făcut ceva bun care să merite să ne modificăm istoria personală în funcţie de ceea ce cred unii sau alţii despre noi?

Trăiește așa cum simți, nu așa cum „zice lumea" sau cum „ar trebui" la vârsta ta. Iubește pe cine vrei, mergi unde vrei și nu pierde nicio șansă de a fi fericit și de a-ți oferi lucrurile ce îți fac viața frumoasă.

Câți ani am? Nu știu și nu contează. Sunt și voi fi mereu suficient de tânără pentru a o lua de la început, pentru a încerca, pentru a îndrăzni să îmi schimb direcția de mers atunci când drumul pe care merg nu duce acolo unde vreau să ajung.

Voi avea mereu vârsta potrivită pentru a mă îndrăgosti nebunește, dar și pentru a mă despărți dacă omul de lângă mine nu mă face fericită.

Voi avea oricând vârsta potrivită pentru a trăi copilărește, pentru a face greșeli și pentru a mă corecta, pentru a învăța ceva nou, pentru a visa, pentru a-mi dori, pentru a mă distra, pentru a lua decizii și pentru a mă răzgândi asupra lor.

Voi trăi mereu clipa ca și cum aș muri mâine. Nu-mi voi interzice nimic din ceea ce mă bucură, nu voi amâna să fiu fericită, să iubesc și să trăiesc așa cum simt.

Nu voi fi niciodată prea tânără pentru a avea prieteni bătrâni și niciodată prea bătrână pentru a avea prieteni tineri.

După cum spunea Coco Chanel, „Fiecare are vârsta pe care o merită".

Vârsta mea? Nu are și nici nu va avea vreo relevanță!

UȘI

Ai grijă să obții ceea ce îți dorești în viață sau vei fi obligat să te mulțumești cu ceea ce primești.

GEORGE BERNARD SHAW

Viața ne aduce din când în când în fața unor uși. Și fiecare dintre ele duce către un anumit drum. Jocul vieţii ne îndeamnă să deschidem fiecare ușă pentru a vedea ce se află dincolo de ea și unde duce respectivul drum, însă din lipsă de curaj sau din neîncredere în propriile forţe, ne temem să le deschidem pe unele, crezând că nu vom face față provocărilor ce ne așteaptă dincolo de ele. Și-atunci alegem alte uși, convinși că în spatele lor ne așteaptă drumuri mai line, mai lipsite de neprevăzut și de încercări.

Există uși pe care suntem obligați să le deschidem în viaţă; pe altele le deschidem opţional, pentru că ni se dă dreptul să alegem.

Unele uși duc spre drumuri anevoioase, pline de încercări și piedici.

Altele nu duc nicăieri.

Mai sunt uși ce duc spre oameni pe care trebuie neapărat să îi întâlnim.

Unele uși duc spre uitare...

Uneori suntem tentați să deschidem uși frumoase, ce promit strălucire, dar descoperim că poleiala lor a fost înșelătoare pentru că în spatele lor ascund numai deșertăciune și dezamăgiri.

Însă există și uși vechi, mai puțin strălucitoare, care aparent nu promit nimic, dar care duc spre cele mai frumoase drumuri.

Există și uși pe care ne dorim foarte mult să le deschidem, convinși că dincolo de ele vom găsi fericirea, însă, din păcate, de îndată ce le trecem pragul, vedem în față doar un zid.

Mai sunt uși pe care ne dorim să le deschidem căutând iubirea din spatele lor, dar care ne rămân de-a pururi închise.

Unele dintre ele ni se deschid pentru puțin timp, ca mai apoi să ne fie trântite în față, prinzându-ne în ele degetul, piciorul, orgoliul sau cine știe ce speranță.

Anumite uși ne fac să credem că am ajuns la capătul drumului și că nu mai există cale de întoarcere, dar avem surpriza să descoperim lângă ele o nouă ușă ce ne oferă o nouă șansă.

Unele uși sunt protejate cu grilaje din fier sau sunt așezate mult prea sus, de aceea ne este imposibil să le deschidem; doar îi privim pe alții cum le deschid și ne întrebăm cum o fi dincolo de ele.

Există uși ce ne permit să le trecem pragul însoțiți de cei dragi, dar prin altele trebuie să trecem singuri, obligați să-i lăsăm în urma noastră pe aceia în care avem încredere.

Mai există uși pe care ne dorim să le redeschidem după ce cândva, în trecut, am ales să le închidem în urma noastră, dar care rămân închise pentru totdeauna.

Iar în fața anumitor uși așteptăm neobosiți, sperând că se vor deschide cândva, visând la fericirea ce stă în spatele lor, fără a avea însă vreo certitudine că le vom trece vreodată pragul.

Nu vom ști niciodată câte uși vom întâlni în viața noastră și dacă dincolo de ele ne așteaptă calea mai scurtă și mai lină sau drumul mai lung și neprietenos. Trebuie să avem curaj să le deschidem pe toate chiar dacă ni se pare că drumul din spatele lor nu duce nicăieri. Și chiar și atunci când credem că drumul nostru s-a sfârșit, întotdeauna ni se mai ivește în cale o ușă nouă, pe care trebuie să avem curiozitatea de a o deschide. Și cine știe? Ne poate duce pe un drum neașteptat de frumos...

NOI, FEMEILE

Femeia nu este sexul slab. E cel mai nobil dintre cele două, prin puterea sa de sacrificiu, de suferință în tăcere, de umilință, credință și cunoaștere.

MAHATMA GANDHI

Noi, femeile, suntem un univers de trăiri. Suntem pe cât de fragile, pe atât de puternice.

Suntem capabile să plângem o noapte întreagă, iar dimineața să ieșim în lume cu un zâmbet frumos pe chip, înfruntând toate provocările pe care ni le așterne în cale viața. Plângem atunci când suntem fericite și râdem atunci când suntem triste și nervoase.

Suntem neînțelese – pentru stările noastre schimbătoare de dispoziție, pentru sensibilitatea noastră, fiindcă ne emoționează orice este frumos: o floare, o melodie, un zâmbet, vocea unui copil, tandrețea unui bătrân, amintirea cuiva drag... Plângem la nunți, plângem când o prietenă aduce pe lume un copil, plângem când cineva drag suferă, când pierdem o persoană apropiată, când suntem părăsite, când suntem nedreptățite, când ne simțim singure și când ne este dor.

Ne sperie singurătatea și incertitudinile, dar nu obosim așteptând...

Visăm, apoi ne abandonăm visurile noastre pentru a trăi și a împlini visurile acelora pe care-i iubim.

Ne atașăm de oameni, de locuri, de lucruri și de momente frumoase.

Muncim cu dăruire, capabile să fim și mame, și soții, și femei de carieră. Și găsim întotdeauna timp pentru a fi alături de o prietenă care are nevoie de noi.

Suntem capabile să trăim zile întregi cu un compliment mic, păstrăm cu sfințenie orice amintire ce ne-a făcut sufletul să vibreze, uscăm flori între filele cărţilor și îmbrățișăm mascotele de pluș pe care le-am primit în dar.

Renunțăm la noi, ne abandonăm și ne sacrificăm în numele iubirii, dăruindu-le totul copiilor, soților, părinților, prietenilor...

Ne lăsăm rănite, suferim și apoi iertăm. Iertăm neobosit indiferența și răutățile acelora pe care-i iubim. Avem dureri în stare să ne distrugă sufletul, dar avem sufletul în stare să se regenereze cu o simplă îmbrățișare, cu un simplu „Iartă-mă!“, cu un simplu „Te iubesc!“ sau cu o promisiune...

Iubim neobosit și necondiționat. Îi iubim chiar și pe aceia care nu ne iubesc.

Avem momente când suntem capricioase și imposibile, când obosim să fim perfecte și să ne prefacem că ne este bine... pentru că în fiecare zi ascundem dureri fizice și sufletești, îndoieli, temeri, regrete, neîmpliniri; în fiecare zi ne străduim să arătăm senin și să îi liniștim pe cei dragi, asigurându-i că ne este bine, când nouă ne vine să ne așezăm pe pat și să zăcem nemișcate.

Uneori suntem percepute ca fiind complicate și pretențioase, fără să se știe că avem nevoie de atât de puțin pentru a fi fericite!

Avem nevoie să fim alintate, ascultate, acceptate, apreciate, mângâiate...

Avem nevoie să ni se recunoască meritele, să fim înțelese, să ni se ofere iubirea de care depind atât de mult sufletele noastre fragile.

Suntem dependente de dragoste, de mângâieri și de cuvinte frumoase. Avem bucurii și visuri copilărești pe care nu ar trebui să ni le tulbure nimeni.

Punem iubire în tot ceea ce facem și în tot ceea ce dăruim.

Suntem frumoase pentru că suntem delicate, tandre, sensibile, empatice, copilăroase și iubitoare.

Suntem puternice pentru că suntem responsabile, prezente, atente, capabile, harnice, iertătoare și ambițioase.

Avem priviri pline de admirație sinceră ce înfrumusețează orice lucru pe care ne cad ochii. Avem mângâieri ce alină orice durere.

Suntem greu de înțeles, dar atât de ușor de iubit!

AM FOST OCUPATĂ

Nu am venit aici ca să mă potrivești în lumea ta. Am venit să mi-o creez pe a mea.
ANONIM

Am fost ocupată prea mult timp să fiu cine au vrut alții să fiu. Ce sarcină grea! Câtă responsabilitate și câtă irosire!

Am fost ocupată să fiu om cu oricine, numai cu mine nu.

Am fost ocupată să fiu mereu prezentă pentru alții, mereu atentă la nevoile celorlalți, dispusă să dau totul, să nu refuz pe nimeni, iar eu să nu aștept nimic de la ei.

Am fost ocupată să fac pe plac lumii, să-i ajut și să-i mulțumesc pe toți. Prea târziu am realizat că au fost foarte puțini aceia care au încercat să mă mulțumească și pe mine.

Am fost ocupată să dăruiesc și să împart tot ceea ce am avut fără să primesc ceva în schimb, iar când nu am mai avut de unde să dau, mi s-a reproșat că sunt egoistă și am fost dată la o parte.

Am fost ocupată să mă bucur de realizările altora, să sufăr pentru pierderile lor și în timpul acesta am uitat să mă bucur de realizările mele sau să-mi plâng eșecurile.

Am fost ocupată să-i ascult pe alții, să mă interesez de durerile lor, de visurile lor, dar prea puțini au arătat că le pasă de suferințele și de visurile mele.

Am fost ocupată să-i las pe alții să mă influențeze și să aleagă în locul meu.

Am fost ocupată să-i înveselesc pe alții, în timp ce sufletul meu plângea și avea și mai mare nevoie de alinare.

Am fost ocupată să le ofer mângâiere unora care mai târziu m-au lovit cum au știut mai tare.

Am fost ocupată să mă apăr de judecata nedreaptă a tot felul de ipocriți care se cred etaloane de moralitate.

Am fost ocupată să mă vindec de jignirile și loviturile pe la spate ale unor oameni care susțineau că îmi sunt prieteni.

Am fost ocupată să aștept să mi se recunoască meritele, în timp ce eram folosită de alții.

Am fost ocupată să plâng și să sufăr din cauza unor oameni care dobândesc recunoaștere călcând totul în picioare și distrugându-i pe alții.

Am fost ocupată să-mi apăr imaginea și să dezlipesc de pe mine etichetele pline de minciuni pe care unii le-au lipit obsedant pe trupul meu pentru a le arăta celor incapabili să mă cunoască cine sunt cu adevărat.

Am fost ocupată să îmi asum greșeli pe care nu le-am făcut, să mă simt vinovată pentru păcate nefăcute și să îmi încarc sufletul cu regrete nemeritate doar pentru ca persoanele dragi mie să fie scutite de suferință inutilă.

Am fost ocupată să le greșesc unor oameni buni și să regret, dar și să-i iert pe aceia care mi-au greșit, unii de prea multe ori...

Am fost ocupată să mă evaluez după standardele și valorile altora și să îmi justific normalitatea în fața unor critici obsedați de distrugerea a tot ceea ce nu se încadra în tiparele lor.

Am fost ocupată să port o mască exterioară, pentru a mă proteja de cotropitorii de suflete.

Am fost ocupată să adaug și să șterg visuri și oameni din lista mea de priorități. Iar uneori să regret prioritizările făcute.

Am fost ocupată să-i educ pe alții și am uitat să mă educ pe mine.

Am fost ocupată să încerc să fiu perfectă pentru oameni plini de defecte.

Am fost ocupată să mint și să mă ascund pentru a mă proteja de curioșii care au o plăcere maladivă de a scormoni în intimitatea altora.

Am fost ocupată să mă justific până la epuizare, încercând să-mi fac dreptate în fața unui tribunal absurd de judecători nedrepți.

Am fost ocupată să iubesc oameni despre care credeam că mă iubesc, dar care doar mă foloseau pentru a-și umple singurătatea.

Am fost ocupată să fiu de neînlocuit pentru oameni care m-au înlocuit de îndată ce nu au mai avut nevoie de mine.

Am fost ocupată să critic și să judec, în loc să cunosc și să înțeleg.

Am fost ocupată să mă ridic din noroiul unde m-au târât după ei mișeli parteneri.

Am fost ocupată să îmi educ rațiunea, timp în care îmi ignoram inima.

Am fost ocupată să trăiesc viețile altora și am uitat să îmi trăiesc propria viață.

Ajunge!

De acum încolo voi fi ocupată să îmi refac lista de priorități.

Voi fi ocupată să trăiesc doar pentru mine și pentru aceia care mă merită cu adevărat.

Voi fi ocupată să fac ce vreau cu viața mea, să fac alegeri după bunul plac, fără să le cer aprobări altora, și numai timpul va dovedi dacă alegerile mele vor fi bune sau rele. Indiferent cum vor fi, le voi iubi pentru că au fost alegerile *mele.*

Voi fi prea ocupată să îmi trăiesc viaţa după voia inimii ca să mai am timp să ascult păreri despre mine, indiferent dacă vor fi critici subversive sau mesaje apreciative.

Voi fi ocupată să mă mulțumesc pe mine, de aceea nu mă voi mai irosi încercând să fiu plăcută și acceptată de toți. Am înţeles că aceia care mă respectă mă înţeleg și fără să le dau explicaţii, iar aceia care mă critică mă vor dispreţui în continuare indiferent câte explicaţii le-aş da eu. De aceea îmi voi petrece timpul în mod plăcut, fără a mi-l mai pierde cu explicaţii inutile. Timpul este singura resursă pe care nu o mai putem recupera, de aceea timpul meu va fi distribuit cu multă generozitate lucrurilor și oamenilor care îmi fac inima să cânte și cu parcimonie lucrurilor și persoanelor care mă agasează.

Voi fi ocupată să recuperez visuri pe care le-am abandonat, să mă reapropii de oameni de care m-am înstrăinat și să fac toate acele lucruri pe care le-am amânat atunci când eram prea ocupată să trăiesc pentru alții.

Voi fi prea ocupată să trăiesc din plin ca să mă mai irosesc în prezenţa acelora care nu știu să relaționeze frumos, voind să mă încarce negativ cu meschinăriile lor.

Voi fi prea ocupată să culeg roadele muncii mele asidue de până acum ca să mai am timp să le acord atenţie acelora care vor mereu câte ceva de la mine, trăind cu impresia că eu cumva le datorez ceva și că lor li se cuvine totul... chiar și viaţa mea.

Voi fi ocupată să fiu aceea care îmi doresc eu să fiu, nu aceea pe care o vor alții.

Voi fi ocupată să iubesc și să mă bucur de libertatea pe care o merit!

Voi fi ocupată să fiu fericită și să trăiesc din plin.

NIMENI

Viața este suma opțiunilor noastre.
ALBERT CAMUS

Nimeni nu știe câte lacrimi se pot ascunde în spatele unui zâmbet senin și cald, pentru că nimeni nu știe că de multe ori ai nevoie de o mască fericită pentru a îndrăzni să înfrunți lumea.

Nimeni nu-ți cunoaște suferința și nimeni nu are cum să ți-o înțeleagă cu adevărat, pentru că nimeni nu trăiește în locul tău.

Nimeni nu știe ce încărcătură grea porţi în suflet și de aceea orice nimeni te va împovăra fără milă cu greutăți nemeritate.

Nimeni nu știe că adormi noaptea chinuită de frământări și că ziua nu-i decât o prelungire a coșmarurilor de peste noapte.

Nimeni nu se bucură pentru fericirea ta așa cum te-ai aștepta, de aceea este mai bine să-ți împărtășești fericirea numai cu cei foarte apropiaţi, astfel ca nimeni altcineva să nu știe, pentru că alţi nimeni te vor invidia și vor îndrepta asupra ta gânduri răutăcioase.

Nimeni nu știe că îți trebuie foarte puțin ca să fii fericită, pentru că orice nimeni trăiește cu impresia că ai aceleași așteptări și aceleași valori ca și el, însă nu este așa: tu ai înţeles că îţi trebuie foarte puţine lucruri ca să fii fericită deoarece tu te mulţumești sincer cu ceea ce ai.

Nimeni nu își poate da cu părerea în mod justificat despre tine, pentru că nimeni nu te cunoaște cu adevărat – și totuși orice nimeni trăiește cu impresia că știe destul despre tine încât să te judece și să îți pună la îndoială alegerile și motivele inimii.

Nimeni nu știe că pentru cineva anume tu însemni totul, unii știu doar că pentru ei tu nu însemni nimic.

Nimeni nu știe că între cât de mult poți și cât de mult vrei să arăți este o mare diferență.

Nimeni nu va pune nevoile tale pe primul loc, dar orice nimeni va avea pretenția ca tu să pui nevoile sale pe primul loc.

Nimeni nu știe că doar un suflet curat te poate vedea curat, pentru că aceia care au noroi în suflete n-au cum să vadă limpede.

Nimeni nu știe că, din mulțimea de prieteni care te înconjoară uneori, poate că niciunul nu îți este prieten cu adevărat, ci doar o cunoștință care se laudă cu amiciția ta.

Nimeni nu remarcă faptul că exiști decât numai dacă ieși în evidență cu ceva neobișnuit... Așa se face că nimeni nu va observa când vei face o faptă bună, dar o lume întreagă va fi cu ochii pe tine și te va arăta cu degetul atunci când vei greși.

Nimeni nu știe că, pentru a-și câștiga privilegiul de a vedea profunzimea și sinceritatea sufletului tău, are nevoie tot de un suflet sincer, de aceea te va acuza de lipsă de onestitate atunci când îți vei proteja secretele și fragilitatea sufletească.

Nimeni nu știe cât și cum iubești, pentru că nicio iubire nu seamănă cu cealaltă și pentru că nu orice nimeni este capabil să iubească.

Nimeni nu îți înțelege nevoia de afecțiune și dorul de cineva drag, așa cum nu îți înțelege nici nevoia de singurătate și de izolare.

Nimeni nu știe că nu aștepți nimic de la nimeni, dar că totuși ai fi atât de fericită să primești măcar puțin din ceea ce meriți. Și fără să ți se ceară ceva în schimb.

Nimeni nu ştie că, deşi prăbuşită la pământ, te poţi ridica fără niciun ajutor pentru că prea puţini vor sări să te ajute fără să le ceri, iar alţi nimeni vor trece indiferenţi pe lângă tine, lăsându-te pe jos.

Aceşti nimeni, cu chipuri nesincere sau fără chip, ascunşi de cele mai multe ori în spatele monitoarelor, vehemenţi apărători ai moralităţii de doi bani, sunt aceia care te critică fervent şi care îşi fac un ideal în viaţă din a-ţi arăta cât sunt ei de buni şi cât eşti tu de slabă, cât sunt ei de sfinţi, iar tu – de păcătoasă.

Nu-i lua în seamă. Ei sunt... nimeni. Trăieşte-ţi viaţa frumos, autentic, departe de privirile lor iscoditoare sau de interesele lor ascunse. Fii sinceră cu tine însăţi şi, chiar dacă vei mai cădea uneori la examenele vieţii, atât timp cât vei rămâne fidelă principiilor tale, nu vei pierde niciodată.

MI-E DOR

Când ți-e dor de cineva, să nu închizi ochii. Are să-ți fie și mai dor.
TUDOR MUȘATESCU

Mi-e dor de tata. Mi-e dor să-i împărtășesc bucuriile mele, să găsesc protecție în brațele lui primitoare atunci când sunt tristă și descurajată, să-i cer sfatul atunci când trebuie să fac alegeri importante, să-l văd fericit și liniștit.

Mi-e dor de oameni buni și senini, care vorbesc frumos și despre lucruri minunate; de oameni care ajută dezinteresat și care iubesc necondiționat.

Mi-e dor de oameni cu frică de Dumnezeu, care-și fac semnul crucii și care-și scot căciula atunci când trec pe lângă biserici.

Mi-e dor de sărbători adevărate, pline de bucurie și iubire, cu oameni care se iubesc și care știu să împartă fericirea, chiar dacă nu și-au dăruit cadouri scumpe și pretențioase.

Mi-e dor să văd mame blânde și răbdătoare, care vorbesc și privesc cu duioșie spre copiii lor.

Mi-e dor de momente neprețuite petrecute cu prietene dragi cu care, oricât aș povesti, nu apucăm niciodată să ne spunem tot ce avem de spus.

Mi-e dor de pufuleţii pe care-i mâncam cu prietene de care nu m-am îndoit niciodată, în sufletul cărora am știut mereu că sunt în siguranţă. Și ce cald și bine era acolo!

Mi-e dor de lăcrămioarele din curtea casei copilăriei mele, pe care nu, nu le rupeam, ci le miroseam așezându-mă în genunchi.

Mi-e dor să citesc pe o bancă într-un parc, să mă opresc doar ca să admir perechile de îndrăgostiți și, mai ales, cuplurile de vârstnici care se țin de mână și se privesc cu emoţie.

Mi-e dor să mă plimb uitând de lume, să merg desculţă pe iarbă udă, să adorm pe prispa unei case vechi aflate în inima pădurii și să mă bucur de muzica naturii.

Mi-e dor de oameni fericiţi și mulțumiți cu ceea ce sunt și ceea ce au, de oameni care vorbesc mai mult despre visuri decât despre obiective, mai mult despre viaţă decât despre carieră.

Mi-e dor de oameni care nu se străduiesc tot timpul să dovedească ceva, care știu să se facă apreciaţi și iubiți pentru ceea ce sunt, nu pentru ceea ce au.

Mi-e dor de oameni care știu să fie recunoscători, care nu reproșează, care nu se plâng tot timpul, care știu să și ofere, nu doar să ceară, care știu să și asculte, nu doar să vorbească.

Mi-e dor de oameni pe care i-am lăsat să plece, de oameni pe care i-am alungat, de oameni pe care i-am iertat prea târziu, de oameni cărora nu le-am spus la timpul potrivit că îi iubesc.

Mi-e dor de normalitate.

Mi-e dor de mine.

Mi-e dor de Doamne-Doamne.

UNEI FIICE

Draga mea fiică,

Ți-am dat Viață. Viață pe care nu vreau să ți-o controlez. A da viață înseamnă a da libertate deplină. Nu-ți voi reproșa niciodată ceea ce am făcut pentru tine, fiindcă nu mi-ai cerut să fac ceva, ci am făcut totul din iubire. Atunci când dai viață unui copil, rupi din tine. Rupi o bucată din inima ta și crești un om... Apoi îl lași liber, dar tu nu mai poți fi întreg fără acea bucată de inimă, fără a-l avea aproape pe acel omuleț pe care l-ai crescut cu atâta iubire, grijă, sacrificii și trudă. Poate de aceea îți par posesivă uneori... Și știu că acum nu mă înțelegi, dar când îți vei rupe și tu o bucată din inimă și omulețul acela născut din inima ta va umbla liber prin lume, vei înțelege chinul nopților nedormite și lacrimile ce secătuiesc sufletul unei mame. Și totuși, asta e menirea unui părinte: să ofere viață, apoi să rămână singur... sperând că omulețul cel mai drag este fericit.

Ai tot dreptul să fii liberă, dar vreau să te gândești că, dacă tu mă uiți când nu ești lângă mine, eu nu reușesc să te uit. Nu vreau să-ți fiu paznic, nu vreau să-ți umbresc bucuria, te vreau fericită alături de aceia cu care te simți bine, dar vreau să te gândești și la mine atunci când te distrezi – să ai mai multă grijă, să nu-mi tulburi sufletul, să nu-mi furi pacea... Fericirea ta nu trebuie să fie nefericirea mea; distracția ta, libertatea de care te bucuri nu trebuie să fie motive de îngrijorare pentru mine, ci tot fericire, fiindcă trăiesc cu tot sufletul bucuriile și împlinirile tale.

De când exiști, eu trăiesc pentru tine și prin tine... Visez visurile tale și nimic nu mă împlinește mai mult decât reușitele tale. Bucuria ta e bucuria mea, zâmbetul tău este lumina mea, iar durerea ta este sfârșitul meu.

Așadar, te rog, nu mă considera absurdă, nu mă considera posesivă, ci încearcă să îmi înțelegi îngrijorarea și temerile... Fiindcă de când exiști tu nu există pentru mine spaimă mai mare decât aceea de a te pierde, decât aceea de a te vedea nefericită, rănită, neîmplinită. E doar iubire, fiica mea, iar iubirea de mamă n-ar trebui să te sperie, nici să te deranjeze, nici să te îndepărteze...

Într-o zi vei înțelege că iubirea de mamă nu poate fi înlocuită de nimic și de nimeni... Nici de bani, nici de bogăție, nici de prieteni, nici de omul iubit... De nimic și de nimeni.

Cu drag, unei fiice pe care o iubesc mult.

VIAȚA MEA FĂRĂ TINE

Să nu-ți fie niciodată frică să spui ceea ce simți cu adevărat.

ANONIM

Dacă regret ceva în urma despărţirii noastre este doar că am plâns atunci când ai plecat, crezând că viaţa mea nu va mai fi frumoasă dacă tu nu ești lângă mine, crezând că nu însemn nimic fără tine alături.

Am plâns atunci crezând că nu mai există pe lume braţe la fel de primitoare ca ale tale, că nu mai există cineva în lumea asta cu care să-mi doresc să împart tot ce sunt și tot ce am.

Am plâns crezând că nu voi mai fi capabilă să iubesc vreodată, că te voi căuta în toţi bărbaţii care-mi vor ieși în cale.

Am plâns crezând că voi muri de dor, că voi sfârși în singurătate, iubindu-te numai pe tine.

Am plâns urându-mă pentru neputinţa de a te fi ţinut alături de mine.

Acum regret toate lacrimile, toate clipele irosite cu lamentări, cu așteptări fără rost, cu învinovăţiri nemeritate.

Regret că m-am dispreţuit tocmai atunci când aș fi avut atât de multă nevoie să mă iubesc și să mă iert necondiţionat.

Abia atunci când nu m-am mai simţit iubită de tine am învăţat să mă iubesc. Abia atunci am învăţat să-mi dăruiesc mie totul, toată bucuria și pacea pe care le merit și pe care până atunci ţi le dăruisem cu generozitate ţie. Abia atunci am învăţat că nu e cazul să depind de cineva pe lumea asta, că uneori este perfect în regulă să rămân doar eu cu mine.

Azi nu mai plâng. Azi mă bucur de viaţa mea fără tine. Azi zâmbesc cu toată fiinţa mea, azi îmi râde tot sufletul. Azi știu să mă bucur de răsărituri și de asfinţituri, de liniștea nopţii, de zgomotul furtunii. Azi mă bucur pentru că mă văd în sfârșit liniștită și împăcată. Azi merg plutind fiindcă am învăţat – și cu ce preţ! – că mersul târâș distruge aripile.

Azi am totul fiindcă am învăţat să-mi fiu mie însemi tot. Azi mă simt întreagă și dacă sunt singură, și dacă sunt într-o relaţie. Azi mă iubesc și mă accept așa cum sunt, cu bune și cu rele. Azi nu mă mai tem de singurătate, dar nici nu mă mai tem să iubesc din nou, cu toată forţa inimii mele.

Azi știu că viaţa este compusă din etape și că tu ai fost etapa de care am avut nevoie pentru a învăţa să mă iubesc și să-i iubesc pe ceilalţi fără așteptări, fără constrângeri, fără dependenţe. Pur. Simplu. Necondiţionat.

Azi îmi iubesc viaţa, cu tot trecutul ei, cu eșecurile trăite, cu oamenii care au plecat, cu oamenii care au venit în loc, cu toate lecţiile care m-au făcut să devin cea de azi: puternică, încrezătoare, liberă, fericită.

Azi știu că prima și cea mai importantă persoană din viaţa mea sunt eu.

Plec. Nu pentru că nu te iubesc, ci pentru
că nu mai pot iubi pentru amândoi.
Plec pentru că am obosit să mă prefac că trăiesc,
că primesc, că sunt fericită, că sunt iubită.
Plec pentru că tu îmi îngreunezi pașii
și îmi risipești visurile.
Plec pentru că m-am săturat să cerșesc dragoste.
Plec pentru că promisiunile frumoase
nu pot înlocui fericirea.
Plec pentru că am obosit să aștept la nesfârșit
după iluzii.
Plec pentru că merit mai mult decât să fiu
doar o persoană de care cineva are nevoie...

Dincolo de zâmbetele noastre, de măștile după care ne ascundem zi de zi pentru a fi acceptați de lume și pentru a nu fi judecați și condamnați că suntem ființe banale, ne aflăm noi înșine. Noi, cu poveștile noastre de viață, cu tristețile noastre, cu zbuciumurile și fricile noastre, cu durerile pe care nimeni nu le-ar putea înțelege. Suntem noi, nefericiți, neîmpliniți, neînțeleși și neiubiți. Suntem noi, fragili și vulnerabili, atât de dependenți de puțină atenție, de o mângâiere, de puțină iubire. Suntem noi, frumoși, buni, dispuși să oferim toată frumusețea pe care o avem în noi, dornici să ne dăruim și să oferim dragostea de care suntem capabili.

Ar trebui doar să fim puțin mai îngăduitori și mai atenți unii cu alții. Să fim mai puțin grăbiți, mai puțin egoiști, mai puțin orgolioși și mai dispuși să cunoaștem, să acceptăm, să iubim și să ne lăsăm iubiți.

CU SUFLETELE LA VEDERE

Dacă nu-i vezi lacrimile unui om, nu înseamnă că acesta nu plânge pe ascuns în sufletul său.

IRINA BINDER

Oamenii observă orice, numai ceea ce ar trebui nu. Observă ceea ce vor și judecă totul după legea și valorile lor. Și judecă după aparențe. Observă că ești gras, slab, sărac, bogat, că te-ai tuns, că ai o bluză nouă, o mașină nouă... Nu observă când ești supărat sau fericit decât numai dacă supărarea sau fericirea ta le încurcă lor planurile. Falși și ipocriți, cei mai mulți dintre semenii noștri și-au construit o mască socială de cameleon: pentru unul și același lucru zâmbesc sau plâng, iubesc sau urăsc, după cum le cere gloata sau autoritatea în grațiile căreia vor să intre. Joacă sinceritatea și buna credință, dar când sunt puși în fața asumării unei poziții ferme într-o anumită privință, își îmbracă nu numai masca, ci și costumul de cameleon și se ascund, disimulează, retractează, fac exact ceea ce le cere interesul, nu dreptatea. Judecata lor e strâmbă, sufletele lor sunt cameleonice. Trist este că, la sfârșitul zilei, când rămân ei cu ei, semenii noștri uită să își dea jos costumul cameleonismului social și ajung să se mintă și pe ei, uitând care este adevărul. Societatea noastră a ajuns atât de falsă, încât oamenii uită adesea adevărul și au ajuns să creadă cu tărie minciunile pe care le inventează.

Mi-aş dori ca, printr-o minune a ştiinţei, să se creeze un dispozitiv prin care sufletele oamenilor să fie la vedere, purtate ca o eșarfă la gât, și să reflecte trăirile autentice ale purtătorului. Am avea surpriza să constatăm că, dacă privim atent, vedem că, sub masca ipocrită a prieteniei interesate, interlocutorul nostru ne poate fi cel mai aprig dușman. Sau că persoana cea mai ștearsă din departamentul nostru, care este mereu punctuală și nu intră niciodată în discuţiile desuete, acel *small talk* de fumoar, are un suflet vesel, iubitor, și abia așteaptă să vină ora plecării pentru a ajunge acasă la copiii ei și pentru a li se dedica lor. Sau că morocănosul coleg care nu glumește niciodată are acasă un copil bolnav, căruia nu îi poate asigura tratamentul optim sau poate hrana specială de care are nevoie. Sau poate că amica grasă nu este așa deoarece mănâncă prea mult, ci pentru că se alimentează în mod compulsiv, umplând prin mâncare golul uriaș lăsat de pierderea celei mai dragi fiinţe. Sau poate că bufonul companiei, colegul cel mai glumeţ care ne binedispune oricând, are sufletul măcinat de o durere sfâșietoare, iar râsul este tratamentul lui pentru durere, nu expresia unei vieţi lipsite de griji.

Aparenţele înșală. Din păcate, ne-am obișnuit să nu mai vedem dincolo de ele. Pentru tot ceea ce este greu de înţeles și de acceptat, inventăm câte o explicaţie ridicolă. Ne este mai ușor să judecăm decât să înţelegem, mai ușor să condamnăm și să anulăm social decât să căutăm adevărul ascuns. Ne este mai ușor să-i izolăm pe oamenii care nu sunt pe placul nostru, doar pentru că arată și se poartă diferit, decât să facem un minim efort de a-i înţelege, de a cerceta ce li se întâmplă.

Fiecare stare fizică sau sufletească are o cauză, are o poveste în spate, o poveste pe care nu o vedem și nu o cunoaștem, dar care există. Este istoria fiecăruia, pe care și-o poartă permanent și pretutindeni cu el: pe stradă, la cumpărături, la serviciu... iar uneori povestea e o adevărată povară, greu de purtat. Ne interesează pe noi toate astea? Nu. Mai suntem noi oare dispuși să dăm o mână de ajutor? Nu prea. E mai simplu să desființăm, să criticăm, să ne batem joc în ton cu gloata. Gloata ne e foarte dragă. Ne dă un oarece confort – sunt aceia care gândesc la fel de superficial ca noi, la fel de strâmb ca noi.

Mai avem noi oare curajul să luăm taurul de coarne și să căutăm adevărul și, mai ales, să-l spunem în gura mare? Nu. Societatea noastră a devenit atât de diformă, încât adevărul deranjează.

Poate că ar trebui, măcar pentru o perioadă, să avem sufletele la vedere... transparente... să poată vedea lumea nu doar cum arătăm în exterior, ci și ce simțim, ce temeri avem, ce griji, ce poveri și mai ales cât de buni putem fi, cât de frumoși, cât de loiali, cât de iubitori...

DETAȘAREA

Nu-ți face griji cu privire la aceia care te urăsc. Pur și simplu sunt supărați pentru că adevărul pe care-l rostești tu contrazice minciuna în care trăiesc ei.

STEVE MARABOLI

Uneori, între „Te iubesc“ și dispreț este o barieră extrem de fragilă.

Am aflat asta ca urmare a unor povești despre niște „prietenii“ ce au început extrem de frumos și s-au terminat brusc, lăsând în urmă mai multe întrebări fără răspuns...

Nu mai știu ce trebuie să faci ca să câștigi un prieten, dar știu că pentru a-l pierde este suficient să fii bun, să fii o persoană de calitate, iar el să fie arogant și să te rănească și tot el să fie acela care așteaptă să îți ceri iertare...

Unii dintre cei care rănesc nu-și mai cer iertare, nu mai regretă, pleacă pur și simplu, renunță la prietenia ta și-ți arată într-un mod atât de brutal că nu ai însemnat nimic, că doar tu ai iubit și ai prețuit.

Trăim într-o lume în care unii oameni plâng când pierd telefoane mobile și când li se strică mașina, dar care n-au niciun regret atunci când pierd un prieten sau strică o relaţie cu un om drag, un om care i-a iubit, care le-a fost alături și cu care au împărțit momente bune și clipe triste. Așa cum spunea Dalai Lama, problema omenirii este că, în loc să se folosească de obiecte și să pună preţ pe oameni, se folosește de oameni și pune preţ pe obiecte.

Unii oameni cred că pot pleca oricând și oricum dintr-o casă, dintr-o poveste, dintr-un suflet... Greșesc, dezamăgesc și rănesc și, în loc să recunoască, să își ceară iertare, să îndrepte greșeala, tot ceea ce fac este să plece, fără să își ia rămas bun, fără să aibă nicio urmă de regret... fără să verse o lacrimă, fără să șteargă o lacrimă...

Oricât de frumos ar suna acel „Te iubesc!“, oricât de mult ar depinde sufletele noastre de dragoste și de prietenie, ar fi bine să nu ne grăbim să credem în iubirile declarative, să nu ne iluzionăm, să nu avem așteptări prea mari și să fim pregătiți să nu mai însemnăm nimic pentru unii care, cândva, ne declarau iubirea... În ziua de azi cred că trebuie să iubim și să ne implicăm total într-o relaţie, dar în același timp trebuie să fim pregătiţi în fiecare clipă pentru lecţia detașării – aceea în care să-i dăm drumul să plece partenerului sau prietenului care nu mai dorește să fie cu noi.

Iar noi să rămânem prieteni adevăraţi și parteneri de încredere! Să fim acei prieteni ideali pe care ni i-am dori pentru noi, să fim demni de încrederea și prețuirea celorlalți, să fim responsabili, cinstiţi, corecţi, cu o singură faţă, și nu cu șapte, iar dacă spunem „Te iubesc“, acesta să fie rostit din suflet și asumat. Să nu-i amăgim pe oameni, să nu-i rănim, să nu-i determinăm să se ascundă de noi, să nu le dăm motive să se teamă ori să nu mai creadă în prietenie.

În opinia mea, să iubim plenar și să învăţăm detașarea sunt acţiunile prin care ne pregătim să trăim o viaţă frumoasă: una în care dăruim tot ceea ce putem și nu ne supărăm dacă nu primim ceea ce dorim. Așteptările creează dezamăgiri, iar iubirile condiţionate creează ataşamente. Cheia pentru a trăi senin este să dăruim iubire și prietenie necondiţionate, iar măsura în care le primim să nu depindă de măsura cu care le dăruim. Dacă înţelegem acest lucru și învăţăm să ne detașăm, nu numai că nu vom mai suferi niciodată din cauza reacţiilor semenilor noștri, ci vom trăi atât de mulţumiţi și de senini, încât vom putea spune, cu mâna pe inimă, că L-am găsit pe Dumnezeu. Și nu vom greși: Dumnezeu este iubire necondiţionată. Dumnezeu este detașare. El ne iubește pe toţi la fel, incredibil de mult, peste puterea noastră de înţelegere, și nu așteaptă nimic în schimb.

Iubiţi sincer, iubiţi curat, iubiţi detașat! Iar lumea va fi un loc mai bun.

DE NEÎNVINS

Oamenii care luptă pot pierde.
Oamenii care nu luptă au pierdut deja.
BERTOLT BRECHT

În adolescenţa mea am fost martora unei întâmplări pe care nu am reuşit să o uit niciodată.

Era o zi frumoasă de iarnă. Mergeam să o vizitez pe o colegă de şcoală care locuia la marginea oraşului. Am mers încet, bucurându mă tot drumul de peisajele splendide pe care le oferea natura. De aceea am observat cu atenţie totul şi am văzut mai multe decât mi-aş fi dorit. În faţa mea, la câţiva paşi, mergea un călugăr. La un moment dat, un bărbat care venea din sensul opus s-a oprit în faţa lui. Îl cunoşteam pe acel bărbat... era recalcitrant, se certase cu multă lume din oraş, vorbea foarte urât şi îşi bătea frecvent soţia şi copiii. Am observat că i-a spus ceva călugărului, însă acesta nu i-a răspuns şi a încercat să-şi vadă de drum. Bărbatul s-a întors după călugăr şi, vizibil înfuriat, i-a dat acestuia o palmă. Călugărul nu a ripostat, ci a făcut câţiva paşi pentru a se depărta, însă bărbatul agresiv l-a oprit şi i-a mai dat o palmă. Călugărul n-a reacţionat nici de această dată, ci s-a îndepărtat de omul care îl atacase. Bătăuşul şi-a văzut de drum doar după ce a înjurat şi a scuipat în urma călugărului. Pe partea cealaltă a drumului, o femeie și un bărbat au privit indiferenţi acea scenă, apoi au mers mai departe. N-am înţeles de ce nu au intervenit să-l apere pe călugăr și-mi uram neputinţa de a fi făcut eu ceva.

M-a durut și m-a speriat ceea ce am văzut atunci. Și m-a făcut să-l urăsc pe bărbatul agresiv care-l lovise și-l umilise pe un om blând, pașnic, care nu-l deranjase cu nimic.

L-am ajuns pe călugăr din urmă și, când am trecut pe lângă el, l-am privit discret. Era tânăr și avea un chip senin și frumos, cu trăsături ce-mi inspirau blândeţe și încredere. Dar pe faţa lui am zărit urme de lacrimi. Văzându-mă că-l privesc, mi-a zâmbit. Mi-a dăruit un zâmbet senin ca o zi de primăvară. Zâmbetul lui mi-a dat încredere și speranţă și mi-a alungat îngrijorarea. M-am bucurat că nu a pus la suflet ieșirea mizerabilă a acelui om și l-am admirat pentru forţa interioară de care a dat dovadă. O forţă despre care atunci, adolescentă fiind, nu știam prea multe.

Când m-am întors acasă, i-am povestit totul tatălui meu și l-am întrebat de ce unii oameni se poartă așa. Tata, mâhnit și furios, mi-a spus că oamenii proști urăsc ceea ce nu cunosc și nu au capacitatea de a înţelege. „Se tem de cei diferiți de ei, mai ales când este vorba despre cineva mai bun, care are ceva ce ei știu că nu vor avea niciodată."

Am plâns atunci pentru nedreptatea și umilinţa pe care a trebuit să le trăiască acel călugăr și pentru neputinţa mea de a fi luat atitudine în faţa acelui bărbat rău. M-am revoltat în sinea mea de fiecare dată când mi-am amintit acel incident și l-am compătimit pe călugărul blând și învins. Însă, cu timpul, percepţia mea asupra acelei întâmplări s-a schimbat.

A trebuit să treacă ani și să trăiesc și eu experienţe de viaţă cu oameni care lovesc și insultă în mod gratuit ca să învăţ că nu cel lovit este învins, ci acela care lovește. Și am realizat că nu durerea călugărului ar fi trebuit să mă mâhnească atunci, ci sminteala acelui bărbat care l-a lovit nemeritat. Nu nedreptatea la care a fost supus călugărul ar fi trebuit să-mi stârnească mila, ci răutatea omului agresiv.

Acum știu că, de fapt, cel umilit nu a fost călugărul lovit și înjurat, ci acel bărbat care s-a purtat nebunește. Nimic nu umilește și nu degradează mai tare ca purtarea neomenească.

Când văd persoane care condamnă și atacă vehement pe cineva, recunosc de îndată tiparul de inferioritate: recunosc slăbiciunea, teama, complexele și prejudecăţile. Acum știu că atacă doar aceia care se simt ameninţaţi de un spirit superior.

Privind în urmă la scena pe care am văzut-o în adolescenţă, încerc să-mi imaginez cum ar fi fost dacă acel călugăr ar fi ripostat... Ar mai fi fost el diferit cu ceva de agresor, chiar dacă era în legitimă apărare? Ar mai fi fost el demn de categoria din care face parte dacă ar fi devenit și el violent? Nu, el nu numai că nu a reacţionat în vreun fel – să vorbească, să riposteze –, dar nici măcar nu s-a ferit de atacator: a acceptat să fie lovit, umilit, probabil gândindu-se la Iisus Hristos.

Aceea a fost lecţia mea despre cum trebuie să răspunzi atacurilor și răutăţilor.

Eu cred că bunătatea poate fi mereu o soluție și un răspuns...

După câţiva ani, l-am revăzut pe călugăr ajutând o familie căreia îi arsese casa. Muncea cot la cot cu toată lumea, transmiţându-le tuturor încredere, curaj și forţă. Zâmbetul lui frumos, purtarea lui exemplară mi-au arătat că omul bun este de neînvins.

„ACUM ESTE AL MEU“

Iubește-mă sau urăște-mă, amândouă sunt în favoarea mea... Dacă mă iubești, voi fi mereu în inima ta, iar dacă mă urăști, voi fi mereu în mintea ta.

WILLIAM SHAKESPEARE

„Acum este al meu“ mi-a scris cândva, plină de trufie, o femeie care-l câştigase pe bărbatul de care mă despărţisem. S-a străduit mult să îl aibă, folosindu-se de toate mijloacele de cucerire posibile: farmecul femeiesc, șantajul emoțional, manipularea, dar și intrigile abil ţesute împotriva mea.

Dar ei nu i-a fost de-ajuns să-l aibă pe el. Acesta fusese numai primul ei obiectiv. Următorul era să mă tortureze pe mine, să-mi amintească întruna că bărbatul care fusese al meu se afla în braţele ei, că se bucurau împreună, că se iubeau, că ea câștigase, iar eu pierdusem.

Tăcerea mea, siguranța mea de sine și zâmbetul de pe chipul meu atunci când o întâlneam o nelinișteau. Ea mă voia dărâmată, răvășită, disperată, geloasă, umilită. Ar fi vrut să afle că eu încă îl căutam pe el, că-i cerșeam cu disperare atenţia, împăcarea, dragostea. Și ar fi vrut să o urăsc doar pentru că ea îl avea pe bărbatul pe care îl iubisem în trecut. Dar nu o uram. Atitudinea ei ridicolă îmi inspira un fel de milă.

Am avut ocazia să-i povestesc lui despre comportamentul ei, dar nu i-am spus nimic. Aș fi fost și mai ridicolă decât ea și aș fi atras asupra mea bănuiala că voiam să bag zâzanie între ei. Am tăcut, dar ei nu i-a fost de-ajuns asta.

Aflam de la cunoscuţi din anturajul comun că ea vorbea frecvent despre mine, comparându-se cu mine de parcă noi două am fi fost într-o competiţie. De fapt, doar ea încerca să concureze cu mine. Eu nu aveam de ce. Nu voiam să reînnod o relaţie cu un bărbat care a fost atât de slab încât să plece urechea la minciunile ce se spuneau despre mine. Între mine și el nu mai putea fi nimic, însă femeia aceea tot dorea să dea naștere unui conflict a cărui miză să fie fostul meu iubit, actualul ei bărbat, conflict din care ea să iasă învingătoare deoarece îl avea pe el și, ca atare, era mai bună decât mine. Numai că eu nu vedeam conflictul acolo – pentru mine războiul se încheiase, eu nu mai aveam de ce să mă implic emoţional, iar ea, dacă avea nevoie în continuare de recunoaștere, de o reconfirmare a legitimităţii relaţiei ei, trebuia să și le caute în altă parte, nu la mine.

Am aflat că, într-o discuţie în care ea m-a jignit, fostul meu iubit m-a apărat, spunându-i: „Îmi pare rău, dar mai ai mult până să o ajungi din urmă." Luată prin surprindere de reacția lui și simțindu-se umilită în cercul de prieteni comuni, m-a bombardat cu tot felul de mesaje prin care se străduia să îmi transmită că el era numai al ei și că o iubea numai și numai pe ea. De fapt, îmi scria din nevoia imperioasă de a-și confirma ei toate acele lucruri. Dar se contrazicea de la un mesaj la altul, scoțând în evidență cât de nesigură se simțea.

Din șirul lung de mesaje pe care mi le-a scris, la unul singur am catadicsit să-i răspund. Îmi scrisese „Tu nu mai însemni nimic pentru el!", iar eu i-am răspuns doar atât: „Faptul că ai reușit să-l faci să te iubească pe tine nu înseamnă că ai reușit să-l faci să mă uite pe mine."

În tot acest timp, el a încercat să se reîntoarcă la mine, dar povestea noastră se încheiase acolo unde pusesem eu punct. Am aflat că până la urmă a părăsit-o, iar ea a înţeles pe propria piele că el n-a fost niciodată al ei, ci doar ea a fost a lui. Atât cât a avut el nevoie, nicio clipă mai mult.

AI DREPTUL SĂ PLECI, DAR NU ȘI SĂ TE ÎNTORCI

Iubirea nu este un motiv ca să tolerez lipsa de respect.

ANONIM

Atunci când ne-am îndrăgostit unul de celălalt nu ți-am ascuns ce înseamnă pentru mine o relație de iubire: ți-am spus că eu nu-ți voi lua libertatea și că te voi iubi așa cum ești, la pachet cu tot ceea ce însemni tu și cu toată lumea ta. Ți-am spus că eu nu voi încerca să te transform în produsul meu, că eu doar voi încerca să te ajut să devii cea mai bună variantă a ta, dar fără a încerca să-ți forțez alegerile și evoluția. Și te-am asigurat că eu nu am așteptări nerealiste, că vreau doar să mă respecți, să îmi respecți alegerile și să respecți ceea ce iubesc.

Ți-am spus atunci că eu, când iubesc, iubesc, nu posed. Că îți voi respecta obiceiurile și nevoile. Că vreau să te simți liber, să faci doar ceea ce vrei, să nu te simți constrâns și dator și că nu vreau să devii un sclav care să-mi facă mie pe plac. Și ți-am mai spus că mi s-ar părea îngrozitor să fii lângă mine, dar tu să-ți dorești să fii în altă parte. Că nu merit să mă înșeli și să mă umilești prefăcându-te că ești prezent în viața mea și că mă iubești, când inima ta de fapt este la altă femeie.

Ți-am spus că sunt o persoană rezonabilă și realistă și că iau în calcul și posibilitatea să te îndrăgostești cândva de o altă femeie... una mai frumoasă decât mine, una care să-ți ofere mai mult decât pot eu să-ţi ofer, una care să te împlinească mai mult decât mine. Şi ţi-am spus atunci că, dacă într-o zi nu mă vei mai iubi, poţi să pleci. Ţi-am promis că, oricât de tare mă va durea plecarea ta, nu-ţi voi condamna alegerea, nu-ţi voi îngreuna situaţia cu reproşuri şi cu victimizări inutile şi, deşi nu îmi va conveni plecarea ta, nu voi încerca să te opresc. Te-am asigurat atunci că sunt conştientă că poţi alege pentru cine să-ţi bată inima, dar că nu voi tolera minciuna şi viaţa dublă. Şi ţi-am promis că n-am să te urăsc dacă vei alege să pleci şi să mă laşi într-o singurătate cumplită. Ba chiar te-am rugat să nu mă menajezi, să nu-ţi amâni plecarea doar de mila mea sau din vreun simţ al datoriei. Te-am rugat să pleci de îndată ce nu-ţi va mai face plăcere să fii în prezenţa mea, de îndată ce nu vei mai simţi nevoia să te grăbeşti spre casă, să mă vezi, să mă îmbrăţişezi, să mă săruţi, să împarţi cu mine casa, perna, visurile... Te-am rugat să pleci de îndată ce te vei simţi străin de mine şi să o faci fără a aştepta un moment potrivit... Te-am încurajat să nu eziţi să mă laşi singură, chiar dacă va trebui să pleci când voi fi cea mai fericită, când voi avea cel mai mult nevoie de tine sau poate de Sărbători...

Ţi-am spus atunci că vei avea dreptul să pleci oricând vei dori, dar am uitat să-ţi spun că nu vei avea şi dreptul să te întorci.

Îmi pare rău că am omis să iţi spun şi asta. Credeam că ştii şi tu că sufletele oamenilor nu au un buton de pauză pentru perioade în care unii sunt în căutarea sinelui, a ceva mai bun şi a fericirii...

Credeam că ştii şi tu că nimeni nu e dator să aştepte şi să mai spere după ce a fost abandonat şi rănit. Credeam că ştii şi tu că oamenii sunt dependenţi de iubire, dar nu depind de iubirea celor care sunt dispuşi să iubească prin rotaţie. Credeam că ştii şi tu că, odată ce închizi anumite uşi în urma ta, acestea nu se vor mai deschide niciodată. Credeam că ştii şi tu că, aşa cum unii nu sunt de neînlocuit pentru tine, nici tu nu eşti de neînlocuit pentru mine. Credeam că ştii şi tu că oamenii care nu cer nimic sunt conştienţi totuşi de ceea ce merită.

Credeam că ştii că ai oricând dreptul să pleci, dar nu şi să te întorci. Mergi cu bine!

FIȚI BUNI CU VOI ÎNȘIVĂ

Două calități pe lume nu pot fi simulate și nici înlocuite: inteligența și bunătatea.
ILEANA VULPESCU

Mi-a scris o copilă de 14 ani care mi s-a plâns de răutatea oamenilor din anturajul ei. Un mesaj care m-a întristat profund și mi-a reamintit de mine la vârsta ei, când am avut parte de multă răutate, adesea gratuită, atât din partea copiilor, cât și din partea adulţilor.

Ce păcat că nici măcar copiii nu mai sunt scutiţi de răutăţi, de dezamăgiri și de regrete!

„Nu știu ce să mai fac..." mi-a scris deznădăjduită această fată, așteptând de la mine, o străină pe care nu o cunoaște decât din scrieri, un cuvânt salvator, un mesaj de încurajare, o speranţă care să o scoată din abisul în care este pe cale să ajungă din cauza răutăţii gratuite a celor din jur. Fata este derutată, se învinovăţește crezând că nu este suficient de bună pentru lumea aceasta, se simte copleșită de complexe, de frici și de neputinţă în faţa mojiciei lumii.

La citirea mesajului ei, am rămas descumpănită. Cunosc prea bine acest fenomen al tăierii aripilor și al distrugerii credibilității. Din cauza răutăţii unora s-au stins multe suflete, omorâte de ucigașii de spirite, de acei iresponsabili care rănesc cu o plăcere maladivă, care terorizează, care derutează, care cotropesc sufletele, le jefuiesc și le lasă în beznă. Cum pot eu să o ajut pe această fată și pe aceia care trăiesc în aceeași teamă ca și ea? Prin a-i cultiva încrederea în sine și respectul de sine. Lamentarea și mila nu o ajută, nu o călesc, nu-i dau forţa de a se ridica și a merge mai departe. Sigur că am compasiune pentru suferinţa ei, dar compasiunea mea nu o poate apăra. Singură se poate proteja, iar eu pot să-i indic instrumentele: iubire de sine, iertare de sine, acceptare de sine, încredere în sine. Și nădejde în Dumnezeu.

Oameni dragi, atunci când alţii sunt răi cu voi, fiţi voi buni cu voi înșivă. Fiţi atât de buni cu voi încât să nu lăsaţi pe nimeni să vă rănească, să vă fure pacea inimii, să vă creeze fel de fel complexe și să vă taie aripile. Fiţi atât de buni cu voi încât să vă preţuiţi mai presus de orice părere negativă, de orice judecată și de orice atac împotriva voastră. Fiţi atât de buni cu voi înșivă încât să nu vă irosiţi nici timpul, nici sentimentele, nici lacrimile pe lucruri sau persoane care nu merită. Fiţi buni cu voi înșivă și nu lăsaţi pe nimeni să vă cotropească sufletele, să vă jefuiască de sentimente nobile și să lase în locul lor frici, prejudecăţi, neîncredere și urâţenie. Fiţi atât de buni cu voi înșivă încât să nu vă irosiţi străduindu-vă să-i demonstraţi lumii că meritaţi aprecieri și dragoste. Nu aveţi nevoie de aprecierea ipocriţilor și de iertarea mincinoșilor. Fiți atât de buni cu voi înșivă încât să înțelegeți că nu-i datorați lumii decât respectul pe care-l merită. Fiţi atât de buni cu voi încât să vă acceptaţi cu defectele și cu imperfecţiunile voastre și să știţi că nu trebuie să fiţi perfecți. Asta nu înseamnă că trebuie să vă complaceţi în starea în care vă găsiţi acum. Dimpotrivă. Acceptaţi-vă de fiecare dată aşa cum sunteţi şi străduiţi-vă să evoluaţi continuu, să creşteţi, să deveniţi mereu mai buni decât aţi fost cu o zi în urmă. Fiţi atât de buni cu voi încât să nu vă judecaţi după fiecare pas greşit, după fiecare nereuşită sau după fiecare om incapabil să vă iubească pe care l-aţi întâlnit. Fiţi atât de buni cu voi înşivă încât să nu vă torturaţi cu gânduri negative şi cu regrete inutile. Fiţi atât de buni cu voi înşivă încât să nu vă angajaţi în lupte inutile, chiar dacă justificate, cu oameni cărora nu le place să trăiască în pace şi armonie şi care se simt vii numai atunci când le tulbură liniştea celor din jur.

Fiţi atât de buni cu voi înşivă încât să nu îngenuncheaţi niciodată în faţa răutăţii. Depăşiţi-o, ieşiţi repede din raza ei, îmbrăcaţi-vă în pavăza protectoare a iubirii şi treceţi mai departe. Nicio armă nu poate fi mai eficientă decât iubirea de sine. Fiţi atât de buni cu voi încât să nu uitaţi nicio clipă să vă iubiţi cu tot sufletul vostru, să vă oferiţi tot ceea ce meritaţi şi să fiţi un exemplu de bunătate şi de frumuseţe. Fiţi buni chiar şi cu duşmanii şi detractorii voştri.

Fiţi buni cu voi înşivă şi nu lăsaţi pe nimeni să vă facă să credeţi că sunteţi altfel decât minunaţi.

Niciodată nu vei fi judecat de un om mai bun ca tine. Aceia care judecă își urăsc propriile defecte și neputințe.

Regretele trecutului ne umbresc fericirea prezentului. Și de multe ori ne trezim prizonieri într-un trecut plin de deziluzii și de suferință. Trebuie să găsim forța de a ne desprinde de trecut pentru a-l lăsa în urmă, cu toate dezamăgirile, eșecurile și cu toți oamenii care îi aparțin.

Clipa aceasta, azi, mâine și zilele pe care urmează să le trăim ne aparțin nouă, nu trecutului și nici oamenilor din trecut. Poate că a sosit clipa să înțelegem că i-am dat destul trecutului, că, oricât ne-am încăpățâna, nu îl mai putem schimba și că nu putem rescrie alte povești... Poate că a sosit momentul să abandonăm trecutului amintirile triste și regretele și să căutăm să ne trăim poveștile din prezent, să ne urmăm visurile și să ne căutăm calea și fericirea.

MI-AM PIERDUT RĂBDAREA ȘI TOLERANȚA

Există o limită peste care răbdarea încetează să mai fie o virtute.
EDMUND BURKE

Recunosc, mi-am pierdut răbdarea și toleranţa faţă de ipocriţi, de prefăcuţi, de curioși, de indecenţi, de cei care invadează vieţi și care cotropesc suflete.

Mi-am pierdut răbdarea și toleranţa faţă de cei incapabili să mă cunoască și cărora trebuie să le explic mereu cine sunt, cum sunt, ce vreau și ce intenţii am.

Mi-am pierdut răbdarea și toleranţa faţă de cei care nu înţeleg că le datorez doar respectul... și că prietenia și iubirea sunt alegerile mele.

Mi-am pierdut răbdarea și toleranţa faţă de cei care vorbesc prea mult, deși cunosc prea puţin, care critică mereu, care sunt mereu nemulţumiţi, care sunt aroganţi, cinici și răutăcioși.

Mi-am pierdut răbdarea și toleranţa faţă de cei care nu pot accepta că fiecare om are dreptul să aleagă cine este, cum trăiește și pe cine să iubească.

Mi-am pierdut răbdarea și toleranța față de cei care trăiesc cu impresia că știu mai bine decât mine care-mi sunt limitele și ce merit.

Mi-am pierdut răbdarea și toleranța față de cei indeciși, care azi mă iubesc și mâine mă detestă, cu care trebuie să îmi controlez fiecare gest și fiecare cuvânt, de teamă că-i pot pierde de îndată ce nu le fac pe plac.

Mi-am pierdut răbdarea și toleranța față de vânătorii de greșeli, față de cei care defilează cu principii morale închipuite, care se erijează în judecători morali imaculați și condamnă, desființează și execută pe oricine nu este pe placul lor.

Mi-am pierdut răbdarea și toleranța față de cei care flecăresc inutil, pentru care singurele subiecte de discuție sunt bârfele, ei neavând niciodată ceva constructiv de spus; de la ei nu învăț nimic bun și după o discuție cu ei rămân cu senzația că mi-am pierdut timpul și m-am încărcat negativ.

Mi-am pierdut răbdarea și toleranța față de infatuați, de pseudointelectuali, de cei care se erijează în judecători supremi, cu sarcina de a decide pentru toată lumea ce este bun sau rău, urât sau frumos.

Mi-am pierdut răbdarea și toleranța față de cei care se așteaptă să le cânt în strună și să le perii orgoliile.

Mi-am pierdut definitiv răbdarea și toleranța față de oamenii ieftini, cu preocupări ieftine și cu minți înguste.

De acum înainte vă rog să nu mai contați pe mine pentru meschinăriile voastre. Timpul meu este prea prețios pentru a mi-l irosi cu lucruri și cu persoane mărunte.

FIINDCĂ PUTEM ALEGE

Am prea multă bunătate de răsplătit încât să mai am timp și pentru a-mi răzbuna rănile.

IRINA BINDER

În școala generală aveam o profesoară foarte severă – în sensul de agresivă, nu de exigentă. Toţi copiii se temeau de ea. Îi pedepsea pe elevi pentru orice nimic și o făcea cu multă furie. Ne certa cu furie, ne trântea caietele pe pupitru cu furie, ne bătea cu furie. Într-o zi am uitat acasă caietul de teme și, pentru că profesoara nu m-a crezut, mi-a aplicat pedeapsa ei preferată: 10 lovituri de băţ peste palme. Băţul cu care ne lovea era gros ca o coadă de mătură. Era nedespărţită de acel băţ. Am încasat cele 10 lovituri peste palmele întinse, ţinându-le cu fermitate, și am simţit usturimea fiecărei lovituri până în măduva oaselor.

Nu am plâns și nu i-am spus tatălui meu despre acea pedeapsă nemeritată. După ore, am intrat în ritmul meu obișnuit: curăţenie în casă, spălat rufe...

Clătind rufele afară, cu apă rece de-mi îngheţa și inima, am început să plâng. Mă dureau palmele umflate de la loviturile primite și mă dureau nedreptatea și umilinţa la care fusesem supusă pe nedrept.

O vecină care venise în vizită m-a văzut plângând și a alergat alertată să-i spună tatei. Acesta m-a luat la întrebări și am fost nevoită să-i spun despre faptul că profesoara mă bătuse.

Ca orice părinte, tata s-a mâniat. M-a întrebat dacă într-adevăr uitasem caietul acasă sau dacă mințisem ca să-i ascund că nu-mi făcusem temele. I-am adus caietul ca dovadă că spusesem adevărul.

Tata a luat caietul și a ieșit pe poartă, iar eu am fugit după el, sperând că-l voi putea opri.

Profesoara locuia destul de aproape de noi, iar tata a ajuns în scurt timp la poarta ei. Când l-am ajuns din urmă, tata era deja în curte, iar eu eram înspăimântată că va face vreun gest necugetat ce va atrage necazuri mari asupra noastră.

Afară se întunecase deja, iar din curtea profesoarei am văzut lumină printr-o fereastră. De îndată ce ne-am apropiat, am auzit țipete și am văzut pe geam cum profesoara era lovită cu brutalitate de soțul ei, care țipa și o insulta îngrozitor.

L-am prins cu putere pe tata de mână și l-am tras afară din curte.

– Te rog să nu te cerți cu ea, tati, e vina mea că am uitat caietul.

– Orice greșeală ai face pe lumea asta, nimeni nu are voie să te lovească! mi-a spus tata mânios.

Ajunsă acasă, nu-mi puteam lua gândul de la scena văzută în casa profesoarei. Îmi era milă de mine că fusesem lovită și nedreptățită și eram revoltată că se răzbunase pe mine, dar îmi era milă și de profesoara mea. Atunci am văzut cu alți ochi agresivitatea ei și am înțeles că „puterea" ei ascundea, de fapt, o uriașă slăbiciune, ce masca dureri, frustrări și neputințe.

După câteva zile, tata a chemat-o pe profesoară la noi acasă. Nu a mustrat-o, nu i-a reproșat nimic. I-a arătat viața mea de copil de clasa a V-a. I-a arătat cât de ordonată eram și că, deși creșteam fără mamă și aveam aproape toate treburile casnice în responsabilitatea mea, nu-mi neglijam niciodată temele. Profesoara mea a plecat de la noi plângând... dar eu am continuat să o compătimesc.

M-am întâlnit cu ea după ani de zile, când aveam vreo 25 de ani. Mi-a spus cu un zâmbet amar: „N-o să uit niciodată cât de mică m-am simțit în fața ta atunci, cu toate că erai jumătate cât mine, o fetiță mică și plăpândă." Am îmbrățișat-o, ca să-i iau de pe conștiință teama că aș fi putut s-o urăsc.

Acel episod a fost pentru mine o lecţie importantă de viaţă. Atunci am învățat că răutatea este slăbiciune și că bunătatea este putere, că oamenii agresivi și furioși au, probabil, povești de viață nefericite.

Am avut în copilărie două exemple extreme pe care le-am comparat: pe profesoara agresată de soţ care își vărsa furia pe elevii neajutoraţi și pe o vecină, bătută mereu de soţ, pe care o vedeam adesea plină de vânătăi și cu ochii în lacrimi, dar care era blândă și iubitoare ca o zână bună. N-am văzut niciodată la acea femeie vreo privire urâcioasă, n-am auzit-o niciodată ridicând tonul. Privea, vorbea și mângâia cu drag, de parcă viaţa ei era numai pace și iubire – nu nedreptate, teamă, nesiguranţă... Două moduri diferite de reacţie la aceeași agresiune. Fiindcă, dacă nu întotdeauna putem alege să fugim de călăii noștri, întotdeauna putem alege cum să reacţionăm la agresivitatea lor – fiind și noi călăi sau fiind iubire.

Eu aleg să fiu iubire.

MOARTEA ESTE DOAR O GRANIȚĂ A VIEȚII, NU ȘI A IUBIRII

Fii fericit. Nu știi niciodată cât timp ți-a mai rămas.

PROVERB BUDIST

Într-unul dintre sutele de mesaje primite de la voi, cineva mi-a spus: „Te rog mult să scrii o încurajare pentru părinţii care și-au pierdut copii. Tu ai un fel aparte de a alina durerile și de a-i încuraja pe oameni..."

Primul meu gând a fost „Sigur. Cum să nu scriu?", apoi am realizat cât de grea este o asemenea sarcină... Niște simple cuvinte, indiferent cât de meșteșugit ar fi spuse, nu au cum să poată alina o durere atât de mare...

Nu am cunoscut o astfel de suferinţă, dar cunosc oameni care trăiesc această tragedie. Ce-i poţi spune unui om care a pierdut totul? Pentru că, până la apariţia unui copil în viaţa sa, tot ceea ce are un om înseamnă totul pentru el, însă din clipa în care dă viaţă unui suflet copilul îi devine totul unui părinte. Se simte împlinit prin micuţa făptură căreia i-a dat naştere. I se schimbă toată viaţa şi toate priorităţile. Din momentul acela omul învaţă să nu mai trăiască pentru el, ci pentru sufletul căruia i-a dat viaţă. Fără copilul lui nu mai are aer, fiindcă acea făptură, indiferent că este sugar, adolescent sau adult, este bucăţică ruptă din inima părintelui şi este raţiunea lui de a trăi...

Orice pierdere este sfâşietoare, pentru că niciodată nu vom fi pregătiţi să pierdem pe cineva drag. Nici măcar atunci când suntem bătrâni nu suntem pregătiţi să ne pierdem părinţii care ne-au dat viaţă, fiindcă sufletele noastre depind de iubirea lor, însă a-ţi pierde copilul este cea mai sfâşietoare durere. Este o durere pe care nu o înţelegi, pe care nu o poţi accepta, pe care nu o poţi vedea ca făcând parte din firescul vieţii... este o durere pe care o vezi ca pe o mare nedreptate pe care ţi-o face viaţa. Atât de absurdă este această moarte – copilul să moară înaintea părintelui –, încât nicio limbă de pe faţa Pământului nu a găsit cuvânt pentru ea. Copilul căruia îi moare părintele este „orfan", soţul căruia îi moare partenerul de viaţă este „văduv", părintele căruia îi moare copilul nu are termen. Poate fi chiar mort, pentru că atunci moare şi el, odată cu urmaşul pe care îl bagă în pământ.

Nu ştiu ce poate simţi un om care şi-a pierdut copilul... probabil că un gol imens, o agonie continuă, o durere cumplită, un dor mistuitor... Copilul este o bucată ruptă din propria inimă şi nu îţi poţi simţi inima întreagă decât atunci când ai aproape acea bucată care o completează. Din momentul în care ai pierdut acea bucată de inimă care bătea în pieptul copilului tău, nu mai poţi fi întreg niciodată.

Poate că nu vom afla şi nu vom înţelege niciodată de ce se întâmplă astfel de nedreptăţi... Cu toate acestea, trebuie să ne continuăm viaţa, aşa cum putem, cu o jumătate de inimă, uneori târându-ne în genunchi, alteori târându-ne în coate, poate rar mergând drept.

Chiar dacă nu-i mai avem alături de noi pe cei care pier, ei ne locuiesc sufletele pentru totdeauna. Și, oricât de tare ne-ar lipsi îmbrățișările lor, vocile lor, privirile lor, avem amintirile prețioase cu ei ce stau mărturie pentru cât de norocoși am fost să-i avem alături.

De câte ori m-a răpus dorul de oamenii dragi pe care i-am pierdut, m-am gândit la ei și la ce și-ar fi dorit ei pentru mine. Am realizat că i-ar durea să mă știe suferind, că și-ar dori ca eu să fiu fericită, să trăiesc frumos și să nu îi uit. Cred că acest gând m-a ajutat de multe ori să zâmbesc privind spre cer, în loc să plâng privind spre pământ...

Mi-a trebuit ceva timp să accept că fiecare om are o durată fixă la călătoria numită „viață", că unii își încheie călătoria mult prea devreme și pe neașteptate... Dar cred cu toată ființa mea că la sfârșitul călătoriei noastre ne regăsim cu toți cei care au plecat înaintea noastră acolo și că vom fi nedespărțiți pentru eternitate. Până atunci, este datoria noastră să ne facem călătoria proprie cât mai frumoasă, gândindu-ne că fiecare clipă de fericire ne este împărtășită și de cei care ne iubesc din Cer.

Cu toată dragostea mea, trimit un gând bun pentru toate sufletele care au pierdut o bucată din inima lor!

DESPRE UN OM DIFERIT

Nimeni nu e judecat pe drept cât trăiește. Abia după moarte este pomenit sau dat uitării.
REGINA MARIA A ROMÂNIEI

Când eram copil, în orașul meu trăia un tânăr poreclit „Ciungul". I se spunea așa din cauza unui defect pe care îl avea la o mână, cauzat de un accident nefericit în care suferise o arsură foarte gravă ce-i incapacitase mobilitatea brațului. Accidentul se petrecuse când era adolescent și, fiindcă băiatul nu era suficient dezvoltat mintal, copiii îl batjocoreau adesea și îl supuneau la tot felul de încercări teribiliste. Când și-a ars mâna, fusese pus să scoată un obiect dintr-un foc, iar el nu a ezitat și a băgat mâna să salveze acel lucru. Încrederea lui în oameni a fost mai mare decât teama de accident.

Nu a fost scutit toată viața de răutățile lumii. Era stigmatizat de societate, care îl considera diferit. Muncea cu ziua pe la casele oamenilor, ajutând la grădinărit, la cosit, la construcții, orice se găsea, ca să își câștige o bucată de pâine și o porție de mâncare caldă.

Îmi aduc aminte că toți aceia pe la care lucra cu ziua îi dădeau să mănânce afară, în curte, și numai tata îl punea să mănânce cu noi la masă...

Pe noi ne ajuta cu grădina, iar mie îmi aducea mereu trandafirii tăiați ca să-i pun în vază.

Copiii râdeau de el, iar adulţii îl umileau adesea fiindcă era credul și prostuţ... Nu numai o dată am văzut cum era batjocorit, bătut fără motiv, exploatat, jignit... Necruţătoare lume, necruţătoare soartă...

Într-o zi, a izbucnit un incendiu la o casă aflată la marginea orașului. Vecinii s-au adunat ca la spectacol și priveau flăcările ce cuprindeau din ce în ce mai mult din casă, dându-și cu părerea, dar neacţionând. La un moment dat a apărut și Ciungul și, fără a sta pe gânduri, a intrat în curte și a spart ușa casei. Oamenii strânși acolo, care priveau totul cu mirare, l-au văzut după puțin timp deschizând un geam și ieșind printr-un fum negru și dens. Avea în braţe un copil mic, de vreo 2 ani, pe care l-a lăsat jos pe fereastră. După câteva clipe, a ieșit pe ușa casei ţinând în braţe o fetiţă de vreo 5 anișori. A salvat atunci două vieţi, sub ochii miraţi ai oamenilor „normali“...

Este povestea unui Om respins și batjocorit de o societate care nu le dă nicio șansă oamenilor bolnavi, oamenilor cu dizabilităţi, oamenilor cu nevoi speciale... și când spun nevoi speciale mă refer la nevoia lor de a fi acceptaţi de noi, ajutaţi, respectaţi, încurajați și iubiți...

Mi-l amintesc pe Ciung mâncând mereu alături de câinele lui, de care era nedespărţit. Întotdeauna îi dădea mai întâi câinelui din mâncarea lui și abia apoi mânca și el...

Nu știm niciodată ce erou se ascunde într-un om pe care obișnuim să îl desconsiderăm în baza criteriilor noastre superficiale... Nu am înţeles niciodată de ce este mai ușor să oferi batjocură decât respect, lovituri în loc de mângâieri, dispreţ în loc de iubire...

Ce păcat că sufletul oamenilor nu este la vedere! Poate că așa am fi mai buni și mai blânzi cu cei pe care nu avem răbdare să-i cunoaștem, nici putere să-i înțelegem și nici înțelepciune să-i acceptăm și să-i iubim...

Cu multă dragoste, pentru toți oamenii diferiți.

TĂCEREA CA VIRTUTE

Omul strică lucrurile mai mult cu cuvintele decât cu tăcerea.
MAHATMA GANDHI

O întâmplare din copilăria mea (întâmplare de care nu sunt deloc mândră) a fost pentru mine o lecţie dură, dar foarte utilă pentru viaţă.

Fără să mă gândesc la consecinţe, l-am pârât pe un băieţel părinţilor lui, cărora le ascunsese că făcuse o prostioară. Nu ştiu de ce am făcut asta, dar mi-am regretat fapta, care a avut repercusiuni grave asupra acelui copil.

Părinţii l-au certat rău şi l-au pedepsit. Câteva zile nu a fost lăsat afară să se joace, dar cel mai dureros pentru el a fost că nu l-au lăsat să participe la petrecerea de ziua de naştere a unei fetiţe de pe strada noastră. Ei doi erau prieteni buni, iar fetiţa aceea, precum şi ceilalţi copii m-au detestat pentru că din cauza mea băieţelul nu a putut fi cu noi.

M-am simţit mizerabil pentru suferinţa pe care le-am pricinuit-o tuturor şi am simţit tortura fiecărei priviri dispreţuitoare a copiilor prezenţi. Când am plecat de la petrecere, m-am oprit acasă la băiețel, dar acesta nu a vrut să-mi deschidă poarta. L-am văzut printre scândurile gardului cum stătea singur în curte și era foarte trist.

Aș fi vrut să dau timpul înapoi, să nu le fi spus părinților acelui băiețel ceea ce știam. Mă simțeam rușinată.

Dar, așa cum spuneam, greșeala aceea a fost o lecție importantă pentru mine. Am învățat atunci cât de urât este un om care pârăște, chiar dacă spune adevărul.

Înainte să spunem ceva rău despre cineva, ar trebui să ne punem următoarele întrebări:

~ Trebuie neapărat să spun asta?

~ Ceea ce voi spune îmi va face cinste ca om?

~ Ceea ce voi spune va face rău cuiva?

~ Eu sunt mai presus din punct de vedere moral decât persoana pe care o judec și o denigrez?

Și, în funcție de aceste răspunsuri, ar trebui să alegem dacă spunem ceva sau dacă tăcem pentru totdeauna.

Acum știu că a păstra secretele cuiva înseamnă o virtute, iar divulgarea lor – o dezonoare.

Și mai știu că sufletele mărunte găsesc satisfacție în a le face rău celor care au greșit și care sunt la pământ, dar sufletele mărețe pot face mai mult de atât, de aceea nu vor găsi bucurie în necazul și decăderea cuiva, ci vor face tot posibilul să-l ajute pe om să se ridice.

De nenumărate ori am văzut în viață fel și fel de oameni care s-au pârât și bârfit unii pe alții: colegi, prieteni, foști iubiți, frați... Privind din afară asemenea spectacole triste, am realizat câtă dreptate avea Albert Camus atunci când a spus că „Un om este mai mult om prin lucrurile pe care le tace decât prin lucrurile pe care le spune".

Unii oameni nu pot să tacă. Ei cred că lucrurile pe care le știu trebuie neapărat spuse. De atâtea ori am auzit „Îți spun eu adevărul despre...“, dar prea rar am aflat un adevăr, iar atunci când era un adevăr nu mi-a folosit la nimic.

Așa cum spuneam într-un interviu, atât minciuna, cât și adevărul sunt bune doar dacă sunt folosite în scopul binelui. Adevărul n-are nicio valoare atât timp cât este folosit ca armă împotriva altora. Adevărul care rănește și care distruge este mai urât decât minciuna.

Lumea este plină de pârâcioși. Oameni iresponsabili care spun tot ce știu și chiar și ce nu știu, cu toate că sunt conștienți că fac rău. Atunci când pârăsc, oamenii nu se gândesc la prejudiciile și la suferința pe care le provoacă acelora pe care-i pârăsc și chiar și altor oameni nevinovați.

Divulgarea lucrurilor compromițătoare nu are niciodată un scop nobil, așa cum vor unii să pară. Sub pretextul protejării celui mințit, mulți dintre aceia care divulgă informații intenționează doar să facă rău.

Pârâcioșii trăiesc cu impresia că arătând greșelile și defectele altora ei par imaculați. De fapt, nimic nu murdărește mai tare decât mârșăvia.

FII CEA DE CARE LUMEA SĂ AIBĂ NEVOIE

Fii tu însuți schimbarea pe care vrei să o vezi în lume.

MAHATMA GANDHI

Tatăl meu mi-a repetat obsesiv că trebuie să trăiesc astfel încât să nu depind de nimeni. Să am casa mea, banii mei, să nu am nevoie de lucruri și de favoruri de la alţi oameni.

Îmi dădea adesea ca exemplu femei cunoscute care erau nevoite să suporte soţi violenţi, care nu le meritau, doar pentru că depindeau financiar de ei. Aveam o vecină care și-a irosit viaţa lângă un bărbat leneș, beţiv și agresiv. Într-o seară, biata femeie s-a refugiat la noi în curte ca să se ascundă de furia soţului ei. Avea faţa tumefiată, plângea și tremura. Am întrebat-o atunci de ce nu fuge din casa lui și mi-a spus că nu are unde să se ducă. Nu avea bani, nu avea un loc de muncă, nu avea școală, nu avea nimic. Se măritase foarte tânără, înainte să își construiască un viitor, iar la vârsta pe care o avea era mai greu să o ia de la capăt. Era ca o umbră, fără pic de viaţă și de bucurie în ea. Muncea de dimineaţă până seara și era prizonieră în casa ei, depinzând financiar de acel bărbat. Vecina mea nu a avut un tată ca al meu, care să o învețe că e necesar să se întrețină singură și să nu depindă de nimeni.

Atunci eram doar un copil și nu am știut cum să o ajut: am privit ca simplu spectator – implicat emoțional, e adevărat – la nefericirea și irosirea acelei femei. Dacă povestea aceea s-ar fi întâmplat acum, aș fi învățat-o cum să înceapă o viață de la zero, cum să se reinventeze. Pentru că știu că este posibil. Întotdeauna este posibil să o iei de la capăt. Povestea ei mi se pare una dintre cele mai triste, dar văd povești triste și azi: femei cu stima de sine atât de scăzută, încât refuză să-și ofere ceea ce merită și aleg încontinuu să fie dependente de cineva – părinți, soți, copii –, să decidă alții în locul lor ceea ce merită și ce nu.

Cu ceva timp în urmă, o prietenă îmi spunea că iubitul ei, un tânăr foarte bogat, o înșală și că relația lor este pe moarte. Când am întrebat-o de ce nu pleacă în lumea largă, mi-a răspuns că nu are unde să se ducă și că, și dacă ar avea unde să plece, nu e dispusă să muncească, să plătească chirie, să se încoloneze în rândul femeilor de carieră.

Dar plătea pentru confortul ei material un preț mult prea mare: demnitatea și nefericirea. Să muncești pe un salariu de nimic și să stai cu chirie este mai onorant decât să fii întreținută de un bărbat care nu te iubește și care nu te respectă. Poate că este comod să nu faci nimic, dar mi se pare atât de trist să nu faci un efort ca să îți oferi ceea ce meriți. Aparent primim gratis anumite lucruri, dar în realitate plătim foarte scump pentru ele: cu prețul demnității, al libertății și al stimei de sine scăzute. Alegând să depindem de unii și de alții, la final nu vom mai putea să ne privim cu respect în oglindă.

Cândva mi se părea învechită mentalitatea lui tata. Mă supăram pe el când mă certa pentru că luam cu împrumut câte ceva de la vecini sau prieteni. Mi se părea că este obtuz și neadaptat.

Dar azi îi sunt recunoscătoare pentru că m-a învăţat o lecţie nepreţuită: să nu depind de nimeni și să nu fiu nevoită să cer.

„Să faci tot posibilul să baţi la ușile oamenilor ca să le dai, nu ca să le ceri", mi-a spus tata. „Fii cea de care lumea să aibă nevoie, nu aceea care să aibă nevoie de lume."

Tati, îţi mulţumesc! Astăzi sunt o femeie puternică și independentă datorită ţie.

LISTA

Oamenii se pot îndoi de ceea ce spui,
dar vor crede ceea ce faci.
LEWIS CASS

Copleșită de reproșurile făcute de cineva apropiat, mi-am amintit de o întâmplare din copilărie, când i-am reproșat lui tata că niciodată nu aștepta să se usuce gresia după ce o spălam și intra în casă încălțat, lăsând urme pe ea. Atât de tare m-am enervat atunci, încât i-am turnat o listă întreagă de nemulțumiri și de reproșuri, amintindu-i și de alte dăți când m-a supărat.

Tata m-a ascultat calm și, deși mă așteptam să își ceară iertare și să-mi promită că nu mă va mai supăra, mi-a spus:

– Dar bine n-am făcut nimic? N-am făcut nimic bun?

– Ba da, dar...

– Atunci, te rog ca, data viitoare când te superi că am făcut ceva greșit și ai de gând să-mi reproșezi, să îmi spui mai întâi tot ce am făcut bine și abia după aceea ce am făcut rău. Sau ți se pare corect să îmi amintești numai de greșeli, iar faptele bune să le treci cu vederea?

Frustrată de atitudinea neașteptată a tatălui meu și convinsă că lista de lucruri greșite pe care le-a făcut era mult mai lungă decât lista cu lucruri bune, am luat o foaie, am împărțit-o în două și m-am apucat să scriu lucrurile greșite în partea stângă. Am lăsat partea din dreapta pentru lucrurile bune, pe care aveam de gând să le scriu mai târziu.

În partea cu lucruri greșite am scris că tata nu era destul de atent când spălam gresia, că uitase de o rugăminte de-a mea, că lăsase niște rufe în ploaie cât timp am fost la școală, că uita diverse lucruri prin curte și atât. Oricât m-am străduit să îmi amintesc și alte greșeli de-ale lui, n-am mai găsit niciuna.

În partea cu lucruri bune pe care le-a făcut tata am scris faptele frumoase ce îmi aduseseră bucurie în ultima vreme, dorințe pe care mi le-a îndeplinit și gesturi drăguțe în care am regăsit eforturi, sacrificii și multă dragoste. Cu cât mă gândeam mai mult, cu atât îmi aminteam mai multe lucruri frumoase și îmi dădeam seama că greșelile pentru care îl acuzam nu ar fi meritat nici măcar să fie amintite pe lângă atâtea lucruri frumoase pentru care ar fi trebuit să îi mulțumesc.

Dintr-odată m-a cuprins un sentiment de vinovăție și am simțit cât de nedreaptă am fost cu tata. Am regretat că l-am învinovățit pentru un lucru minor, când el ar fi meritat recunoștință pentru toată bunătatea lui.

Trăim într-o lume în care auzim și rostim mai multe reproșuri decât complimente și jignim mai mult decât alintăm. O asemenea atitudine ne tulbură pacea sufletească și armonia din relații. Imaginați-vă că reproșurile sunt pietre pe care le aruncați în ceilalți, iar cuvintele frumoase sunt mângâieri. Gândiți-vă bine înainte să decideți ce ar merita fiecare: lovituri sau mângâieri. Sau, și mai bine, așteptați o noapte și vedeți a doua zi dacă mai este cazul să o apostrofați pe persoana care v-a necăjit. În acest timp faceți o listă, nu neapărat scrisă, ci imaginară, și treceți pe ea mai întâi faptele bune și gesturile frumoase ale acelei persoane, oricât de mici ar fi, și abia apoi lucrurile ce vă deranjează. Ar fi nedrept să amintiţi câteva greşeli banale înainte să mulţumiţi pentru tot ceea ce vi s-a oferit frumos. În spatele fiecărui gest frumos se află iubirea. Iar în spatele fiecărei greşeli se află o slăbiciune omenească. Şi de slăbiciuni nu suntem scutiţi niciunul dintre noi.

Data viitoare când simţiţi că este cu adevărat necesar să purtaţi o discuţie în care să îi reproşaţi ceva cuiva, aveţi grijă să treceţi în revistă şi ceea ce a făcut bun acea persoană. Nu o certaţi prea aspru, încercaţi să înţelegeţi ce a determinat-o să acţioneze în modul care v-a deranjat pe voi, analizaţi totul obiectiv şi, cine ştie?, poate că nu ar fi rău ca, atunci când nu le înţelegem celorlalţi slăbiciunile şi greşelile, să facem o listă cu propriile noastre greşeli şi fapte bune... Rezultatul s-ar putea să ne surprindă.

UNEORI EȘUĂM

Eșecul este pur și simplu ocazia de a începe din nou, de data aceasta cu mai multă inteligență.

HENRY FORD

În viață se mai întâmplă și să eșuăm. Oricât de buni am fi, oricât ne-am strădui, oricât de mult am iubi, la un moment dat tot se poate întâmpla să nu fim părintele, prietenul, partenerul, fratele sau colegul care ar trebui să fim sau care se așteaptă să fim... Indiferent dacă intenţia noastră a fost onorabilă, rezultatul se poate să fie unul dezastruos, așa că suntem judecaţi după eșecul demersului nostru, și nu după onorabilitatea intenţiei.

Eșecul descurajează. Sentimentele de vinovăție și de neputință ne determină să facem pași înapoi, iar asta este greșit. Cu atât mai mult trebuie să pășim înainte, să îmbrățișăm cu toată dragostea, să ne cerem iertare, să le spunem acelora pe care i-am dezamăgit că-i iubim și că ne dorim să fim suficient de buni pentru ei, dar suntem oameni, prin urmare supuși greșelilor, rătăcirilor, slăbiciunilor... eșecului.

Când vă simţiţi descurajaţi de eșecurile repetate și vi se pare că la capătul tunelului vostru nu se va întrezări în veci vreo luminiţă, vă rog să vă amintiţi de Thomas Edison, acela care a inventat becul. Până când i-a reuşit experimentul şi a produs un bec care să reziste la curentul electric, a făcut nu mai puţin de 2 000 de experimente! Prin urmare, 2 000 de eşecuri. Întrebat despre uriaşul număr de eşecuri, Edison a spus că sunt 2 000 de succese – deoarece a văzut 2 000 de moduri în care nu funcţionează un bec.

Aşadar, continuaţi să încercaţi. Unele dintre cele mai celebre personalităţi ale vremurilor noastre au fost refuzate de zeci de ori înainte de a deveni maeştri în cinematografie, artă, laureaţi ai premiilor Nobel, Oscar şi altele.

Şi în viaţa personală este la fel. Încercaţi. Uneori, un eşec este cea mai necesară lecţie pentru evoluţia noastră. Totul este să fim sinceri cu noi înşine şi să ne recunoaştem înfrângerile. Şi, da, să ne iertăm sincer pentru neputinţele şi slăbiciunile noastre. Nu suntem perfecţi, suntem perfectibili.

UNII SE DESCRIU MÂZGĂLIND PORȚI ȘI GARDURI...

Faptele sunt cele mai bune interpretări ale gândurilor unui om.

JOHN LOCKE

Cândva, în adolescenţa mea, m-am certat cu o prietenă. Aceasta a fost atât de supărată pe mine, încât a devenit orbită de dorinţa de a se răzbuna. De aceea a recurs la niște gesturi nebunești.

Într-o zi, am găsit scris cu cretă pe poartă „Aici locuiește o proastă". Am șters repede, sperând că nu a văzut prea multă lume. Recunosc, primul impuls a fost să merg să-i scriu și eu ceva pe poartă, dar mi-a fost teamă. M-am stăpânit. A doua zi am găsit din nou scris ceva pe poartă, de data aceasta mesajul fiind „Aici stă o proastă și o hoață". Am șters din nou și toată ziua m-am gândit cum să fac să mă răzbun și eu pe fosta mea prietenă. Aveam de gând să-i scriu pe poartă cu vopsea, nu cu cretă, ca să o învăţ minte. Dar m-am luat cu treaba și furia mi-a mai trecut.

A treia zi toată poarta mea era scrisă cu tot felul de insulte și minciuni. Am șters totul sub privirea tatălui meu, care văzuse și scenele din zilele precedente.

De data aceasta eram hotărâtă să mă răzbun.

– Să știi că o să-i scriu și eu pe poartă, dar cu vopsea! i-am spus tatălui meu, ca să-l previn de eventuale reclamaţii venite din partea fostei prietene sau a părinţilor ei.

– De ce să faci asta?

– Pentru că și ea îmi scrie pe poartă de 3 zile!

– Și e frumos ce face ea? Îţi place?

– Nu!

– Atunci de ce vrei să fii și tu la fel de urâtă ca ea?

Frustrată că tata nu mă încurajează în nebunia mea, m-am supărat pe el. Mă simțeam nedreptățită și neînțeleasă.

În ziua următoare, la trezire tata m-a prevenit că poarta este din nou scrisă.

– O să-i scriu și eu pe poartă, ca să știe toată lumea cine e ea!

– Lumea știe deja cine e ea. A arătat cine este prin faptul că încearcă să te facă de rușine scriindu-ţi prostii pe poartă. Dar se face singură de rușine, mi-a spus tata.

Am pornit cu un burete ud să șterg poarta, dar tata m-a oprit.

– Lasă așa, nu mai șterge. Ce ai de gând, să faci curat la nesfârșit în urma ei? Las-o să se facă de rușine dacă asta vrea. Poarta aia mâzgălită arată cine e ea, nu cine ești tu.

– Dar vede toată lumea ce minciuni scrie!

– Și ce dacă? Numai proștii se iau după tot ceea ce mâzgălesc nebunii pe garduri. Îţi pasă de proști?

Și nu am mai șters. Am lăsat poarta așa până când ploaia a șters și ultima urmă de cretă.

Iar eu m-am convins că tata are dreptate, pentru că lumea care trecea pe lângă poartă condamna nu ceea ce era scris despre mine, ci gestul urât făcut de aceea care în trecut îmi fusese prietenă.

Și azi mă confrunt cu situații în care unii scriu insulte și minciuni pe „garduri", „pereți" și „porți" publice, cu scopul de a-mi crea o reputație proastă. Dar nu mai simt nevoia să șterg în urma lor, nici să mă apăr în fața lumii. Privesc cu seninătate la gesturile lor disperate și la felul urât în care aleg să-și arate caracterul, slăbiciunea și urâțenia sufletească. Nu mai e nevoie să vorbesc eu despre mine, pentru că ei se descriu perfect prin ceea ce fac.

Mi se vor mai scrie minciuni și insulte pe „porți", însă nu voi încerca să le șterg. Este pierdere de timp și de energie.

În schimb, voi avea grijă să trăiesc frumos și să nu am motive de a mă rușina vreodată în fața cuiva. Așa cum am mai spus și altădată, dacă vreodată voi ține capul plecat, va fi numai pentru a-mi admira pantofii.

Am învățat să merg singură abia atunci când
aceia care mă țineau de mână mi-au dat drumul.
Am învățat să-mi mențin echilibrul abia atunci
când unii au încercat să mă îmbrâncească.
Am învățat să mă ridic singură abia atunci
când n-a fost nimeni acolo ca să-mi întindă
mâna pentru a mă ajuta.
Am învățat să nu mai privesc în urmă abia atunci
când am înțeles că mă îndrept înainte, nu înapoi.

Pierzi, ești abandonat, ești rănit, ești trădat, te prăbușești, te adâncești în tristețe și uiți că există și bucurii, și mângâieri, și oameni buni...

Dar viața merge înainte. Cu bune și cu rele, cu urâte și cu frumoase, cu meritate și cu nemeritate, viața merge mereu înainte...

Dumnezeu te iubește și te va ajuta să treci peste toate etapele grele, iar după ce timpul îți va cicatriza rănile sufletești, când inima ta va redobândi forță și curaj, îți va trimite o altă iubire, alți prieteni, alte șanse, alte drumuri de urmat, alte bucurii, alte mângâieri, alte visuri...

TE IERT

Mi-a luat foarte mult timp până să realizez că nu ar trebui să rămân prieten cu oameni care nu mă întreabă niciodată cum mă simt.

ANONIM

Te iert pentru fiecare clipă de singurătate chinuitoare, pentru toate momentele în care am avut nevoie de tine și tu nu erai lângă mine.

Te iert pentru fiecare moment în care m-ai făcut să cred că nu sunt suficient de bună și de frumoasă pentru tine, lăsându-mă să cred ani în șir că sunt detestabilă și că nu merit nimic.

Te iert pentru toate nopţile în care am adormit singură, deși tu dormeai lângă mine.

Te iert pentru răceala și pentru indiferenţa faţă de nevoile și durerile mele.

Te iert pentru fiecare rătăcire, pentru nesiguranţa și neliniștea cu care mi-ai torturat sufletul.

Te iert pentru toate tăcerile tale chinuitoare, dar atât de grăitoare pentru mine.

Te iert pentru fiecare sentiment de vinovăție și neputință pe care mi le-ai creat.

Te iert pentru fiecare dor, pentru fiecare clipă de așteptare naivă, pentru toate promisiunile pe care nu ţi le-ai îndeplinit niciodată, pentru toate amăgirile cu care mi-ai alimentat conștient viaţa.

Te iert pentru fiecare moment în care m-am simţit invizibilă, inutilă, iar uneori o povară.

Te iert pentru toate sărutările, mângâierile și îmbrăţișările de care m-ai privat atunci când aș fi avut cea mai mare nevoie de ele.

Te iert pentru toate lacrimile plânse și neplânse, pentru fiecare grimasă de durere și pentru fiecare clipă de teamă pe care am trăit-o alături de tine.

Te iert pentru că, deși am fost atât timp unul lângă altul, n-am fost cu adevărat împreună.

Te iert pentru că m-ai irosit, m-ai folosit și m-ai risipit.

Te iert pentru că m-ai privat de iubirea de care sufletul meu a depins atât de mult și pe care aș fi meritat-o.

Te iert pentru că ai crezut diferit, pentru că ai visat diferit, pentru că ai iubit diferit.

Te iert pentru că am trăit viaţa ta, nu viaţa noastră...

Rămâi cu bine!

PE DUMNEZEU UNDE L-AI LĂSAT?

Nu mi-e frică de Dumnezeu, ci de absența lui Dumnezeu.

OCTAVIAN PALER

Aceia care au citit cartea *Fluturi* sau postarea „Prietenie" știu cine a fost domnul profesor Horațiu.

În momente mai dificile ale vieții îmi amintesc o întâmplare cu domnul Horațiu ce-mi schimbă brusc starea sufletească și mă ajută să iau decizii bune.

Într-o zi eram atât de supărată, de parcă tot universul îmi stătea împotrivă. Nu-mi mersese nimic bine. În ziua aceea trebuia să merg în vizită la domnul profesor și, deși nu aveam niciun chef să mă vadă în starea aceea deplorabilă, nu am vrut să îl dezamăgesc. Știam că se pregătește minuțios pentru fiecare vizită a mea, scoțând din vitrina veche de mahon cele mai frumoase cești din porțelan și făcând un drum de vreo 3 km până la piață, ca să cumpere câteva flori proaspete, pe care să le pună în vază, pe măsuță. Desigur, ținuta lui era mereu impecabilă (nu l-am văzut decât în spital fără cămașă perfect călcată și fără cravată).

De îndată ce m-a văzut în pragul ușii, și-a dat seama că sunt supărată. A așteptat răbdător să intru și mi-a preparat ceaiul din flori de tei pe care îl savuram de obicei împreună.

– Eu îmi propusesem să te învăţ cum se citesc sonetele lui Shakespeare, dar se pare că ai nevoie să vorbim despre altceva, mi-a spus el, zâmbind cu blândeţe.

În momentul acela nu am mai putut să-mi opresc lacrimile. Am plâns în tăcere până am obosit, iar domnul profesor a așteptat cuminte să mă liniștesc. Bunătatea și înţelepciunea lui mă înduioșau. Îl asemănam fără să vreau cu tata, pentru că în preajma lui mă simţeam mereu ocrotită și știam că nu mi se poate întâmpla nimic rău și că nu mă va dezamăgi vreodată cu ceva. Am început să-i spun tot ce aveam pe suflet. Nu îmi amintesc tot monologul meu, dar știu că i-am mărturisit că obosisem, că parcursesem un drum greu și anevoios, că mi-era teamă, că nu eram pregătită pentru anumite încercări și că mă simţeam foarte singură în lupta mea cu viaţa.

– Pe Dumnezeu unde l-ai lăsat? m-a întrebat domnul profesor.

– Cum adică unde l-am lăsat?

– Pe drumul ăsta anevoios pe care l-ai parcurs, undeva L-ai abandonat pe Dumnezeu. N-ai zis că ești singură?

– Eu cred că El m-a abandonat pe mine.

– Ești sigură? Haide să vedem: cine nu mai crede în tine, tu sau Dumnezeu? Cine e încărcat de temeri, tu sau Dumnezeu?

În seara aceea, domnul profesor mi-a spus că un om este înfrânt numai atunci când își pierde nădejdea, curajul și credinţa:

– Copila mea, un om fără Dumnezeu chiar e singur, indiferent câţi oameni are alături de el. Și mereu va simţi teamă și nesiguranţă pentru că se bazează doar pe propriile puteri, nu și pe ajutorul lui Dumnezeu.

Nu ştiu cât am înţeles atunci ceea ce mi-a spus domnul profesor, dar i-am notat cuvintele în jurnal și le-am tot recitit.

Acum înţeleg perfect sensul spuselor lui.

Au mai existat momente în care L-am abandonat pe Dumnezeu, momente în care El n-a avut loc printre oamenii din viaţa mea, dar L-am regăsit de fiecare dată, la fel de proaspăt și de răbdător ca în ziua cea dintâi. Dumnezeu este singurul care așteaptă neobosit, care iartă neîncetat, care ne primește mereu cu braţele deschise, fără a ne reproșa că L-am uitat, fără a se răzbuna că L-am nedreptăţit... Dumnezeu este înţelepciune și iubire. Slăviţi-L!

TRĂIM AȘA CUM GÂNDIM

Dacă ești deprimat, trăiești în trecut.
Dacă ești nerăbdător, trăiești în viitor.
Dacă ești împăcat, trăiești în prezent.
LAO TZU

„Suntem ceea ce mâncăm și mâncăm ceea ce gândim." Pornind de la această zicală, mi-a plăcut multă vreme să mă amăgesc cu gândul că eu mănânc multe dulciuri pentru că sunt o fată foarte dulce... Greșit. Medicul care mă ajută să scap de obiceiurile nesănătoase, adică mâncatul dulciurilor, mi-a spus că n-am nicio șansă să revin la glicemie normală și la o greutate echilibrată atât timp cât nu renunţ la excese. Și mi-a explicat că există o legătură strânsă între excese – mai precis excesul de gânduri negative ce ne influenţează alegerile și excesele alimentare.

Într-adevăr, mâncăm ceea ce gândim și aproape niciodată nu ne gândim la ceea ce mâncăm. Bănuiesc că nu numai mie mi se întâmplă să îmi îndulcesc supărarea și nervii cu o ciocolată sau o cutie de praline (sau un pachet de ţigări, două bucăţi de pizza, trei sticle de bere etc.). Dacă aţi fost și voi în locul meu (haideţi, recunoașteţi, suntem numai voi și cu mine), atunci știţi că, la un moment dat, mănânci (bei, fumezi etc.) compulsiv. Nu mai ești atent la cantitatea de produs pe care o ingerezi, ci doar la gestul obsesiv de a-l introduce în gură. Nici măcar nu realizezi că faci excese, știi doar că trebuie să-i mai dai corpului o porție din drogul de care l-ai făcut dependent.

La fel este și cu gândurile, atât de responsabile pentru deciziile noastre (inclusiv pentru alegerea alimentelor și a comportamentului). Gândurile toxice produc efecte toxice în organism.

Recent, am fost nevoită să umblu prin spitale și clinici și, tot stând în sălile de așteptare, am avut ocazia să-i studiez atent pe pacienți. M-a îngrijorat numărul copleșitor de pacienți tineri care îngroașă rândurile bolnavilor. Rata de îmbolnăvire a populației este foarte mare în România, dar ceea ce este și mai alarmant e că bolnavii sunt din ce în ce mai mult tineri (aspect confirmat și de o prietenă care e medic).

Au devenit frecvente cazurile de tineri care fac atac cerebral la birou sau infarct în mașină... Nu ne mai miră când copii sunt diagnosticați cu diabet, iar nefumători – cu cancer pulmonar. Acestea sunt rezultatele alimentației greșite, ale stresului și ale gândurilor noastre toxice.

De aceea, cred că ar trebui să ne controlăm mai mult gândurile... să nu facem exces de gânduri negative, ca să nu ajungem să facem excese de alt fel care să ne îmbolnăvească.

Probleme, neajunsuri și oameni care ne fac viața amară se găsesc în viața fiecăruia dintre noi. Contează cât de multă importanță le acordăm – cât timp din ziua noastră acceptăm să cheltuim gândindu-ne la ei. Deși e greu, încercați să rezolvați totul cu calm și mai ales cu bunătate. Bunătatea ne ajută să luăm decizii bune, să nu ne lăsăm dominați de ură, de orgoliu și de instinctul de răzbunare.

Bunătatea este ceea ce ar vrea Dumnezeu de la noi în orice împrejurare a vieții noastre. Încercați să fiți buni, calmi, senini cu tot ceea ce vi se întâmplă: situații, persoane, lucruri. Și fiți buni mai ales cu voi înșivă.

Trăiţi-vă viaţa cât mai frumos, mai decent, mai curat, pe toate planurile. Asta înseamnă să gândiţi sănătos, să mâncaţi sănătos, să dormiţi sănătos. Îndepărtaţi pe cât posibil toţi factorii de stres – obiecte, persoane, situaţii, emoţii –, iar acolo unde nu este posibil măcar încercaţi să nu mai puneţi atâta energie în relaţia respectivă, fie că e vorba de relaţia cu soacra cârcotaşă, cu şeful morocănos, cu tableta îmbietoare sau cu o felie ispititoare de tort de ciocolată. Vorbiţi cu calm, mâncaţi cu calm, reacţionaţi cu calm. Trăiţi conştient. Asta înseamnă să alegeţi în fiecare clipă câtă energie şi atenţie puneţi în ceea ce faceţi.

Alegeţi să trăiţi echilibrat, corect, conştient. Nu vă daţi puterea altora – persoane, obiecte, situaţii ce par fără scăpare. Nimic nu are putere asupra voastră decât numai dacă voi îi acordaţi putere. Şeful, soacra, tortul, berea... nu sunt nici bune şi nici rele. Sunt neutre. Devin bune sau rele prin energia pe care le-o daţi voi – prin gândurile şi reacţiile voastre. Aşadar, alegeţi conştient şi reţineţi că, în afară de moarte, toate lucrurile au o soluţie.

MĂ ÎNTREB UNEORI

Oamenii se împart în două categorii: unii caută și nu găsesc, alții găsesc și nu sunt mulțumiți.

MIHAI EMINESCU

Mă întreb uneori...

de ce unii oameni își pălmuiesc copiii, dar mângâie cu atâta grijă telefoanele mobile și lucrurile care le plac?

de ce unii oameni vorbesc atât de amabil și de duios cu străinii, dar dau dovadă de atâta lipsă de respect și de atâta răceală în discuţiile cu propriii părinţi?

de ce unii oameni ţin minte cele mai mici gafe pe care le fac anumite persoane, dar uită multitudinea de lucruri frumoase pe care acestea le-au realizat?

de ce unii oameni sunt buni și corecţi în faţa lumii, dar în ascuns fac foarte mult rău și sunt niște monștri?

de ce unii oameni arată compasiune în faţa celor care suferă, dar pe ascuns se bucură de necazurile și de eșecurile lor?

de ce unii oameni vând iluzii frumoase și se fac iubiţi, ca mai apoi să ucidă visuri și să condamne la singurătate?

de ce unii oameni pretind mereu ceva și stau cu mâna întinsă ca să primească, dar nu oferă niciodată nimic?

de ce unii oameni rănesc neîncetat, dar nu alină și nu mângâie niciodată?

de ce unii oameni sunt atât de receptivi la tot ceea ce este rău și urât și atât de imuni la tot ceea ce este frumos și bun?

Sunt atâtea „De ce?“-uri la care probabil că n-am să aflu răspunsurile niciodată...

AM OBOSIT

Vei învăța pe cheltuiala ta că de-a lungul vieții vei întâlni mai multe măști decât chipuri.

LUIGI PIRANDELLO

Sunt foarte obosită.

Nu munca mă obosește, nici responsabilitățile... Mă obosesc oamenii triști, nervoși, negativi, împovărați, veșnic apăsați și tensionați. Oameni care au uitat să se bucure de viață și care se poartă de parcă toată lumea le e împotrivă, de parcă toți îi incomodează, de parcă nimic și nimeni nu este bun și frumos în lumea asta.

Mă obosesc inadaptații. Cei cărora mereu li se pare, mereu le miroase, mereu nu le convine. Cei care știu că în altă parte e mereu mai bine, dar nici ajunși acolo nu știu să se integreze și să se comporte frumos. Pentru că a ști să relaţionezi este o artă, iar inadaptaţii nu o stăpânesc.

Mă obosesc nemulțumiții. Oamenii veșnic bombănitori, incapabili să trăiască frumos și să fie fericiți cu ceea ce au, cu ceea ce sunt, cu oamenii pe care-i au în preajmă.

Mă obosesc oamenii care critică încontinuu, care pun etichete în grabă și superficial. Care râd mereu de cineva sau ceva, care au mereu o părere negativă despre cineva... Sunt convinsă că, de fapt, părerea proastă este despre ei înșiși, iar frustrările și complexele lor îi fac să vadă ceva greșit la toți ceilalți.

Mă obosesc ipocriţii care se cred etaloane de moralitate, pozând în sfinţi închipuiţi, cei care judecă fără pic de decență alegerile altora, care se cred mai presus de tot și de toate, ei fiind în realitate niște păcătoși imorali.

Mă obosește ipocrizia cu care ne turnăm complimente gratuite și mă obosesc amabilitățile prefăcute, care ascund în spatele lor interese dintre cele mai mizerabile, pentru că, nu-i așa?, mângâiem febril calul pe care vrem să-l călărim.

Mă obosesc cei cu spirit polițienesc, care nu cred niciodată nimic, care caută partea întunecată chiar și în cele mai frumoase lucruri și în fața cărora trebuie mereu să te justifici indiferent cât de onorabile ţi-au fost intenţiile faţă de ei.

Mă obosesc negativiștii. Oamenii care nu se bucură de nimic, pentru care totul este o povară și un motiv de lamentare, fie că e vorba de serviciu, vreme, trafic, pantofi incomozi, mâncare, colegi, șef, partener de viaţă...

Mă obosesc cei care strică prin orice mod armonia din jur și care au o plăcere maladivă să tulbure pacea altor suflete.

Toți avem dureri și probleme. Niciunul dintre noi nu este perfect și nu duce o viaţă perfectă. Din respect pentru semenii noștri și pentru binele comun, ar trebui să fim mai toleranți unii cu ceilalți, să oferim compasiune mai înainte de a o cere, să oferim clemenţă mai înainte de a o pretinde pentru noi, să privim lumea cu blândeţe și bunătate în loc să o atacăm.

Pe mine mă obosesc toţi aceia care, la sfârșitul zilei, în loc să fi făcut lumea un loc mai bun prin faptele sau vorbele lor, au întinat-o cu critici acide, remarci nejustificate sau nemulţumiri închipuite. Nu fiţi ca ei! Angajaţi-vă ca în fiecare zi să lăsaţi ceva frumos în urma voastră. Dacă nu pentru voi, măcar pentru copiii voștri.

Nu sunt săraci oamenii care nu au, ci aceia care nu dăruiesc din puținul pe care-l au.

Nu sunt singuri oamenii fără familie și prieteni, ci aceia care nu se au pe ei înșiși.

Nu sunt invalizi oamenii fără mâini, ci aceia care nu și le folosesc pentru a dărui, pentru a mângâia, pentru a îmbrățișa, pentru a munci.

Nu sunt slabi oamenii care plâng, ci aceia care nu sunt capabili să plângă.

Nu sunt fragili oamenii care par ușor de rănit, ci puternicii care se folosesc de puterea lor pentru a face rău...

Știi unde sunt bucuriile vieții?

În faptul că azi poți vedea cerul. Că te poți ridica din pat și că te poți gândi la viitor. Că ești liber și poți alege cum să îți trăiești viața. Că te poți bucura de trăiri, de arome, de tot ceea ce vezi.

Că ai un loc care se numește „acasă”. Că ai pe cine suna și că acel om se va bucura că te aude. Că poți spera și că îți poți construi visuri după bunul plac. Că ai în fiecare zi șansa să o iei de la capăt, să te redescoperi, să devii cine îți dorești să fii. Că viața îți oferă în fiecare zi o lecție și ocazii să înveți ceva nou și să cunoști oameni noi.

Că ai un suflet viu, dependent de iubire.

Zâmbește și bucură-te de viața ta!

DACĂ MI-AR MAI PUTEA VORBI

Nu ce faci tu pentru copilul tău, ci ce l-ai învățat tu să facă pentru el, asta îl va ajuta să fie un om împlinit.

ANN LANDERS

O prietenă dragă m-a întrebat așa:

– Ce crezi că ţi-ar spune tatăl tău dacă ar mai putea vorbi acum cu tine?

Întrebarea m-a împins brutal pe treapta ce duce acolo unde ar trebui și unde mi-aș dori să fiu...

De multe ori, când am luat anumite decizii, când m-am mândrit sau m-am rușinat de vreo faptă de-a mea, dar mai ales când aș fi avut nevoie de un sfat, m-am întrebat în gând: „Oare ce-ar spune tata acum?" Și-am încercat să-mi imaginez părerea lui, sfatul lui, aprobarea sau dezaprobarea lui...

Dacă acum ar mai putea să-mi vorbească, probabil că tata m-ar dojeni, m-ar sfătui, m-ar încuraja și m-ar alinta.

Poate că mi-ar spune din nou să trăiesc astfel încât să pot susţine cu mândrie privirea oricui și să pot adormi noaptea cu sufletul împăcat că m-am purtat corect cu oricine.

Și poate că mi-ar cere din nou să nu uit nicio clipă cine sunt, care este drumul meu și să nu las pe nimeni să-mi încurce planurile.

Poate că mi-ar spune să nu plec urechea la ceea ce se spune despre mine și să nu las pe nimeni să-mi spună cine sunt, ce pot și ce merit. Numai eu mă definesc, nu vorbele altora despre mine, indiferent dacă sunt laudative sau critice.

Și cred că mi-ar mai spune să nu mă implic în războaie inutile, să nu răspund la provocările acelora care încearcă să mă facă să decad și să nu mă las intimidată de aceia care încearcă să mă sperie și să mă minimalizeze.

Probabil că mi-ar mai spune să-mi aleg prietenii cu grijă, să nu stau înconjurată de oameni egoiști, negativi și răi, de la care să nu am nimic de învățat și care nu fac decât să-mi tulbure pacea sufletească.

Și cred că m-ar mai atenţiona să nu mai fiu atât de dură cu mine, să nu mă mai judec atât de aspru pentru greșeli omenești firești, să nu mai pun preţ pe ceea ce spun dușmanii mei, care vor să mă facă să cred că sunt urâtă, detestabilă și condamnabilă.

Și poate că mi-ar reproșa momentele în care mi-am fost cel mai neîndurător critic, cel mai aprig călău, nopţile în care m-am torturat cu gânduri negative și cu emoţii distructive.

Cred că mi-ar cere să nu mă mai condamn pentru eșecuri și să mă iert pentru slăbiciunile mele.

Poate că m-ar ruga să am mai puţină grijă de alţii și mai multă faţă de mine, să-mi ofer totul și să nu-mi refuz nimic din ceea ce mi-ar bucura inima.

Și poate că mi-ar spune din nou să mă protejez de curioși, ca „să nu știe mâna stângă ce face mâna dreaptă", să am grijă ce, cât și cui spun, fiindcă unii ar putea folosi orice informaţie împotriva mea.

Poate că m-ar întreba din nou, așa cum a făcut cândva privind un grup de prieteni după care plângeam pentru că ei nu mai vorbeau cu mine, „Câţi dintre cei de acolo îţi sunt cu adevărat prieteni?".

Cred că mi-ar mai spune că nimic nu-l doare mai tare, acolo în Cer, decât lacrimile mele și că nimic nu-l bucură mai mult decât fericirea mea. Și mi-ar aminti, poate, ca și în copilărie, că în viaţă mai și cazi, însă mereu trebuie să te ridici și, foarte important, să te ridici cu zâmbetul pe buze, ca să îi arăt că sunt puternică.

Și vreau să cred că mi-ar spune că totuși am făcut destul... pentru el și pentru oamenii din viaţa mea. Că n-am trăit degeaba, că fiecare a „luat" ceva bun de la mine.

Și poate mi-ar spune din nou că sunt cea mai frumoasă întâmplare din viaţa lui, „fetiţa lui cu inimă vitează", și că nu mă va părăsi niciodată... promiţându-mi că, atunci când voi avea nevoie de el, mă va ţine de mână...

DE CE NU PĂSTREZ LUCRURI PENTRU OCAZII SPECIALE

Viața nu se explică, ci se trăiește.
LUIGI PIRANDELLO

De ce nu păstrez lucruri pentru ocazii speciale?

Pentru că am învăţat să nu mai amân să mă bucur.

Cei care aţi citit *Fluturi* vă amintiţi cu siguranţă de Luminiţa și de povestea ei tristă de viaţă. Când a aflat că leucemia îi va pune în scurt timp capăt vieţii, și-a schimbat radical gândirea și au copleșit-o regretele pentru că nu a trăit din plin, pentru că a amânat mereu pe mai târziu și pe „altă dată" lucruri pe care și-a dorit să le facă.

Mi-a povestit, la un moment dat, cât de mult a preţuit un parfum, cu care s-ar fi dat în fiecare zi, dar pe care îl păstra pentru ieșirile în oraș și pentru ocazii speciale deoarece nu și-ar fi permis să își mai cumpere altul.

– Dacă aș fi știut cum e viaţa și că nimic nu-ţi garantează că mai apuci să te bucuri de ceva, m-aș fi dat cu parfumul ăla chiar și atunci când făceam curat prin casă! mi-a spus ea, cu regret, la un moment dat.

Am învățat din poveștile triste de viață ale celor dragi că orice amânare este o pierdere, pentru că numai momentul prezent este certitudine. Am învățat că e important să-ți trăiești viața de la rochii care au așteptat ani de zile cuminți în șifoniere să fie îmbrăcate la ocazii speciale, dar care n-au fost purtate niciodată, și de la parfumuri care au rămas întregi în sticluțe nefolosite.

Am învățat să nu mai amân să mă bucur de la aceia care și-au făurit tot felul de visuri și de promisiuni pe care nu și le-au îndeplinit niciodată.

De mică am fost învățată să nu am haine „de duminică", așa cum se obișnuia. Desigur, am avut multe haine frumoase, dar niciodată nu mi s-a cerut să păstrez anumite piese vestimentare pentru mers la biserică sau pentru ocazii speciale. Tata m-a lăsat să mă bucur de tot ceea ce aveam, să folosesc lucrurile după plac, să mă joc cu păpușile când voiam, să port cele mai frumoase haine la joacă, cu condiția să am grijă de ele și să le păstrez în stare bună. Iar dacă se întâmpla totuși să le distrug, tata nu mă certa, ba chiar mă consola când plângeam după vreo jucărie, spunându-mi că lucrurile sunt făcute pentru a fi folosite, nu puse la păstrare.

Îmi amintesc că în grupul meu de joacă erau copii care se îmbrăcau pe furiș cu hăinuțele și pantofiorii noi atunci când părinții nu erau acasă. Le probau și defilau cu ele prin fața oglinzii, iar cei mai îndrăzneți ieșeau și pe afară ca să le arate și celorlalți copii. Și îmi mai amintesc și de copii care primeau jucării frumoase, dar care nu erau lăsați să se joace cu ele pe afară, ca să nu le strice sau ca să nu se joace alți copii cu ele...

Acei copii sunt adulții de azi care nu știu să se bucure de lucrurile lor, care încă trăiesc cu mentalitatea că muncesc din greu pentru lucruri și că acestea trebuie păstrate. Nu. Muncești din greu pentru lucruri ca să le folosești și ca să te bucuri de ele în orice clipă. Pentru că meriți!

Azi, îi sunt recunoscătoare tatălui meu că m-a lăsat să mă bucur de tot ceea ce aveam și că nu m-a crescut la fel ca majoritatea părinţilor prietenilor mei, cu un set nelimitat de interdicţii și cu o listă micuţă de permisiuni, cu un simţ exagerat pentru conservare și intoleranţă pentru joaca nestingherită. Îi sunt recunoscătoare tatălui meu pentru că m-a învăţat să le dau lucrurilor valoarea pe care o merită, respectiv aceea de obiecte, și că nu m-a crescut cu teama de a nu le strica, tăindu-mi entuziasmul de a mă bucura de ele.

Din acest motiv eu nu păstrez nimic pentru ocazii speciale – știu că nicio bucurie nu trebuie amânată. Folosesc parfumurile care îmi plac oricând și oriunde și mă răsfăţ cu orice îmi place. Dacă am chef să merg până la piață cu cei mai frumoși pantofi ai mei, mă încalț cu ei fiindcă asta mă face să mă simt bine atunci. Și mă bucur de fiecare clipă în care îi port.

Prețuiți-vă pe voi mai mult decât preţuiţi obiectele și nu uitaţi că bucuria e ceva nepreţuit!

O POVESTE. POVESTEA MULTOR FEMEI

Și-n fond, ce fac femeile pe lume?
Nimic măreț, nimic impunător.
Schimbându-și după ei și drum, și nume,
Pun lucrurile iar la locul lor.

ADRIAN PĂUNESCU

Când așteaptă pe coridorul unui spital, oamenii par mai dispuși să vorbească despre necazurile și despre durerile lor. Chiar și cu străini.

Așa am cunoscut și eu povestea de viață a unei femei. Aștepta pe coridorul unei clinici să afle dacă are o boală gravă. Se vedea cu ochiul liber că era foarte tensionată. Mă privea discret și mi s-a părut că se uită lung la sticla mea cu apă.

– Vă este sete? am întrebat-o.

– Nu, mulțumesc.

– Mai am o sticlă neîncepută în mașină, v-o pot aduce în 2 minute...

– Nu, vai, cum să vă deranjez?

Imediat am plecat și i-am adus sticla de apă din mașină. Mi-a mulțumit, a băut din apă și m-a întrebat de ce mă aflu acolo. Credea că aștept și eu vreun răspuns de la același doctor. Mi-a povestit despre boala ei și, ca să o fac să mai uite de această grijă, am început să vorbim despre viață. Mi-a povestit că lucra într-o bancă de peste 20 de ani, că era căsătorită de aproape 30 de ani și că are doi copii mari, un fiu căsătorit și o fiică în ultimul an la facultate.

Cred că a început să se simtă confortabil povestind, fiindcă a început să mi se destăinuiască, spunându-mi tot felul de detalii din viața ei de familie. Dar vorbea numai despre dureri și dezamăgiri.

– Trebuie să aveți și ceva frumos de povestit, i-am spus, dorindu-mi să-i distrag atenția de la poveștile negative ce o afectau încă în mod vizibil.

– Doar copiii au fost ceva frumos în viața mea. Atât. Apoi au crescut și ei și...

– Haideți, că o să aflați imediat că boala se poate trata și vă duceți acasă, le dați tuturor vestea bună și o să vă îmbrățișați.

– N-o să ne îmbrățișăm. Nu m-a mai îmbrățișat nimeni de ani de zile, cred că de când erau copiii mici. Nu știți cum sunt copiii când cresc? Fiecare cu ale lor...

Mi s-a părut ireal.

– Cum, nu vă îmbrățișați în casă?

A început să-mi povestească de relația rece pe care o are cu soțul ei încă de la începutul căsătoriei lor. Desigur, copiii au preluat ceea ce au văzut la părinți.

– Știți cum sunt bărbații, mai neatenți, așa, mai reci...

Soțul doamnei era un om serios, dar extrem de distant. O înșelase cândva, în tinerețe, cu o „prietenă“ de familie și, deși ea îl iertase de dragul copiilor și pentru că îl iubea, el s-a purtat de atunci ca un străin, de parcă ea ar fi fost aceea care călcase strâmb. Mi-a spus că, în toți cei aproape 25 de ani ce trecuseră de la acea problemă în cuplu, ea nu s-a mai simțit iubită de soț, indiferent cât s-a străduit să repare totul. A mai simțit o vreme iubirea și afecțiunea copiilor, însă doar până când aceștia au devenit adolescenţi. Apoi a simţit că nu o mai iubeşte nimeni. Că ea exista doar ca să fie soţie şi mamă, să îşi îngrijească familia, nu femeie cu sentimente.

Pentru că acea „prietenă" le tulburase pacea din familie, n-au mai avut încredere să-şi facă alţi prieteni cu care să socializeze. Aşa că trăiau retraşi, distanţi, iar ea se refugiase în serviciu şi în treburile casnice şi nu mai avea timp să îşi facă măcar o prietenă de suflet. S-a simţit mereu singură, neiubită, dar şi-a dus toate durerile şi nemulţumirile cu zâmbetul pe buze.

– Nu a ştiut nimeni că nu mai pot. Uneori, aşa de bine mi-ar fi prins şi mie o vorbă bună, o mângâiere sau o îmbrăţişare... , mi-a spus ştergându-şi o lacrimă din colţul ochiului.

Probabil că avea nevoie să se elibereze, pentru că a continuat să îmi povestească tot ceea ce adunase în sufletul ei într-o viaţă de om.

Am fost întrerupte, la un moment dat, de asistenta care a chemat-o în cabinet. Deşi o cunoşteam pe doamna respectivă de doar câteva zeci de minute, eram îngrijorată pentru ea şi îmi doream să primească un răspuns favorabil – că nu este bolnavă. Mi se părea trist că într-un moment atât de greu din viaţă nu era nimeni lângă ea să o sprijine moral. Şi avea familie. Se sacrificase o viaţă pentru un soţ şi doi copii şi nimeni nu îşi sacrificase câteva ore să vină să o încurajeze. Am aşteptat-o cu emoţie şi cu teamă că între timp voi fi chemată şi eu în cabinetul vecin şi că nu voi reuşi să îmi iau rămas-bun. A ieşit după câteva minute cu un zâmbet larg pe faţă.

– Deci?

– Se pare că nu mor prea curând, mi-a spus bucuroasă.

M-am ridicat şi am îmbrăţişat-o strâns. Mi-a răspuns şi ea la îmbrăţişare şi a izbucnit în plâns. Probabil plângea şi de fericire, dar şi de tristeţe.

– Vreţi să fim prietene? am întrebat-o. Ştiu că sunt mai tânără, dar am experienţă de viaţă. Poate bem câteodată o cafea, măcar o dată la şase luni, să mai vorbim, i-am zis.

Am făcut schimb de numere de telefon.

– Irina Binder, i-am spus când m-a întrebat ce nume să treacă în agenda telefonului.

– Irina Binder care a scris *Fluturi*? m-a întrebat ea privindu-mă uimită.

– Da, am spus zâmbind.

– Nu pot să cred! Doamne, mereu mi-am spus că mi-ar plăcea să fii prietena mea. Tu știi câtă alinare mi-a adus cartea ta? Prin povestea ta parcă am trăit și eu povești care nu mi-au fost date...

Povestea ei este povestea multor soţii și mame. Este istoria soţiilor și a mamelor care trăiesc o altă poveste decât aceea pe care au visat-o și pe care ar fi meritat-o.

Este povestea soţiilor care așteaptă o viaţă întreagă să fie din nou observate și iubite, care tânjesc după puţină afecţiune, după o privire admirativă, după o mângâiere.

Este povestea soţiilor care muncesc neobosit ca să le asigure bărbaţilor lor un cămin confortabil, care-i îngrijesc, care le iartă rătăcirile, care îndură umilinţe și care, până la urmă, se abandonează singurătăţii și se resemnează cu o viaţă lipsită de afecţiune și de iubire. Este povestea soțiilor private de fericire și care trăiesc cu sentimentul cumplit al nesiguranței.

Este povestea multor mame care, din iubire pentru copii, sacrifică totul și care trăiesc pentru și prin copiii lor. Pentru copii care, de la un moment dat, nu mai simt nevoia să le arate afecţiune, care doar cer, care au numai așteptări, care n-au răbdare, care critică și uită să spună până și banalul „Mulţumesc pentru masă!".

Este povestea multor mame care, în loc să fie răsfăţate și apreciate, în loc să primească mângâieri și îmbrăţișări, primesc reproşuri şi sunt rănite cu priviri urâcioase, cu vorbe dureroase sau cu indiferenţă.

Este povestea multor soţii şi mame al căror singur sens în viaţă este să aibă grijă de familiile lor. Care nu uită niciodată evenimentele importante din viaţa celor dragi, care sunt mereu prezente, mereu atente, mereu dispuse să muncească şi să se dăruiască. Care poartă în portofel o poză cu copiii lor, care, în timp ce copiii lor se distrează, aşteaptă îngrijorate. Care renunţă la sine şi fac sacrificii pentru a le oferi copiilor tot ceea ce îşi doresc.

Este povestea multor soţii şi mame pentru care nu există „Nu mai pot" şi „Nu am" şi pentru care verbul „a dori" se conjugă numai când e vorba de visurile şi nevoile celor dragi.

Este povestea soţiilor şi a mamelor care plâng singure, nebăgate în seamă, neiubite, nedorite, despre ale căror dureri, nevoi, temeri şi visuri cei dragi nu ştiu mai nimic.

Este povestea soţiilor şi a mamelor care îndură totul, care înţeleg totul, care acceptă totul, care iartă totul, care dăruiesc totul, fără a aştepta nimic în schimb. Dar este povestea soţiilor şi a mamelor care merită totul deşi primesc atât de puţin...

Dragi soţi neglijenţi, dragi copii neatenţi, vă rog să le însenınaţi zilele soţiilor şi mamelor voastre, atâtea câte au mai rămas. Nu cu daruri opulente sau obiecte sofisticate, deşi nici acestea poate că nu strică din când în când, ci cu o mângâiere, o vorbă bună, o îmbrăţişare. Veţi ajunge să regretaţi indiferenţa voastră mai târziu, atunci când veţi deveni şi voi părinţi sau când mamele şi soţiile nu vor mai fi. Este inutil să le plângeţi atunci amintirea. Acţionaţi acum, iubiţi-le acum. Mai târziu, când nu le veţi mai avea în preajmă, veţi fi dispuşi să daţi orice ca să le puteţi ţine în braţe, ca să aveţi cui spune o vorbă bună, ca să aveţi cui da o floare, o îmbrăţişare...

Iubiţi-le acum! Mâine s-ar putea să fie prea târziu.

Cu drag, pentru soţii şi mame...

CÂND VOM FI MAI FERICIȚI?

A încerca să fim ca altul înseamnă a ne ofili sufletul. Am venit pe această planetă pentru a exprima cine suntem noi.

LOUISE L. HAY

M-a întrebat o amică:

– Irina, când o să fim mai fericiți?

– Când o să realizăm că mâncarea e bună și dacă n-o gătim în Dry Cooker, i-am răspuns fără să mă gândesc.

Vă imaginați stupoarea ei? N-am apucat să continui, că ea mi-a și spus:

– Măi, câtă dreptate ai!

Probabil că a avut o revelație și a asociat imediat imaginea tigăii cu smartphone-ul la care visează și pentru care strânge bani de 2 luni.

Răspunsul meu mi-a amintit de o întâmplare...

Cu ceva timp în urmă am mers în vizită la niște oameni minunați, la țară. Știind că vin, s-au pregătit cu tot ceea ce au crezut că ar fi mai bun pentru niște musafiri pretențioși de la oraș. Au cumpărat cașcaval, tot felul de mezeluri frumos ambalate, salam de Sibiu și pâine feliată.

De îndată ce am ajuns, după o călătorie de vreo 7 ore cu mașina, m-am refugiat în prima încăpere unde am văzut o ușă deschisă. Căutam răcoare. Era o bucătărie de vară. Gazda m-a strigat din curte, disperată să îmi spună că nu acolo mă primește, ci în „casa mare". Nu m-am mișcat din loc. De ce? Pentru că zărisem pe colțul unei sobe un taler de lemn pe care era o bucată de mămăligă. M-am năpustit asupra ei. Nu pentru că aș fi fost leșinată de foame, ci pentru că îmi era poftă. Când a venit gazda și m-a văzut cum mâncam din mămăliga rece, mi-a spus cu un ton blajin că a pregătit mâncăruri bune și că mă roagă să mergem la masă.

– Săru' mâna. Dar n-aveți o bucată de brânză? am întrebat-o, înfulecând cu poftă, exact cum nu se aștepta să facă o don'șoară de la oraș.

– Am, dar am pregătit gustări. Domnișoară, aia e mămăliga găinilor..., a spus femeia, uimită peste măsură de gestul meu.

– Și credeți că, dacă o mănânc eu, găinile se vor supăra rău pe mine?

Mi-a dat biata femeie o bucată de brânză și mi-a adus pe rând: farfurie, șervețel...

Cred că a fost cea mai bună mămăligă pe care am mâncat-o vreodată. Aia a găinilor. Așa rece cum era. Am mâncat cu o poftă hulpavă, apoi m-am justificat în fața gazdei și i-am spus că mămăliga e mâncarea mea preferată.

Două zile cât am stat acolo, nu m-am atins de cașcaval și nici de celelalte bunătăți pe care le cumpărase. Am mâncat numai mâncare gătită și mămăligă dimineața, la prânz și seara. Avea tanti un ceaun vechi... Iar tigaia în care ne-a prăjit cărniță (și slănină, la cererea mea) cred că era de pe timpul Primului Război Mondial. Și nu am stat în casa mare, unde domneau covoarele persane și mobila nouă, ci acolo, în bucătăria ei mică de vară. Acolo erau miresmele, oameni care veneau și plecau (știți cum e la țară), oameni simpli, dar atât de buni și de curați, care se închinau înainte și după mese, care povesteau lucruri banale, pământești, dar atât de frumoase și lipsite de orice urmă de răutate... A fost magic. Un fel de fericire pe care n-aș ști cum să o descriu acum...

Era pace. Și îmi era foarte bine. Simțeam că nu îmi lipsește nimic.

Chiar cred că vom fi mult mai fericiți când ne vom bucura de viață și de ceea ce avem deja. Pentru că mâncarea e bună și dacă nu e gătită în tigăi magice, iar prietenii sunt aceiași și dacă nu-i ții într-o listă pe un smartphone de ultimă generație. Și habar nu aveți ce buni sunt pufuleții când îi mănânci cu oameni dragi! Și ce confort îți oferă o rablă de mașină când mergi către cineva drag, iar dacă te mai și ține cineva de mână... cânți și te prostești și ai o călătorie memorabilă.

Vom fi mai fericiţi când vom preţui timpul mai mult decât preţuim banii. Când vom prețui mai mult oamenii decât lucrurile. Când vom realiza că suntem sclavii lucrurilor și ai imaginii publice, că ne sacrificăm pentru nimicuri ce nu ne fac neapărat viața mai frumoasă, că ne îndatorăm și facem rabat de la calitatea vieţii și amânăm totul de parcă am trăi o mie de vieți.

Vom fi mai fericiţi când vom realiza că valoarea unei mașini și a unei călătorii o dau oamenii din mașină, nu preţul mașinii.

Vom fi mai fericiţi când vom ști cum să-i alegem pe oamenii care să facă parte din viaţa noastră.

Vom fi mai fericiţi când vom înţelege că a fi este mai important și mai înălţător decât a avea. Că banii pot cumpăra lucruri, chiar și oameni, dar nu pot cumpăra iubirea. Că lucrurile pe care le preţuim atât nu ne iau în braţe noaptea, nu se bucură când ne întoarcem acasă, nu ne mângâie când suntem triști sau bolnavi și nu plâng alături de noi și nici după noi când nu vom mai fi...

Vom fi mai fericiţi când vom înţelege că între preţ şi valoare este o mare diferenţă.

Vom fi mai fericiţi când vom realiza că orgoliul şi vanitatea sunt distructive. Când nu ne vom mai teme şi nu vom mai fi prea mândri ca să ne cerem iertare. Când vom spune „Te iubesc!“ cu toată inima.

Vom fi mai fericiți atunci când vom înțelege că nefericirea altora nu ne ajută, când vom învăța să ne vedem de drum fără a-i urî pe aceia care ne-au dezamăgit și când vom înceta să ne răzbunăm pe aceia cu care am încheiat relații.

Vom fi mai fericiţi când vom înțelege că există probleme mai grave decât faptul că afară plouă, că vecinul s-a uitat urât la noi, că nu știu cine vorbește urât despre noi, că ne-am pătat bluza preferată sau că mașina are o zgârietură...

Vom fi mai fericiți când nu ne vom mai compara fericirea sau nefericirea cu alţii.

Vom fi mai fericiți când vom trăi așa cum ne dorim, când vom face mai mult ce ne place decât ceea ce „trebuie“, când nu ne vom mai teme să spunem adevărul și să fim așa cum simțim cu adevărat. Când nu-i vom mai lăsa pe alții să facă alegeri pentru noi și în locul nostru.

Vom fi mai fericiți când toate gândurile și faptele noastre vor porni din inimi pline de iubire.

Nu mai amânați să vă bucurați de viață. Până o să aveți telefonul ăla, mașina aia și ce știu eu ce mai visați, bucurați-vă cu ceea ce aveți acum. Azi.

RĂNI FIZICE, RĂNI SUFLETEȘTI

Dumnezeu nu se va uita după medalii, diplome sau premii, ci după cicatrici.
ELBERT HUBBARD

Îmi amintesc că într-o zi, în adolescență, m-am rănit la un picior. Un băiat m-a împins, am căzut peste o grămadă de pietre și m-am ales cu o tăietură.

După ce mi-a oblojit rana, tata a așteptat răbdător să îmi treacă furia și să mă opresc din plâns. Dar eu nu mă puteam opri. Nu durerea rănii mă făcea să plâng, ci ciuda că acel băiat îmi făcuse o nedreptate și că nu-l pedepsea nimeni, nici măcar tata, de la care m-aș fi așteptat ca măcar să-l certe.

Stăteam afară pe treptele casei și plângeam privind în gol. Tata s-a așezat lângă mine și mi-a spus:

– Să știi că rana asta nu e chiar atât de gravă. Ba chiar te ajută.

– Cum adică mă ajută? am întrebat intrigată.

– Rana de la picior se va vindeca, iar tu ai învățat ceva important pentru viitor: cum să te protejezi de căzături, cum să te ferești de aceia care te împing, dar și faptul că rănile se vindecă. Data viitoare nu o să te mai sperie o rană…

– Da, dar nu e corect ce mi-a făcut! am spus contrariată de blândețea și de înțelepciunea tatălui meu.

– Tu n-ar trebui să îți faci griji pentru cum se poartă alții. Aceea e povara lor. Important este că tu te-ai purtat corect și că nu tu ai fost aceea care a rănit. Tu ai o rană superficială la picior, care se va vindeca, dar băiatul acela va avea mereu o rană sufletească știind că ți-a făcut rău. Tu îl poți privi cu demnitate oricând pentru că nu ai conștiința încărcată că i-ai făcut vreun rău. Dar el, ori de câte ori te va vedea, își va aminti că ți-a făcut un rău. Iartă-l. Cândva o să îl doară mai rău decât te doare pe tine rana asta acum. Rușinea e cea mai urâtă rană. Și nu se vindecă niciodată.

Aparent, uităm rănile pe care le provocăm altora. Dar conștiința nu rămâne datoare și va avea grijă să ne amintească de toate greșelile noastre.

Privind în urmă la aceia care m-au rănit, m-au nedreptățit și nu s-au purtat corect, mă simt cuprinsă de compasiune, nu de ură, teamă sau ciudă. Pentru că rănile și dezamăgirile mele au trecut, pentru că eu am învățat din toate experiențele cum să mă protejez și cum să devin mai puternică, pentru că sufletul meu nu e tulburat de remușcări, în timp ce ei au răni permanente și o conștiință încărcată ce nu le permite să mă privească cu demnitate.

Acum știu că nu mai trebuie să irosesc lacrimi pentru răni superficiale, fiindcă rănile se vindecă și fără să mă consum eu, fiindcă ele se vindecă și fără ca eu să pierd timp prețios în care aș putea fi fericită. Acum știu că o rană nu-l transformă pe cel rănit într-o victimă și că, de multe ori, adevărata rană o are cel care lovește, nu cel care este lovit.

Și am înțeles, în sfârșit, ce povară poartă în suflet oamenii care m-au rănit, care nu se pot bucura atunci când mă întâlnesc – nu pentru că nu le sunt agreabilă, ci pentru că eu le amintesc cât de urâți și de răi au fost cândva...

LIBER SAU ÎN RÂND CU LUMEA?

Nu merge pe unde te duce drumul, mergi pe unde nu există un drum și lasă o urmă.
RALPH WALDO EMERSON

Dacă vrei să ai liniște, să fii plăcut și acceptat de lume, dacă vrei să nu te urască nimeni, atunci nu ieși în evidență cu nimic. Nu arăta că poți mai mult, că știi mai mult, că ai mai mult. Nu face greșeala să ieși din tipare și nu îndrăzni să fii diferit. Pentru că, dacă o faci, unii te vor invidia și nu vor mai putea trăi în armonie cu tine sub același Soare. Nu, nu vor mai putea împărți planeta asta cu tine... pentru că cine ești tu să fii mai altfel? Și de ce crezi tu că meriți să ai mai mult decât unii, să poți mai mult, să fii mai mult? Și cum îndrăznești să fii diferit și să nu te alături turmei? Trebuie să simți la fel ca toată lumea, să gândești la fel, să îți dorești la fel, să te îmbraci la fel. A fi diferit este un handicap.

Nu epata cu nimic. Bucură-te de ceea ce ai, dar fă-o în liniște și singur. Nu-ți împărtăși fericirea cu nimeni pentru că vor avea grijă să ți-o tulbure. Fii la fel ca turma: veșnic nemulțumit, agitat, cârcotaș, împotriva guvernării, crizei, bogaților, săracilor, grașilor, slabilor. Împotriva oricui. Iar dacă ești suficient de generos și vrei să-i faci pe cârcotași fericiţi, adoptă o atitudine de om nefericit, apăsat de griji. Crede-mă, vor jubila văzându-te nefericit! I-ai făcut pentru o vreme fericiţi.

Apoi, fie că îţi place, fie că nu, e musai să fii rău. Arată că nu te lași călcat în picioare, nu ierta și nu tolera nimic. De ești bun, te vor acuza de ipocrizie, de prefăcătorie, de faptul că faci pe sfântul ca să epatezi, fiindcă în opinia lor un om nu este Iisus ca să ierte și ca să înţeleagă greșelile și slăbiciunile omenești.

Nu te apuca să le vorbești despre principiile și despre valorile tale morale, că vei fi tratat ca un extraterestru venit să strice armonia pe planetă.

Fii în rând cu turma.

Dacă nimerești într-un grup în care se bârfește, ascultă-i mut de uimire și musai cu gura căscată, ca și cum auzi cea mai extraordinară informaţie de pe lume. Și exclamă din când în când, vădit mirat, câte un „Hai, du-te, nu pot să cred!“ și cât mai multe epitete de genul „ce nenorocit(ă)!“, în funcţie de subiect și de persoană, ca să arăţi cât de implicat și de afectat ești. Apoi spune neapărat că tu că n-ai putea să faci niciodată așa ceva, ca să susţii nevoia disperată a grupului de a se simți superior nemernicilor dezagreabili care îndrăznesc să fie într-un fel sau altul. Ține-le isonul și când desfiinţează pe cineva, indiferent dacă ţinta calomniilor lor este vinovată sau nu.

Dacă grupul este într-o dispută oricât de neînsemnată cu cineva, alătură-te lui. Să nu cumva să îndrăznești să le spui celor din grup că greșesc ori, Doamne ferește!, să încerci să aplanezi conflicte, că te ia mama naibii. Se vor întoarce dintr-odată împotriva ta, te vor spurca în ultimul hal și vor avea grijă să-ţi arate ce poţi ajunge dacă nu ești la fel ca ei și de partea lor. Te vor transforma dintr-odată într-un monstru detestabil și te vor expune oprobriului public, inventându-ți o mie de păcate reprobabile. Toate capitale.

Dacă vrei să faci schimbări în viața ta, să te căsătorești, să divorțezi, să faci copii sau să te tunzi, cere-le voie. Nu lua decizii de capul tău, fără să-i informezi ce ai de gând să faci, că nu ești de capul tău, da? Nu le place să fie luați prin surprindere. Arată-le că simți nevoia ca ei să-ți valideze orice alegere. Vrei să-ți iei mașină? Anunță-i cu mult timp înainte și cere-le părerea. După ce vei asculta o mie de argumente cu privire la ce merită să îți iei și ce nu, ia-ți neapărat un jaf, altfel te vor acuza că ai vrut să le faci în ciudă și oricum vor găsi alte o mie de argumente pentru care nu le va plăcea mașina ta (oricât de *cool* ar fi ea).

Dacă faci bine, fă-l în secret. Altfel te vor trata ca pe un escroc sentimental, acuzându-te că încerci să impresionezi cu generozitatea ta și că sigur ai niște scopuri ascunse în acțiunile tale filantropice.

Iar dacă totuși nu-ți place să faci parte din turmă, dacă nu ții neapărat să fii în rând cu toată lumea și iubești libertatea, atunci fii cine vrei să fii și trăiește așa cum vrei, fără a cere aprobarea lumii, fără să-ți pese ce gândesc și ce spun unii despre tine. Nu face niciun compromis de dragul lor. Mai devreme sau mai târziu ar fi ajuns oricum să te deteste și să fie împotriva ta... indiferent cum ești și ce faci! Vorba aceea: „Gura lumii doar pământul o astupă."

EȘTI CINE VREI SĂ FII?

Atitudinea este un lucru mic ce face o mare diferență.

WINSTON CHURCHILL

Seara târziu, când ești doar tu cu tine, când nu mai trebuie să faci pe plac nimănui, când îți dai jos până și ultima urmă de machiaj, când lucrurile pe care le-ai purtat și de care te-ai folosit toată ziua nu te mai definesc și stau abandonate prin casă, când nu mai ești nevoit(ă) să zâmbești și să îți ascunzi grimasele de durere, cine ești?

Privește-o pe persoana din oglindă și privește adânc în sufletul tău.

Ești cine vrei să fii?

Ce ai făcut azi bun? Dar rău?

Ai făcut tot ceea ce ai fi putut face pentru a-ți trăi ziua frumos?

Ai făcut ceva remarcabil, ai o amintire frumoasă sau ai trăit o zi banală?

Ai avut mai multe gânduri frumoase sau mai multe gânduri negative?

Cuvintele pe care le-ai rostit le-au făcut bine sau rău celor care le-au auzit?

Ai avut azi mai multe bucurii sau mai multe regrete?

Ți-ai dăruit puțină fericire?

Dar mâine? Cum ai de gând să trăiești? Ce ai de gând să schimbi pentru a crea cea mai frumoasă versiune a ta și pentru a trăi cât mai frumos? Pentru că *tu*, cel/cea care te privești acum în oglindă, ești tot ce ai mai de preţ. Când vei fi cu adevărat cea mai bună versiune a ta, vei avea puterea să răspândești iubire in jur, să ai grijă de cei dragi, să faci din fiecare zi trăită una remarcabilă.

Învață din greșelile de azi, iartă-ți slăbiciunile, lasă regretele să treacă odată cu ziua ce apune și fă-ți planuri pentru mâine. Adună-ți visurile și nu le mai abandona. Renunță la teamă! Poți orice pentru că tu, cel/cea care se privește acum în oglindă, ești *cineva* și poți fi cineva extraordinar!

UNDE ȘI CÂND SE TERMINĂ IUBIREA?

Opusul dragostei nu este ura, ci indiferența.
ELIE WIESEL

Unde și când se termină iubirea? Și de ce?

Pentru că unii spun că iubirea adevărată nu se termină ușor. Că omul care iubește nu pleacă de îndată ce apar câțiva nori pe cerul relației. Că, dacă iubești, faci compromisuri și sacrificii. Dar câte? Și până când?

Iubirea se termină atunci când apare nesiguranța.

Se termină atunci când doi oameni descoperă că s-au grăbit să se iubească înainte să se cunoască. Când încep să se incomodeze unul pe celălalt cu tabieturile și capriciile personale. Când trece euforia îndrăgostelii și descoperă că acela de care s-au îndrăgostit n-are doar calități, ci și defecte majore, cu care nu se pot împăca.

Iubirea se termină atunci când, deși ești împreună cu omul iubit, te simți singur și ți-ai dori să fii oriunde în altă parte și cu oricine altcineva.

Când trupurile sunt foarte aproape, dar sufletele foarte departe. Când privirile, gândurile și atingerile nu mai generează nicio emoție.

Se termină atunci când aștepţi ceva ce știi că nu se va întâmpla și când obosești să visezi și să te hrănești cu iluzii frumoase, când promisiunile nu mai valorează nimic.

Iubirea se termină atunci când, în loc să te simţi iubit, te simţi ignorat sau, și mai rău, folosit. Se termină atunci când omul de lângă tine are ambiţii atât de mici, încât îţi limitează întregul univers. Și se termină atunci când pentru partenerul tău de viaţă oricine și orice pare a fi mai important decât tine.

Se termină atunci când privirea celuilalt nu mai are nicio sclipire de bucurie că te vede, când nu te mai simţi frumos/frumoasă în privirea celuilalt, când nu te mai regăsești în părerile pe care le are despre tine, când braţele sale nu ţi se mai par confortabile și primitoare.

Se termină atunci când celălalt îţi adresează mai multe reproșuri decât vorbe de alint, făcându-te să simţi că tot ceea ce faci este greșit, că nu ești destul de bun(ă), că nu te străduiești destul, că ești o povară, că doar chinuiești, irosești și abuzezi.

Se termină atunci când tocmai omul de lângă tine, pentru care însemnai odată totul, îţi arată cât de puţin însemni de fapt, când te face să te simţi mic(ă) și invizibil(ă).

Se termină atunci când vă simţiţi sufocaţi de așteptările celuilalt, când lucruri banale pe care altă dată le făceaţi cu drag necesită acum eforturi obositoare. Și explicaţii îndelungi.

Se termină atunci când celălalt nu mai reprezintă un motiv să te grăbești să ajungi acasă.

Se termină atunci când nu mai aveţi niciun vis comun, niciun dor comun…

Se termină atunci când „împreună“ nu mai înseamnă o bucurie, ci un supliciu…

ÎN LUMEA MEA

Acolo unde ești se află lumea întreagă.
WILLIAM SHAKESPEARE

Mi se spune adesea că sunt naivă și că trăiesc într-o lume frumoasă, ireală. Într-adevăr, lumea în care trăiesc eu este frumoasă și nu voi renunța niciodată să cred în ea doar pentru că nu este totul perfect. Voi crede până la ultima bătaie a inimii mele în lumea mea frumoasă, în care oamenii sunt buni, sinceri și au intenții onorabile.

În lumea mea frumoasă oamenii nu au scopuri ascunse, nu găsesc o oportunitate în fiecare persoană și nu iubesc din interes.

În lumea mea frumoasă oamenii nu se bucură de necazul cuiva, nu fac rău pe ascuns, nu sunt prefăcuți și nici perfizi.

În lumea mea frumoasă oamenii se ajută, dăruiesc și nu trăiesc doar pentru ei înșiși.

În lumea mea frumoasă oamenii nu judecă, nu condamnă și nu execută fără milă.

În lumea mea frumoasă, oamenii nu pedepsesc și nu se răzbună, ci iartă.

În lumea mea frumoasă oamenii își spun „Te iubesc!“, se îmbrățișează și se țin de mână.

În lumea mea frumoasă oamenii nu se bârfesc unii pe alţii, nu răspândesc zvonuri și nu tac atunci când cineva este nedreptăţit, înjosit sau umilit.

În lumea mea frumoasă oamenii sunt demni, nu se dedau la acte josnice și nu găsesc plăcere în răutăţi și în acte mârșave.

În lumea mea frumoasă oamenii le respectă credinţa celorlalţi și respectă ceea ce alţii iubesc.

În lumea mea frumoasă oamenii nu sunt invidioși, ci se bucură de reușitele și de fericirea celorlalţi.

În lumea mea frumoasă o prietenie nu se sfârșește odată cu prima neînţelegere, iar greșelile se uită și nu se reamintesc la fiecare nouă supărare.

În lumea mea frumoasă iubirea nu se transformă în ură de la o clipă la alta.

În lumea mea frumoasă oamenii iubesc adevărul și n-au nevoie de complimente false și lingușiri care să le hrănească orgoliile.

În lumea mea frumoasă oamenii se adună ca să facă bine, nu rău.

În lumea mea frumoasă oamenii construiesc, nu distrug.

În lumea mea frumoasă oamenii zâmbesc, nu se uită urât.

În lumea mea frumoasă oamenii mângâie, nu lovesc.

În lumea mea frumoasă oamenii iubesc, nu dispreţuiesc...

E DOAR O ETAPĂ

Nu poți trece la un capitol din viața ta dacă tot continui să-l recitești pe cel de dinainte.
ANONIM

Știu, cuvintele mele nu te vor ajuta acum. Poate că le scriu, de fapt, pentru mine, deși mi-aș dori foarte mult să îți ofer o mângâiere.

Cândva am fost în situația ta. Deplorabilă. Sufeream atât de mult, încât mă detestam. Mă uram pentru alegeri și pentru eșecuri. Mă învinovățeam pentru tot ceea ce nu mi-a reușit, pentru visurile curmate brusc și pentru oamenii care nu mă mai iubeau.

Sufeream atât de mult, încât fiecare bătaie a inimii mele mă durea. Fiecare respirație mi se părea un efort de nedescris. Eram ca un mort viu. Ziua îmi purtam cu greu masca în spatele căreia încercam să îmi ascund tristețea, iar noaptea, în singurătatea dintre cei patru pereți, plângeam până la epuizare. Nici măcar puținele ore de somn nu treceau fără suferință.

Mă durea totul. Mă dureau amintirile și mă durea neputința de a redobândi tot ceea ce pierdusem.

Nu-mi mai doream nimic, în afară de viaţa mea din trecut. Eram blocată în acel trecut, prizoniera unor iluzii frumoase și a unor sentimente pentru niște oameni pentru care nu mai însemnam de mult nimic. Trecutul era doar o poveste în care numai eu mai eram prizonieră, într-o singurătate cumplită, pentru că ceilalţi își trăiau deja prezentul sau alergau cu pași grăbiţi spre viitor.

Eram atât de disperată, încât nu mă mai puteam bucura de nimic – iubeam numai ceea ce pierdusem. Și eram sigură că nu voi mai putea iubi nimic și pe nimeni, că nu voi mai avea niciun vis, niciodată, că nimic nu va putea compensa ceea ce, fără să vreau, pierdusem.

Nici nu mai știu câte zile am agonizat... și nici cum mi-am revenit. Știu doar că am pierdut clipe, ore și zile în șir netrăindu-mi viaţa... de fapt, murind puţin câte puţin.

Privind în urmă, văd toată acea experienţă grea ca pe o etapă. O etapă prin care trebuia să trec. O poveste pe care trebuia să o trăiesc, cu oameni pe care trebuia să-i întâlnesc, să-i iubesc și să-i pierd. Dacă mi-ar fi spus atunci cineva că după acea etapă mă va aștepta o poveste mai frumoasă și oameni mai buni, alte șanse și o viaţă trăită frumos, nu aș fi crezut. Dar azi am dovada. Am dovada că nimic nu este de netrecut, că sufletul are puteri nebănuite de a se reclădi, că toate etapele dificile ale vieţii ne fac mai puternici. Că ieri trebuie uitat și că doar azi și mâine contează, pentru că doar azi și mâine înseamnă efectiv locul unde putem să schimbăm ceva. Doar azi și mâine înseamnă noi șanse...

Șterge-ți lacrimile, adună-ți forțele și ieși dintre cei patru pereți. Iartă-i pe aceia care te-au rănit cândva, desprinde-te de trecut și nu mai irosi timp din viața ta. Ai un drum înainte și îți datorezi zâmbete, nu lacrimi, fericire, nu tristețe, visuri împlinite, nu inacțiune, o viață trăită frumos, nu irosită. Scapă de tot ceea ce îți îngreunează mersul și mergi fără a mai privi înapoi.

Îți promit că într-o zi, mai curând
decât îți imaginezi, vei reuși din nou să zbori!

Știi care este secretul oricărei reușite și al fericirii?
Iubirea.
Dacă vorbești cu iubire, nu ai cum
să nu fii ascultat și înțeles.
Dacă asculți cu iubire, nu ai cum să nu înțelegi.
Dacă muncești cu iubire, nu ai cum să nu reușești.
Dacă trăiești cu iubire,
nu ai cum să nu fii împlinit.
Fă totul cu iubire. Fii iubire cu fiecare bătaie
a inimii tale, iar viața te va răsplăti cu iubire!

SUNTEM CERTAȚI LA BINE, NU LA NECAZ

Toată rațiunea noastră cedează în fața sentimentelor.

BLAISE PASCAL

De când e lumea și pământul, oamenii se ceartă. Uneori se ceartă și se dușmănesc din motive justificate, alteori din motive puerile. Din orgoliu, uneori oamenii nu se împacă și ajung să nu-și mai vorbească ani de zile, alimentând decenii întregi o ură ce a început în joacă. De multe ori nici nu-și mai amintesc de ce s-au certat.

Tatăl meu cunoștea un om cu care nu vorbea de ani de zile. Când se întâlneau întâmplător, treceau unul pe lângă celălalt fără să se salute.

Într-o zi, tata a aflat de la un vecin că acelui om îi arsese casa. Preotul din localitate a umblat din ușă în ușă ca să ceară ajutor pentru el – bani pentru curățenie și reconstrucția unui cămin. Preotul a ocolit casa noastră, știind că tata era supărat pe acel om. Când a aflat, tata s-a dus direct la preot și i-a reproșat că pe el l-a evitat.

– Păi, de unde să știu eu că ai vrea să-l ajuți? Știam că sunteți certați, i-a spus preotul.

– Suntem certați la bine, părinte, nu la necaz! i-a răspuns tata.

Acea replică mi s-a întipărit în minte, cu toate că atunci nu am înţeles-o prea bine.

A doua zi, tata a chemat pe cineva cu o căruţă, a încărcat în ea căpriori, scânduri, ţigle şi alte materiale de construcţie pe care le avea pe acasă şi ne-am dus împreună la bărbatul cu care era certat. Îmi amintesc şi acum zâmbetul şi uimirea omului istovit de atâta muncă şi tristeţe.

– Nu credeam că ai să vii, i-a spus el lui tata, strângându-i mâna bucuros.

Tata l-a îmbrăţişat strâns, iar eu am rămas cu imaginea lor muncind alături cu alţi oameni din oraş veniţi voluntar să-l ajute pe seamănul lor aflat în necaz. Acea împăcare mi-a dat un sentiment de bine şi de pace... şi totodată a fost o lecţie pentru mine.

Eram convinsă că tata îl urăşte pe acel om şi probabil că şi tata era convins de asta. Dar a fost nevoie de o nenorocire ca să înţeleagă că nu îl urăşte şi că îl iertase de mult. Acolo unde există omenie nu este loc de orgolii copilăreşti. Poate că şi pentru tata acea experienţă a fost o lecţie, poate că şi el a învăţat ceva despre el însuşi atunci...

Cu ceva timp în urmă, o persoană dragă mie îmi spunea că trebuie să îmi iubesc şi duşmanii, iar eu i-am spus că pot doar să nu-i urăsc, că nu cred că aş putea să-i iubesc. Apoi, mi-am dat seama că, dacă oricare dintre aceia cu care sunt certată ar avea un necaz, n-aş sta pe gânduri şi l-aş ajuta. Poate că asta înseamnă, de fapt, să-ţi iubeşti şi duşmanii, dar suntem prea mândri să recunoaştem... sau poate că încă nu ne cunoaştem pe noi înşine suficient de bine, poate nu suntem pregătiţi să ne debarasăm de orgolii, de teamă că ne-am dezgoli sufletele şi ne-am lăsa bunătatea şi sensibilitatea la vedere...

Oricum, n-ar trebui să aşteptăm ca unul dintre noi să aibă un necaz pentru a ne împăca sau măcar pentru a ne ierta unii pe alţii.

AȘ FI PUTUT ÎNȚELEGE

Când regreți, să nu o spui niciodată înainte de a o dovedi, ci să o dovedești înainte de a o spune.

ALEXANDRE DUMAS FIUL

Aș fi putut înţelege că nu mă mai iubești. Aș fi putut înţelege că ai realizat că nu sunt eu persoana alături de care să îţi dorești un viitor. Aș fi putut înţelege că te-ai schimbat, că nu mă mai vezi la fel, că nu mă mai preţuiești la fel. Aș fi putut înţelege că nu mă consideri destul de bună pentru tine, că îţi dorești mai mult, că îţi dorești altceva. Aș fi putut înţelege că vrei o altă persoană în viaţa ta. Aș fi putut înţelege că te-ai îndrăgostit de altcineva, fără să te obosesc cu lamentări, cu reproșuri și cu întrebări fără rost. Aș fi putut înţelege că vrei să pleci, să nu mă mai vezi, să uiţi de mine, ca și cum n-aș fi făcut vreodată parte din lumea ta.

Aș fi putut înţelege că nu mai însemn nimic pentru tine dacă mi-ai fi spus toate acestea cu sinceritate și cu puţină blândeţe... cu acea blândețe cu care ar trebui să anunţi un suflet dependent de dragostea cuiva că-i iei totul. Că-l lași singur, fără niciun vis.

Aș fi înţeles totul, oricât de greu mi-ar fi fost să accept... Dar n-am reușit să înţeleg trădarea. N-am reușit să înţeleg lașitatea și lipsa de demnitate de care ai dat dovadă. N-am reușit să înţeleg lipsa de respect pe care mi-ai arătat-o atunci când m-ai lăsat să cred că eu port vina nefericirii noastre. N-am reușit să-ți înţeleg lipsa de considerație și atitudinea perfidă. N-am reușit să-ţi înţeleg lipsa conștiinţei și cruzimea cu care mi-ai prelungit agonia când ai văzut cât de greu îndur supliciul de a mă simţi nedorită, neiubită, în plus.

N-am reușit să înţeleg de ce n-ai făcut măcar un ultim gest de omenie și să mă părăsești frumos, cu eleganță. Fără amintiri urâte, fără să mă faci să te detest. Fără să-mi împovărezi sufletul cu regrete și cu vini nemeritate.

Și nu, n-am reușit să înţeleg de ce nu te-ai gândit măcar o clipă și la mine, la faptul că este deja prea mult că îmi năruiești un vis și că n-ar mai trebui să îmi năruiești și încrederea în oameni.

N-am reușit să înțeleg de ce m-ai irosit, de ce m-ai risipit, de ce m-ai folosit. N-am reușit să-ți înțeleg egoismul și indiferența. N-am reușit să înțeleg cum te puteai bucura atât de curând de o altă iubire, de alte îmbrățișări, de alte visuri, de alte promisiuni... N-am reușit să înțeleg cum ai putut să devii dintr-odată un străin nepăsător.

N-am reușit să înţeleg de ce ţi-a fost mai ușor să taci, să te prefaci și să mă amăgeşti. N-am reușit să înțeleg de ce nu m-ai lăsat liberă din clipa în care n-ai mai avut nevoie de mine, de ce m-ai lăsat să visez în continuare și să lupt inutil să te fac fericit. N-am reușit să înţeleg de ce m-ai supus îndoielilor, spaimei și nesiguranţei. N-am reușit să înţeleg cum e posibil ca iubirea să devină indiferenţă atât de ușor...

Aș fi putut înţelege că ai decis ca povestea noastră de iubire să nu aibă un final fericit pentru mine, dar n-am reușit să înţeleg de ce ai ales să îmi oferi un final nemeritat, plin de regrete și dureri.

Aș fi putut înţelege că nu mă mai iubești dacă mi-ai fi vorbit cu sinceritate și cu puţină blândeţe... pentru că te-am iubit atât de mult încât aş fi putut înţelege că trebuie să te pierd...

CURAJ ȘI SUFLET

Nu există experiență căreia să nu-i poți supraviețui dacă ai curajul să înfrunți viața.
OCTAVIAN PALER

Mi-am amintit cu mult drag de o întâmplare din copilărie, când mă pregăteam de o serbare. Urma să cânt o melodie dedicată mamei și aveam mari emoţii la gândul că toţi copiii din școală și familiile lor mă vor vedea pe scenă. Emoţiile mele au fost amplificate și de o remarcă făcută de cineva, care a spus că o altă fetiţă cânta mai frumos acel cântec și că nu ar fi trebuit să îl cânt eu.

Înainte de serbare, i-am spus lui tata că am emoţii mari și că îmi e teamă că nu voi cânta destul de bine, iar el mi-a zis:

– Tu cântă cu tot sufletul și așa cum știi mai bine. Nu te gândi la lume. Nu te opri din cântat nici măcar dacă încep să te huiduie. Dacă va exista măcar un singur om care să te asculte și căruia îi va plăcea cum cânţi, merită să cânţi mai departe. Eu voi fi acolo și știi deja că îmi place foarte mult cum cânţi.

Cuvintele lui mi-au dat o forţă și un curaj de nedescris. Emoţiile au dispărut ca prin farmec și, într-adevăr, am cântat cu toată inima, reușind să emoționez publicul, care m-a aplaudat energic.

Pentru mine acea experienţă a fost o lecţie importantă. Atunci am învățat că totul trebuie făcut cu implicare sufletească și cu încredere de sine, că nu ar trebui să mă las descurajată de cei care nu cred în mine, nici de cei care par a fi mai buni decât mine, că n-ar trebui să îmi pese de cei care m-ar putea dezaproba sau care ar putea să nu mă placă – pentru că, dacă va exista măcar un om căruia să îi placă ceea ce fac, care să se bucure de ceea ce ofer, merită tot efortul și dăruirea mea.

Tot de la tatăl meu am mai învățat că a face ceva e totuși o realizare spre deosebire de a nu face nimic, indiferent dacă rezultă un succes sau un eșec...

Dacă m-aş fi temut de părerile lumii și de huiduielile acelora care ar putea să nu mă placă, n-aş mai fi făcut nimic, n-aş mai fi dăruit nimic, n-aş mai fi scris o carte, nu mi-aş mai fi deschis sufletul în fața unei lumi mai frumoase decât mi-am imaginat vreodată și aş fi trecut prin lumea asta fără a le aduce măcar o bucurie sau o învățătură oamenilor din jur, fără a lăsa măcar o amprentă frumoasă în sufletul cuiva...

EȘTI DOAR UN SPECTATOR

A deveni spectator al vieții unui om înseamnă să scapi de suferința vieții.
OSCAR WILDE

Privind de pe margine drama sau eșecul unei persoane este foarte ușor să îţi dai cu părerea. Începi să judeci alegerile celuilalt, convins că tu ai fi ales altfel – mult mai bine, desigur –, că nu ai fi greșit, că fi acţionat mai eficient, că nu ai fi irosit şanse. Pentru că de pe margine totul pare simplu...

E la fel ca atunci când privești un sportiv. Ai impresia că ai alerga mai repede decât el, că ai face o performanţă mai bună. Sau ca atunci când privești un dansator. Ţi se pare atât de simplu să dansezi așa ca el, să plutești... Asta pentru că nu ești în locul lui, pentru că de pe margine nu poţi să empatizezi real cu el. Nu simţi ce simte el, nu faci efortul pe care îl face el. Nu-i simţi emoţiile, nici durerile, nici temerile... Nu simţi durerea învingerii, a eșecului, urmate de privirile dezaprobatoare ale acelora care aveau așteptări de la el și pe care i-a dezamăgit...

La fel este şi cu poveştile de viaţă. Văzând drama cuiva, eşecul sau neputinţa sa, îţi spui că în locul acelei persoane tu ai fi făcut altfel... Dar tu nu ești în locul acelei persoane. Ești doar un spectator care privește totul de pe margine și care nu simte nimic. Un spectator care se amăgește cu iluzia că e mai puternic, mai bun, că ar face totul mai bine, că nu ar greși, că nu ar eșua... Ești doar un spectator, adică prin definiţie o persoană neimplicată emoţional, și, ca atare, incapabil să simtă și să înțeleagă...

Dar asta se întâmplă până într-o zi, când vei trece de partea celui privit de pe margine – actorul – și vei avea propriii spectatori care să te judece și care să nu te înţeleagă, convinși că, dacă ar fi în locul tău, ar face lucrurile mai bine...

Până atunci, bucură-te de spectacol, comentând și judecând dramele, rătăcirile și slăbiciunile celorlalţi, căci în curând vei fi și tu în vizorul acelora cu care cânţi în cor acum.

PENTRU TINE, PRIETENĂ DRAGĂ!

Draga mea prietenă,

Unde ți-e strălucirea din ochi? Ai uitat să te bucuri? Ai uitat că ești frumoasă?

Tu nu mai trăiești, tu doar supraviețuiești.

Se pare că sufletul tău, atât de încercat de-a lungul vremii, poartă poveri care-ți umbresc seninul chipului.

Se pare că te-ai resemnat în fața pierderilor și i-ai lăsat pe aceia care te-au dezamăgit să te descurajeze, făcându-te să crezi că nu ești destul de frumoasă, de bună, de importantă.

Griji și responsabilități copleșitoare ți-au îngreunat umerii, pe care îi ții aplecați.

Privirea ta este mai mult îndreptată spre pământ și ai uitat să mai vezi cerul.

Ai uitat să mai fii femeie, să fii plină de viață, de senzualitate, de eleganță, de mister...

Din dorința de a fi o prezență discretă, ai început să treci neobservată, să fii ca o umbră, deși tu poți fi un soare.

Dorindu-ți atât de multe pentru alții, ai uitat să-ți mai dorești ceva și pentru tine. Te mulțumești cu prea puțin sau poate chiar cu nimic. Trăiești prin alții și pentru fericirea lor.

Privești ca un copil descurajat la lucrurile frumoase care-ți plac, dar nu îndrăznești să ți le dorești și îți iei gândul de la ele, uitând că le meriți.

Amâni mereu să îți faci o mică bucurie și te simți vinovată pentru orice clipă de fericire, pe care simți că ai furat-o, despre care ai impresia că ai primit prea mult.

Trezește-te, femeie minunată! Amintește-ți cine ești și eliberează-o pe femeia frumoasă și plină de viață pe care ai ascuns-o în tine! Anii care s-au adunat vârstei tale, câteva riduri și câteva fire albe de păr nu te vor face să fii mai puțin frumoasă! Descătușează-te de toate prejudecățile, de toate complexele, de toate temerile lumești și de toate interdicțiile autoimpuse!

Îndreaptă-ți umerii, ridică-ți privirea și lasă soarele din tine să strălucească! Râzi cu toată ființa ta, bucură-te de viață și ia cu ambele mâini fericirea pe care o meriți!

Fii frumoasă, fii demnă și răspândește frumusețe în jurul tău! Iubește și lasă-te iubită! Fii pentru ceilalți bucurie, pace și iubire!

Ești minunată, nu renunța la acest drept al tău! Nu renunța la tine*!*

Cu drag, prietenelor mele!

DESPĂRȚIRI

Fiecare sfârșit este un nou început.
ANONIM

Atunci când te desparţi de cineva, fie că este vorba de persoana iubită, un prieten, un partener de afaceri, fă-o într-un mod civilizat, cu demnitate. Fără drame inutile, fără reproșuri, victimizări ori umilinţe, fără a arunca toată durerea și toată vina asupra aceluia de care te desparţi, fără a murdări povestea ce a existat între voi.

Nicio despărţire nu este ușoară... și după fiecare rămâi cu dureri, regrete, lucruri nespuse, visuri neîmplinite, cu teama de viitor, cu mai puţină încredere în tine, în oameni, în iubire, în prietenie...

Însă despărţirile fac parte din viaţă. Există un sfârșit tot așa cum există un început. Nimic nu ne garantează că un om ne va însoţi pe drumul nostru până la sfârșit și nu-i putem împiedica pe oameni să plece...

Orice despărţire trebuie acceptată cu demnitate, oricât de tare ți-ar zdruncina sufletul și existenţa. În niciun caz nu trebuie să lași durerea separării ori furia trădării să te transforme într-un om rău și slab. Desparte-te cu demnitate și respect. Ia-ți rămas bun cu un zâmbet și pleacă privind înainte. După ce te-ai întors cu spatele, poți plânge și poți urla... Desparte-te cu cuvinte frumoase și nu jigni, nu te grăbi să afirmi lucruri denaturate de durerea cruntă pe care o simți, fiindcă mai târziu vei regreta și te vei rușina. Nimic din ceea ce ai putea spune nu va schimba inevitabilul și nici nu îți va alina durerea...

Să nu pleci de lângă un om care te-a dezamăgit detestându-l, ci cu decență, chiar dacă nu îl mai respecți acum. Respectă-l pentru toate acele momente când a însemnat ceva pentru tine.

Nu transforma despărțirea în ceva și mai urât și mai dureros decât este deja, nu face din plecarea ta o amintire detestabilă. Lasă-i acelui om o amintire plăcută despre tine, un exemplu frumos care să îl facă să te respecte mereu. Lasă-l să plece și respectă-i alegerea, chiar dacă îți face o mare nedreptate.

Nu-ți pierde demnitatea și nu face nimic care să îți degradeze calitatea de om... Te asigur că, după ce îți va trece durerea, când vei găsi iubire și alinare în alte brațe, vei putea privi în urmă fără să te rușinezi de trecutul tău... și pentru asta merită să te porți decent chiar dacă acum îți vine greu.

ÎI RESPECT PE OAMENII CU BUN SIMȚ

Ca să fii respectat, începe prin a te respecta.
TUDOR ARGHEZI

Poate fi un om poleit cu aur, poate fi deţinătorul celor mai apreciate diplome universitare, poate avea toate bogăţiile lumii, dar dacă nu are decenţă și bun simţ, degeaba este și degeaba are. Le port un respect deosebit oamenilor care au bun simţ.

Îi respect pe oamenii care, deși sunt grăbiţi, știu să înceapă orice mesaj și orice abordare cu un salut.

Îi respect pe oamenii care știu să spună „Mulţumesc" atunci când le oferi ceva și când le faci o favoare.

Îi respect pe oamenii care, atunci când intră într-un spaţiu în care se află alţi oameni, salută.

Îi respect pe oamenii care nu râd de aceia pe care-i consideră inferiori lor din punctul de vedere al educaţiei, culturii, defectelor fizice sau condiţiei sociale.

Îi respect pe oamenii care nu iau ultima prăjitură de pe platou dacă mai sunt și alţi oameni în jur.

Îi respect pe oamenii care nu stau tot timpul cu mâna întinsă și care nu abuzează de bunătatea altora.

Îi respect pe oamenii care nu se pun mai presus de alţii, care nu trăiesc cu impresia că li se cuvine totul, care știu să își aștepte rândul și care nu calcă lumea în picioare pentru a ajunge la ţelurile lor.

Îi respect pe oamenii care nu își câștigă imaginea imaculată înjosind și pătând imaginea altor oameni.

Îi respect pe oamenii care nu folosesc cuvinte insalubre pentru a-i descrie pe alţi oameni.

Îi respect pe oamenii care cunosc limita dintre decenţă și indecenţă, care își ţin curiozităţile în frâu și care nu dau buzna în intimitatea cuiva cu întrebări lipsite de pudoare.

Îi respect pe oamenii pe care nu-i încântă bârfele de budoar și care nu răspândesc zvonuri.

Îi respect pe oamenii care, în loc să adopte o atitudine agresivă faţă de ceva ce dezaprobă, își susţin ideile într-un mod civilizat, fără a și le impune.

Îi respect pe oamenii care nu pângăresc locurile prin care trec și care nu lasă mizerie în urma lor – și mă refer aici nu numai la mizeria fizică, ci și la aceea emoţională și energetică.

Îi respect pe oamenii care respectă alegerile și convingerile religioase ale celorlalţi.

Îi respect pe oamenii pentru care credinţa nu este doar o podoabă de arătat lumii și care nu își schimbă comportamentul de îndată ce au ieșit pe poarta bisericii.

Îi respect pe oamenii care se respectă având o purtare demnă, decentă, responsabilă.

Îi respect pe oamenii care știu când trebuie să se retragă din lupte inutile.

Îi respect pe oamenii sinceri și asertivi.

Îi respect pe oamenii care nu își degradează calitatea de om, indiferent de provocările pe care le au de înfruntat.

Îi respect pe oamenii care îi respectă pe oameni.

O ROCHIȚĂ SPECIALĂ

Nu există fericire de care să-ți amintești fără tristețe.
OCTAVIAN PALER

N-a știut nimeni cât de dragă mi-a fost acea rochiţă. Era rochiţa mea preferată. Nu pentru că era mai frumoasă decât celelalte hăinuţe ale mele, ci pentru că era simbolul libertăţii mele...

În copilărie am stat departe de tata două luni, într-o vacanţă. Tata m-a lăsat la mătușa mea pe perioada verii, ca să am o vacanţă frumoasă eu şi pentru ca ei, unchiul şi mătușa, care nu aveau copii, să își umple singurătatea. Însă acele două luni au fost un coșmar pentru mine. Au fost prea multe zile și nopţi de înstrăinare, în care fiecare clipă mi s-a părut o mică viaţă. De-abia așteptam să se termine vacanţa și să mă ia tata cu el acasă. În fiecare seară, înainte de culcare, când nu mă vedea nimeni, îmi scoteam din dulap rochiţa cu care venisem la mătușa mea și cu care știam că voi pleca de acolo și o mângâiam, o miroseam și uneori o îmbrăcam pentru câteva minute, ca să mă simt mai aproape de visul meu de a pleca de acolo.

Când tata m-a lăsat la mătușa mea, nu știa că îmi va fi atât de greu să mă adaptez acolo. Totul mi s-a părut cumplit și nu mă mai bucura nimic în afară de gândul că într-o zi tata va veni după mine și mă va duce înapoi în Universul meu.

Am iubit acea rochiță pentru că o asociam cu fericirea, cu libertatea și cu visurile împlinite.

M-am întors acasă la tata, iar rochița a rămas simbolul libertății mele. Într-o zi, pe când mă jucam afară cu prietenii mei, un băiețel mi-a murdărit rochița cu noroi. M-am supărat, mi-am pierdut controlul, mi-am ieșit din fire... M-am oprit numai când acel băiețel a început să plângă...

Tata a văzut totul. Seara, mi s-a părut că e supărat pe mine... Știam că nu i-a plăcut scena pe care o făcusem și știam că urma să avem o discuție. Probabil că avea să mă pedepsească, însă nu-mi păsa. Pentru mine, băiețelul aruncase cu noroi în însuși simbolul fericirii mele.

Dar nu s-a întâmplat nimic din ceea ce mă așteptam... Tata m-a pus doar să scriu în jurnalul meu următoarele cuvinte:

„Faptul că un om te murdărește nu înseamnă că ești o persoană murdară.

Faptul că ești plină de noroi nu înseamnă că trebuie să fii un om urât.

Un om poate fi curat și frumos chiar și atunci când e plin de noroi."

Azi, când se mai întâmplă ca unii oameni să arunce în mine cu mizerii – cuvinte urâte, învinuiri nefondate, răutăți degradante –, îmi amintesc ceea ce mi-a spus tata: noroiul cu care sunt împroșcată nu mă face un om murdar atât timp cât rămân o persoană integră.

Alegem prea mult rațional și prea puțin cu inima. Alegem prea mult cu ochii și prea puțin cu sufletul. Nu refuza nicio șansă de a cunoaște un om și de a-l iubi. Nu se știe niciodată ce comori poate ascunde sufletul unui om. Și, de multe ori, oameni care par a avea cel mai puțin au, de fapt, cel mai mult de oferit.

„Prea târziu" este doar la ultima bătaie a inimii.
Totuși, nu amâna nimic până atunci.

O AMINTIRE

Ce este bunătatea? O frumusețe pe care o percepi direct cu sufletul.
ALEXANDRU VLAHUȚĂ

Când eram copil, în orașul nostru trăia o bătrânică singură care își vindea merele în fața porții. De câte ori treceam cu tata pe lângă poarta ei, el cumpăra mere, uneori chiar toate merele pe care le avea bătrâna. Nu erau fructe frumoase, erau obișnuite, chiar mici și urâțele. Și nu înțelegeam de ce făcea tata asta când noi aveam propriii meri în curte, iar fructele lor putrezeau pe jos. Și, în plus, nici măcar nu reușeam să le mâncăm pe cele de la bătrânică.

Tata mi-a răspuns:

– Ca să o ajutăm și pe ea.

Apoi mi-a explicat, în stilul lui unic, de ce trebuia să îi asigurăm și ei traiul. Cu o tristețe adâncă în glas, tata a continuat:

– Ar putea fi mama mea. Stă toată ziua în locul ăla să facă niște bănuți, nici așa prea mulți. Nu are și ea un copil să o ajute... Vezi, eu sunt norocos că te am pe tine...

Anii au trecut, eu am crescut, iar tata a plecat la Cer. Într-o zi, m-am reîntors în orașul meu natal ca să-i duc niște flori lui tata... Nostalgia mi-a purtat pașii spre centrul orașului, pe care nu îl mai văzusem de câţiva ani. Și am trecut și pe strada pe care locuia acea bătrână, în încercarea de a retrăi emoţia unei activităţi atât de frumoase pe care o făceam cu tata.

Mare mi-a fost mirarea să văd că bătrânica încă trăia și încă vindea mere în faţa porţii. Am oprit, m-am apropiat și am văzut că nu mai vindea mere, ci nuci. M-am apropiat cu emoție și am cumpărat multe nuci de la ea deoarece mă legau de ea amintiri atât de dragi!

Avea același cântar vechi cu greutăți, doar mâinile îmi păreau mai îmbătrânite și mai nesigure. Și, așa cum a făcut mereu, și de data aceasta mi-a pus în plus câteva nuci. I-am spus cine sunt și am întrebat-o dacă își mai amintește de tata. În loc de răspuns mi-a dăruit un zâmbet frumos, dar cu ochii înlăcrimaţi, și mi-a spus să o aștept. După câteva minute, bătrânica s-a întors cu un buchet de flori tăiate din grădina ei.

– Du-i de la mine florile astea! Ce om bun a fost!

De atunci au mai trecut niște ani, iar eu, de fiecare dată când merg în orașul meu natal, trec și pe strada pe care locuia acea bătrânică și pe care mă plimbam adesea de mână cu tata. Pe ea nu am mai văzut-o, poarta ei este mereu încuiată, dar întotdeauna parcă îl simt pe tata ținându-mă de mână și îndemnându-mă să fac o faptă bună...

NU AȘTEPTA SĂ FIE PREA TÂRZIU!

Tragedia vieții este că îmbătrânim prea devreme și devenim înțelepți prea târziu.
BENJAMIN FRANKLIN

Mă întristează să văd neputința femeilor de a ieși din relații în care nu sunt împlinite sufletește. Știu cât de greu este să renunți la un om pe care îl iubești cu bune și cu rele, mai ales când tot speri că se va schimba și va deveni receptiv la nevoile tale. Speri că într-o zi te va iubi și el la fel de mult și că se va implica și el la fel de profund.

Dar până când vei spera? Până când te vei iluziona că el se va schimba? Până când te vei minți? La un moment dat îţi vei pierde speranţa, pentru că nu poţi spera la nesfârșit, iar când acest lucru se întâmplă, ajungi să te resemnezi. Renunți la tine. Pentru că, din păcate, femeile sunt obișnuite să renunțe la ele, să uite cine au fost și acceptă ușor ceea ce au devenit – o variantă mai slabă a lor, mai complexată, mai nefericită. Unele ajung până într-acolo încât își pierd propria identitate, devenind un produs al neputinței, al dezolării. Se sacrifică în numele iubirii, dar în cursul acestui proces se pierd pe ele.

Nu poți renunța la el? Nu cred. Îl iubești și crezi că depinzi de el sufletește. De ce? De ce nu ai avea dreptul la un altul mai bun?

Teama de a rămâne singură nu e un motiv să accepţi chinuitoarea singurătate în doi.

Mila de a-l abandona funcționează împotriva ta, astfel că accepţi să rămâi nefericită din cauză că ţi-e milă să-l părăsești. Dar milă ar trebui să-ţi fie mai întâi de tine și de suferinţa ta.

Lașitatea, teama de a te rupe de un om, de o casă și de tot ceea ce îl înconjoară te determină să rămâi pe loc, într-o existenţă nefericită și neîmplinită.

Meriți și poți avea mai mult decât simple visuri despre cum ar fi putut să fie viața ta frumoasă. Și numai tu decizi.

Și nu, nu depinzi de nimeni și de nimic! Viața ta este în mâinile tale și numai tu ai dreptul să decizi ce vei face cu ea. Cea mai importantă persoană din viaţa ta ești tu!

Da, vei suferi o perioadă. Sau vrei să suferi întreaga viaţă?

Tu decizi. Dar este atât de târziu când e prea târziu!

DIN JURNALUL MEU DE COPIL

Când cineva nu are un tată bun, trebuie să și-l creeze.
FRIEDRICH NIETZSCHE

– Haide, adu-ți caietul și scrie.
– Dar țin minte, spune-mi doar așa.
– Nu o să ții minte. Și vreau să ai scris ca să recitești cândva, atunci când eu nu o să mai fiu, mi-a zis tata.

Am adus jurnalul în care îmi notam tot ceea ce îmi plăcea, citate, versuri, titlurile unor cântece și filme, sfaturi date de tata, dar și perioadele în care eram pedepsită (ca să țin minte pedeapsa și durata ei). M-am așezat pe o treaptă în fața ușii, așteptând.

Tata s-a așezat lângă mine și mi-a dictat:
– Să faci tot posibilul să însemni ceva bun în viețile oamenilor, să ai un rost. Iar dacă nu însemni ceva bun, dacă oamenii nu au nimic de învățat de la tine, dacă nu ai ce să le oferi și doar primești de la ei, dacă prezența ta le ia pacea sufletească, dacă îi face să fie răi, dacă nu sunt fericiți și liberi, atunci să pleci. Nu le irosi timpul și nu le încurca viața...

SĂ NU TE MIRI DACĂ O PIERZI

Fericirea o face pe o femeie frumoasă și dragostea o face fericită. Iubirea este adevăratul fard al femeii.

CHARLES BAUDELAIRE

Să nu te miri dacă o pierzi...

Pentru că atunci când tu o neglijezi va căuta căldura altui suflet, pentru că ea are nevoie să se simtă a cuiva.

Pentru că atunci când tu abia dacă o vezi va căuta pe altcineva care să o facă să se simtă frumoasă.

Pentru că atunci când tu o respingi va căuta pe altcineva care să o facă să se simtă dorită.

Pentru că atunci când tu îi arăți că ai uitat-o va căuta pe cineva care să-i arate că se gândește mereu la ea.

Pentru că atunci când tu o vei dezaproba pentru stările ei emoționale, pentru capricii și pentru temeri va căuta pe altcineva care să o înțeleagă.

Pentru că atunci când tu vei pune dorințele ei pe ultimul loc va căuta pe cineva care să o trateze cu prioritate.

Pentru că atunci când va simţi că nu o preţuiești va căuta pe cineva care să o facă să se simtă importantă.

Pentru că atunci când tu uiţi că are nevoie de mângâieri și de îmbrăţișări va căuta pe cineva care să o facă să se simtă iubită...

Pentru că atunci când tu vei considera că ea îţi aparţine și că nu trebuie să depui niciun efort pentru a o face fericită se va trezi la realitate și își va aminti că merită altceva...

Și atunci să nu te miri dacă o pierzi...

IUBESC!

Dragostea e povestea inimii. Pasiunea e desăvârșirea ei.

PIERRE BEAUMARCHAIS

Iubesc viața cu tot ce oferă ea: cu bune și cu rele, cu urcușuri și coborâșuri, conștientă că totul are un sens.

Îmi iubesc familia și îmi iubesc prietenii.

Iubesc amintirea tatălui meu.

Îl iubesc pe orice om pe care îl cunosc, fără nicio excepție, chiar dacă iubirea are câte o altă formă pentru fiecare în parte.

Îi iubesc enorm pe copii.

Iubesc natura cu tot ceea ce oferă ea: marea, muntele, pădurile, verdele, ploaia, zăpada...

Iubesc lalelele, lăcrămioarele, liliacul și florile de câmp.

Iubesc pomii înfloriți ce îmi amintesc că există mereu o altă primăvară și noi începuturi.

Iubesc mirosul proaspăt de iarbă cosită, câmpurile pline cu maci și culorile toamnei.

Iubesc Cerul cu toate stările lui: senin, cu nori și mai ales plin cu stele. Îl iubesc pentru că știu că dincolo de el se află Dumnezeu și oamenii dragi care au plecat.

Iubesc zâmbetele oamenilor, blândețea bătrânilor, vocile și râsetele copiilor, cuvintele calde, vorbitul în șoaptă și îmbrățișările.

Îi iubesc pe oamenii sinceri, calzi, veseli și simpli.

Iubesc sărbătorile și evenimentele frumoase ce-i aduc pe oameni împreună.

Iubesc să dăruiesc și să-i fac fericiți pe oameni.

Iubesc cărțile, poveștile frumoase, poeziile, filmele de dragoste, teatrul și muzica.

Iubesc orașul în care locuiesc pentru că mi-a oferit amintiri frumoase și locuri minunate unde să mă simt fericită.

Iubesc să mă plimb dimineața foarte devreme când străzile sunt pustii, să privesc ploaia de pe o terasă și să admir splendoarea iernii stând ascunsă după o fereastră într-o cameră călduroasă.

Iubesc să îmi servesc micul dejun afară în natură și să savurez o cafea pe o bancă în parc sau pe una dintre terasele mele preferate, privindu-i pe trecători.

Iubesc toate animalele, dar ador câinii, caii și delfinii. Înnebunesc după torsul pisicilor.

Iubesc fotografiile vechi, scrisorile și toate amintirile ce mă leagă de oameni dragi de care îmi este dor.

Iubesc culoarea violet și parfumurile.

Iubesc libertatea, simplitatea, liniștea, lacrimile de fericire, iertarea și prietenia...

Iubesc iubirea!

RETROSPECTIVĂ LA CEAS ANIVERSAR

Viața este minunată dacă nu te temi de ea.
CHARLIE CHAPLIN

A mai trecut un an din viaţa mea. A fost un an frumos și încărcat cu de toate. Un an în care am trăit intens și în care am învăţat multe despre viaţă, despre oameni, dar mai ales despre mine.

Un an în care m-am redescoperit, în care m-am maturizat și în care mi-am îngăduit să trăiesc mai mult așa cum am vrut și mai puţin după cum au vrut alţii. Un an în care am scris un capitol frumos al poveștii mele de viață.

A fost un an care mi-a oferit multe lecţii, așadar acum știu mai multe decât știam în anii trecuți.

Acum știu că „prea târziu" este doar la ultima bătaie a inimii, dar că nimic nu trebuie amânat până atunci deoarece nu știi niciodată când ajungi la capătul vieții.

Acum știu că viaţa merge înainte, niciodată înapoi, că trecutul nu mai merită nici lacrimi, nici timp dedicat, că el și-a primit deja timpul lui, emoţiile, suferinţa lui.

Acum știu că regretele nu schimbă nimic și nu ajută pe nimeni, că părerile de rău nu vindecă răni, dar că trebuie să ne îngăduim să mai și greșim, dar și să ni se greșească.

Acum știu că până și cel mai urâcios om merită să-i zâmbești, fiindcă surâsul tău este, de fapt, un dar pentru tine, nu pentru el, pentru că surâsul tău te înfrumusețează pe tine.

Acum știu că este o greșeală să amâni să te bucuri de tine doar pentru că nu-ţi place cum arăţi în exterior; că frumuseţea interioară este aceea care-i face pe oameni să te iubească cu adevărat.

Acum știu că nimic nu te face mai frumos decât să fii pentru alţii pace, alinare, încredere, sprijin, bucurie.

Acum știu că Dumnezeu ne-a dat lacrimile ca să ne plângem durerile adevărate și bucuriile, nu răutăţile acelora care vor să ne facă nefericiţi, nu fricile, nu slăbiciunile.

Acum știu că, după ce un om a închis o ușă în urma lui, nu știi dacă se va mai întoarce vreodată.

Acum știu că lumea e plină de oameni dispuși doar să primească, nu și să ofere.

Acum știu că unii oameni n-au nevoie de motive ca să te urască, iar altora nu le ajung toate motivele din lume ca să te poată iubi.

Acum știu că unora nu le este de ajuns nici măcar totul, că nu le vei fi niciodată suficient, oricât te-ai strădui, dar nu pentru că nu ești tu destul de bun, ci pentru că ei au goluri interioare prea mari, pe care se străduiesc neîncetat să le umple.

Acum știu că nu disperarea, nu suferinţele, nu neajunsurile și nu teama, ci doar dragostea ne apropie de Dumnezeu și ne învaţă cum să ne rugăm.

Acum știu că oamenii buni nu pot vorbi urât despre nimeni, că oamenii siguri de calitățile și de valoarea lor nu caută să evidențieze defectele altora, că orice denigrare a cuiva este, de fapt, un strigăt disperat al neîncrederii, al complexelor și frustrărilor acelora care se simt mici, lipsiți de valoare, neiubiți.

Acum știu că unora nu le pasă de tine cât timp nu ieși în evidenţă, dar nu te vor ierta dacă vei fi fericit și se vor strădui să-ţi tulbure bucuria și pacea sufletului.

Acum știu că războaiele nu ajută pe nimeni, că ele doar distrug, că nimic nu urâțește și nu degradează mai tare ca ura și cearta.

Acum știu că, la un moment dat, ne vine rândul fiecăruia să dezamăgim pe cineva, să însemnăm ceva rău în viaţa cuiva, fiindcă nu întotdeauna suntem cei buni în relaţiile noastre.

Acum știu că, oricât de mulţi oameni ne-ar iubi, oricât de mulţi prieteni am avea, vor exista momente în care nu ne vom avea decât pe noi înșine.

Acum știu că întotdeauna vor exista alţii mai buni, mai frumoși, mai iubiţi, care vor avea mai mult, iar să încerci să-i întreci este o irosire dacă ai deja ceea ce-ţi trebuie pentru a trăi frumos și pentru a fi fericit.

Acum știu ce merită și ce nu să privesc, să ascult, să cred, să iubesc.

Acum știu că orice are un preţ, dar nu orice are neapărat și valoare.

Acum știu că atunci când iubești un om nu-l posezi, nu-l faci dependent de tine și nu depinzi de el.

Acum știu că, de cele mai multe ori, a te încăpățâna să păstrezi pe cineva lângă tine îți face mai mult rău decât a-l lăsa să plece.

Acum știu că unii oameni vor însemna doar un capitol, nu povestea.

Acum știu că oameni care, la un moment dat, ne umplu sufletele până la refuz pot deveni atât de mici, încât abia dacă îi mai simţim rătăciţi printr-un colţ de suflet.

Acum știu că nu primești întotdeauna ceea ce meriţi, că ceilalţi nu se poartă mereu la fel cum te porţi tu cu ei, dar că seara, când îți spui rugăciunea, contează doar cum te-ai purtat tu cu oamenii, nu și cum s-au purtat ei cu tine.

Acum știu mai mult... și totuși, cred că mai am atât de multe de învăţat.

LE MULȚUMESC...

Unii oameni apar în viața ta ca o binecuvântare. Alții, ca o lecție.
MAICA TEREZA

Le mulţumesc...

celor care m-au abandonat în momente grele ale vieţii mele, fiindcă datorită lor am învăţat să nu mai depind de nimeni.

celor care s-au declarat prieteni doar pentru a-și atinge scopurile, fiindcă datorită lor am învățat să nu mă mai grăbesc să numesc „prieten" pe oricine.

celor care m-au dezamăgit, fiindcă datorită lor am învăţat să nu mai cred în promisiuni și să nu mai am așteptări dc la oricine.

celor care au răspuns cu rău la bunătatea mea, fiindcă de la ei am învăţat că nu oricine merită să i te dăruiești și că nu oricine se poartă echitabil.

celor indiferenţi la iubirea mea, fiindcă datorită lor am învăţat că iubirea nu obligă la nimic.

celor care au făcut din poveștile mele de viaţă motiv de bârfe și de batjocură, fiindcă de la ei am învăţat că nu oricine e demn să aibă acces la intimitățile mele, că unii sunt incapabili să respecte intimitatea cuiva și să-i înţeleagă durerile.

celor care, atunci când am avut nevoie de o vorbă bună și de o mângâiere, au tăcut și au stat cu brațele încrucișate, fiindcă de la ei am învățat că unii sunt atât de săraci, încât n-au nimic de dăruit.

celor care m-au criticat, fiindcă m-au ambiţionat să evoluez și să-mi dovedesc ce pot.

celor care au încercat să mă minimalizeze și să mă facă să decad, fiindcă prin exemplul lor detestabil m-au determinat să preţuiesc echilibrul, cinstea și omenia.

celor care m-au folosit, fiindcă datorită lor mă pot bucura de faptul că am fost utilă și că n-am trecut degeaba prin viețile lor.

celor care m-au îmbrâncit când mi-a fost greu, fiindcă datorită lor am învăţat că nu orice mână întinsă oferă sprijin și ajutor.

celor care m-au trădat și care m-au nedreptăţit, arătându-mi cât de urâţi pot fi, fiindcă m-au făcut să îmi doresc să nu fiu niciodată ca ei.

celor care m-au judecat, pentru că de la ei am învăţat că orice om mic se poate crede mare arătând spre alţii cu degetul, dar că numai un spirit superior îl ajută pe om să se ridice.

celor care au încercat să mă distrugă și să îmi tulbure pacea sufletului, fiindcă datorită lor am aflat cât de puternică sunt.

celor care au încercat să îmi facă rău, pentru că datorită lor am învăţat că răutatea este o slăbiciune și că un om slab nu-l va putea învinge niciodată pe un om puternic...

VĂ IERT!

Mai mult câștigi prin iertare decât prin violență.
LA FONTAINE

Vă iert pe toți cei care m-ați irosit și care m-ați folosit, ascunși după măștile bunelor intenții și ale dragostei.

Vă iert pe toți cei care mi-ați luat pacea sufletească și care mi-ați oferit nopți albe, pline de frământări și de lacrimi.

Vă iert pe toți cei care mi-ați luat câte ceva, fie că au fost lucruri, timp, visuri sau oameni pe care i-am iubit și de care depindeam sufletește.

Vă iert pe toți cei care m-ați mințit, care mi-ați înșelat așteptările, care m-ați trădat și care m-ați lovit pe la spate, nemeritat.

Vă iert pe cei care ați făcut din durerile și din necazurile mele bucuria voastră și prilej de a bârfi.

Vă iert pe toți cei care, prin disprețul vostru, ați reușit să mă faceți să cred că nu sunt destul de bună și de frumoasă, că nu sunt demnă de voi, că nu am nicio valoare și că nu merit să fiu prețuită.

Vă iert pe toți cei care m-ați abandonat fără nicio explicație atunci când nu ați mai avut nevoie de mine, obligându-mă să trăiesc supliciul singurătății.

Vă iert pe toți cei care mi-ați întors spatele și care v-ați făcut nevăzuți în cele mai grele momente ale vieții mele.

Vă iert pe toți cei care ați stat în fața mea numai cu mâna întinsă, dar care nu mi-ați oferit niciodată nimic.

Vă iert pe toți cei care m-ați lovit peste obrazul pe care în trecut l-ați pupat și l-ați mângâiat.

Vă iert pe toți cei care mi-ați împovărat sufletul cu griji inutile, cu regrete, cu complexe și cu dureri nemeritate.

Vă iert pe toți cei care ați încercat să mă schimbați, să îmi luați libertatea de a fi eu, să mă asimilați turmei și să mă minimalizați.

Vă iert pe toți cei incapabili să mă cunoașteți, care m-ați denigrat și care m-ați judecat după standardele voastre mici și niciodată după calitățile mele.

Vă iert pe cei care ați fost indiferenți la durerile mele, care mi-ați oferit priviri răutăcioase atunci când aveam nevoie de un zâmbet, care m-ați rănit cu cuvinte grele atunci când aveam nevoie de o vorbă bună și care mi-ați întors spatele atunci când aveam nevoie de o îmbrățișare...

Vă iert pentru că vreau să îmi eliberez sufletul și mintea de voi.

Vă iert și vă uit...

Să fiți fericiți!

AM UITAT

Iertarea e răzbunarea omului nobil,
ca și uitarea.
FRIEDRICH VON SCHILLER

Am uitat tot ceea ce m-a întristat, dar nu voi uita niciodată ceea ce m-a făcut fericită.

Am uitat toate dezamăgirile, dar nu voi uita niciuna dintre împlinirile mele.

Am uitat că am plâns de dor și de durere, dar nu voi uita niciodată că există și lacrimi de fericire.

Am uitat toate cuvintele urâte care mi-au fost spuse, dar nu voi uita să le vorbesc celorlalți cu iubire.

Am uitat că, în momente grele, nu mi-a întins nimeni o mână de ajutor, dar nu voi uita să îmi ofer sprijinul atunci când cineva va avea nevoie de mine.

Am uitat că mi s-a greșit, dar nu voi uita niciodată că am greșit și că trebuie să îmi cer iertare.

Am uitat că am fost judecată de oameni, dar nu voi uita niciodată că nu am dreptul să judec viaţa și alegerile celorlalţi.

Am uitat să îmi păstrez ascunse secretele, dar nu voi uita că există și oameni demni de încredere.

Am uitat că oamenii m-au rănit și mi-au tulburat liniștea sufletească, dar nu voi uita niciodată că viaţa mă va răsplăti pentru fiecare nedreptate ce mi s-a făcut.

Am uitat toate loviturile primite, dar nu voi uita niciodată că nu trebuie să lovesc înapoi și nici să mă răzbun.

Am uitat momentele de singurătate, dar nu voi uita niciodată că vor exista mereu oameni dornici să fie alături de mine.

Am uitat toate părerile greșite despre mine, dar nu voi uita niciodată că nimeni nu mă poate cunoaște așa cum sunt cu adevărat.

Am uitat că am întâlnit oameni egoiști, dar nu voi uita niciodată să fiu altfel decât ei.

Am uitat timpul pe care l-am pierdut așteptând să mi se recunoască merite și să mi se ofere puţină iubire, dar nu voi mai uita că timpul meu este preţios și că orice așteptare după alţii îmi risipește viaţa.

Am uitat că am fost respinsă de oameni care susţineau că mă iubesc, dar nu voi uita să cred în oameni și să-i dau o șansă fiecărui suflet care caută apropierea de mine.

I-am uitat pe oamenii care m-au dezamăgit și care m-au abandonat, dar nu-i voi uita niciodată pe aceia care m-au iubit și care mi-au fost alături.

Am uitat momentele de adâncă tristeţe din viaţa mea, dar nu voi uita niciodată momentele frumoase care mi-au bucurat inima...

Am uitat că nu am fost iubită, dar nu voi uita niciodată să cred mereu în iubire și să iubesc cu toată forța inimii mele!

VIAȚA ESTE O CĂLĂTORIE

Dacă nu știi ce să ceri de la viață, viața nu știe ce să-ți dea.

ILEANA VULPESCU

Fiecare viață poate fi asemănată cu o călătorie.

Nu știm niciodată cât de lungă este călătoria noastră prin lume și nici când și unde se va termina. Nu știm dacă va fi frumoasă, monotonă sau plină de neprevăzut. Nu știm ce oameni vom întâlni în călătoria noastră și nici cine ne va fi alături până la sfârșit.

Nu știm ce experienţe vom trăi, ce bucurii, ce dureri, ce iluzii, ce speranţe. Ştim doar că drumul nostru nu va fi întotdeauna lin, că uneori vom întâmpina obstacole și chiar și oameni care vor încerca să ne abată de la calea noastră.

Uneori ne vom opri acolo unde vom avea impresia că ne-am găsit locul sub Soare, apoi vom realiza că nu ne regăsim în locul acela și nici alături de oamenii lângă care am zăbovit... Ruptura de ei va părea imposibil de suportat și vom amâna o vreme plecarea, irosind timp și iluzionându-ne că poate, într-un târziu, vom primi ceea ce dorim. Iar când nu va mai suporta pustiul din el și lipsa iubirii, sufletul nostru va găsi forţa de a-și urma călătoria de unul singur, până ce va întâlni pe altcineva lângă care să i se pară că a găsit locul sub Soare...

Nu știm niciodată ce oameni ni se vor alătura în călătoria noastră și nici cât timp ne vor însoţi. Unii vor rămâne în urma noastră, pe neașteptate, fiindcă acolo se încheie drumul lor, alții vor călători mai repede și ne vor depăși din mers, îndreptându-se spre zări de ei știute și nouă necunoscute. Vor fi și persoane care ni se vor alătura pe drum pentru perioade scurte, căutând să își aline singurătatea alături de noi, ne vom lăsa amăgiți de promisiunile lor, vom trăi deziluzii ce ne vor face să ne pierdem încrederea în oameni și să fim precauți cu aceia care vor încerca să se alăture călătoriei noastre.

Călătoria noastră nu va fi mereu plăcută. Nu întotdeauna vom avea parte de peisaje frumoase, nu întotdeauna vom avea parte de căldura Soarelui. Uneori va trebui să înfruntăm nori, ploi, viscol și ninsori, iar alteori furtuni ce ne vor răvăși sufletul.

Însă vor exista cu siguranță și momente în care inima ne va cânta de bucurie că trăim, vom trăi clipe frumoase, vom întâlni și oameni minunați, adevărat balsam pentru suflet, prieteni autentici, parteneri de viață iubitori. Vom învăța alături de ei încrederea în oameni, iubirea, speranța că totul va fi bine.

Fiecare om pe care îl vom întâlni și fiecare situație prin care ne va trece viața vor fi niște lecții pentru noi – și depinde numai de noi dacă vom învăța lecția iertării, a compasiunii, a iubirii sau, dimpotrivă, dacă vom rămâne neiertători, dușmănoși, victime eterne.

În călătoria care este viața vom cunoaște și binele, și răul, și iubirea, și dezamăgirea, și speranța, și iluzia. Nimic din ceea ce este omenesc nu ne va fi străin. Nu vom ști niciodată cu siguranță ceea ce ne rezervă viitorul, însă putem să avem certitudinea că pe tot parcursul călătoriei cineva ne va însoți mereu: și atunci când vom fi foarte fericiți, dar și atunci când vom fi căzuți la pământ. Cineva ne va ierta mereu rătăcirile și ne va aștepta să revenim pe drumul bun. Cineva ne va iubi mereu, chiar și atunci când nici măcar noi nu ne vom iubi... Iar acel cineva este Dumnezeu.

Va doresc tuturor o călătorie cât mai frumoasă, cu oameni buni alături, cu momente fericite care să va taie respirația, cu lacrimi de bucurie, iar pacea și iubirea să vă însoțească mereu!

Și nu uitați: *Nihil sine Deo*, nimic fără Dumnezeu!

DACĂ AZI AR FI ULTIMA ZI...

Regretul pentru lucrurile pe care le-ai făcut se poate stinge cu timpul, însă regretul pentru ceea ce nu ai făcut nu are consolare.

SIDNEY J. HARRIS

Dacă ai ști că azi este ultima zi din viața ta, ce ai face?

Nu-i așa că ai lăsa toate lucrurile pe care până azi le-ai considerat importante și ți-ai reconsidera prioritățile? Nu-i așa că ai uita complet de toate planurile de viitor și că ai fi concentrat la această zi, încercând să o trăiești plenar, conștientizându-i fiecare clipă?

Nu-i așa că ai ieși afară din casă pentru a mai privi pentru o ultimă dată cerul în toate stările lui, pentru a simți pământul sub picioare, pentru a mai simți ploaia, pentru a îmbrățișa vântul, pentru a simți mirosul naturii și pentru a-i auzi freamătul?

Nu-i așa că ai încerca să iei o gură cât mai mare de viață, cuprinzând în ea mai multă dorință decât ți-ar încăpea în suflet?

Nu-i așa că ți-ai face toate poftele și că te-ai răsfăța cât mai mult posibil?

Nu-i așa că ai merge pe străzi zâmbindu-le tuturor trecătorilor și că nu ai trece indiferent pe lângă nimic?

Nu-i așa că ai uita de îndată tot ce te-a rănit și că nu ți-ai irosi nicio clipă ca să plângi pentru poveștile triste din trecut sau pentru oamenii care nu au știut să te prețuiască?

Nu-i așa că ai alerga către oamenii dragi, pe care i-ai îmbrățișa și cărora le-ai spune cât de mult înseamnă pentru tine și cât de tare îi iubești?

Nu-i așa că le-ai mulțumi tuturor acelora care au adus ceva bun în viața ta și care ți-au dăruit timp și dragoste?

Nu-i așa că le-ai cere iertare acelora pe care, cu voie sau fără voie, i-ai supărat și i-ai rănit? Nu-i așa că i-ai ierta pe toți aceia pe care te-ai supărat și de care te-ai înstrăinat?

Nu-i așa că le-ai declara iubirea tuturor acelora cărora nu ai avut până acum curajul să le-o declari?

Nu-i așa că I-ai mulțumi lui Dumnezeu pentru că ți-a îngăduit să trăiești această viață, cu bune și cu rele? Nu-i așa că L-ai implora să îți mai dea măcar o singură zi, luându-ți angajamentul să o trăiești frumos, cu iubire și bucurie, așa cum nu ai știut să o faci până acum?

Și atunci ce mai aștepți? Dacă știi că este așa, de ce nu faci toate lucrurile acestea astăzi? De ce amâni să trăiești frumos? De ce îți trebuie să știi care va fi ultima zi a vieții tale ca să o trăiești cu patos?

Eu îți doresc cât mai multe zile excepționale, fără lamentări, fără irosiri, fără amânări, fără ezitări, cu cât mai multe împliniri, fericire, pace și cu cât mai multă iubire!

CEA MAI POTRIVITĂ ZI ESTE ASTĂZI

Pe doi umeri de lut,
Legănare de sfori
Scrie viața scrisori
De sfârșit și-nceput.

CAMELIA RADULIAN

De ce să mai amâni?

De ce îţi frământi la nesfârșit mintea, gândindu-te cum ar fi dacă ai avea curajul de a face cutare sau cutare lucru?

Ia *astăzi* acea decizie menită să îţi schimbe viaţa în bine, pe care tot amâni să o iei de câteva luni, găsind tot felul de motive și de scuze. De ce să îţi tulburi liniștea alte zile și mai ales alte nopţi la rând?

Spune astăzi acel „Iartă-mă!" pe care tot amâni să îl rostești, din orgoliu sau poate de teamă că nu vei fi ascultat.

Fă-ţi astăzi acea mică bucurie pe care o tot amâni din cauza atâtor alte priorităţi, lăsând-o mereu pe altă dată.

Dăruiește astăzi acel buchet de flori, scrie astăzi acea scrisoare, oferă astăzi acea cutie cu bomboane persoanei căreia vrei să-i arăţi recunoștinţa pentru că a fost bună cu tine cândva, întinzându-ţi mâna pentru a te sprijini să urci o treaptă către ţelurile tale.

Spune astăzi acel „Te iubesc!“ pe care îl ţii ferecat în suflet de teamă că nu ţi se va răspunde la fel sau doar pentru că tu crezi că e prea devreme ori poate prea târziu...

Fii astăzi omul excepțional care îți dorești și care poți să fii!

Fă astăzi primul pas pe drumul care duce către visurile tale!

Cea mai potrivită zi este astăzi.

De ce să mai amâni?

Pentru a zâmbi, nu aștepta să ți se zâmbească.
Pentru a dărui, nu aștepta să ți se ceară.
Pentru a ajuta, nu aștepta să fii rugat.
Pentru a ierta, nu aștepta justificări și nici
să ți se ceară iertare.
Pentru a înțelege, nu judeca.
Pentru a crede în Dumnezeu, nu căuta dovezi.
Pentru a fi generos, nu aștepta recunoștință.
Pentru a fi prieten, nu pune condiții.
Pentru a râde, nu aștepta să fii fericit.
Pentru a uita ce te-a rănit,
nu aștepta să treacă timp.
Pentru a te evalua ca om, nu cere păreri.
Pentru a te ridica atunci când vei fi la pământ,
nu aștepta să ți se întindă vreo mână.
Pentru a iubi, nu-l căuta pe omul perfect și nici
măcar nu pretinde iubirea cuiva.

Fiecare zi trăită este o mică viață.

Sunt zile în care râdem mult, molipsindu-i pe toți cu fericirea noastră, dar și zile în care plângem până la epuizare.

Sunt zile ce aduc în viața noastră împliniri, momente frumoase de neuitat și oameni noi, minunați... dar și zile în care pierdem oameni care, dintr-un motiv sau altul, nu au reușit să ne însoțească mai departe pe drumul vieții noastre.

Sunt zile irosite cu nimicuri, cu momente de adâncă tristețe, cu lamentări și cu oameni care ne irosesc timpul și sentimentele, dar sunt și zile trăite din plin.

Fiecare zi e o mică viață. O viață în care ne naștem deodată cu zorii zilei, trăim, simțim, dăm naștere unor visuri, renunțăm la visuri, iubim, iertăm, învățăm, uităm, murim...

SUFLET DE CÂINE

Iubește animalele. Dumnezeu le-a dat gândire rudimentară și bucurie netulburată. Nu le deranja bucuria, nu le hărțui, nu le priva de fericirea lor, nu lucra împotriva intenției lui Dumnezeu! Omule, nu te mândri cu superioritatea ta față de animale; ele nu au păcat, dar tu, cu măreția ta, pângărești și Pământul prin existența ta și îți lași urmele prostiei după tine...

FEODOR MIHAILOVICI DOSTOIEVSKI

Dragă Omule,

Eu nu sunt decât un câine. Spre deosebire de tine, care ești măreț și puternic, eu sunt o ființă neînsemnată care depinde de mila ta. Sunt al nimănui, nu am familie, nu am prieteni, nu am nimic pe lumea asta. Rătăcesc pe străzi și îmi câștig hrana cu greu. Uneori nu mănânc zile întregi, suferind de foame și de frig. Nu am cunoscut niciodată iubirea. Deși nu înțeleg de ce, oamenii mă hăituiesc, aruncă în mine cu pietre și trebuie să stau aproape tot timpul ascuns. Uneori, întâlnesc oameni care mă păcălesc și mă cheamă la ei, iar eu merg bucuros crezând că vor să se joace cu mine... dar aceștia mă leagă, mă bat, îmi dau foc la blăniță și mă batjocoresc... sau mai rău... Și nu înțeleg de ce. Eu îi iubesc pe oameni, le caut compania și le vreau binele. Neamul meu vă apără de mii de ani, numai că acum se pare că v-ați supărat pe noi. De ce? Voi nu știți că viața noastră este grea? Și voi nu sunteți singurii care ne complicați amărâta existență...

Și printre noi, câinii, există unii răi, de care trebuie să mă feresc. Au teritoriile lor, prietenii lor... Și-i atacă și pe oameni. Din cauza lor oamenii cred că toți câinii sunt răi și se tem. Dar nu suntem toți răi... La fel ca și oamenii, avem și noi răii noștri. Iar eu sunt unul dintre cei singuri. Abandonat. Eu nu sunt rău. Îndur frigul și răutățile oamenilor deși eu nu am greșit cu nimic... poate numai cu faptul că am venit pe lume... dar nu din vina mea, ci tot a oamenilor, care nu se obosesc să se gândească la înmulțirea noastră necontrolată... Așa că am venit pe lume. Și acum, ce? Vreți să îmi curmați viața? Mi-aș dori și eu o familie, un stăpân, un loc sigur pentru mine. Mi-aș dori să fiu al unui om care să mă iubească și care să aibă grijă de mine. N-ar conta câți ani are, cum arată, ce casă are, ce trecut, pentru că noi, câinii, nu facem diferența între oameni. Noi îi iubim necondiționat. L-aș apăra pe stăpânul meu cu prețul vieții și l-aș iubi până aș muri. Nu m-aș supăra pe el dacă m-ar lăsa singur, dacă ar uita să îmi dea de mâncare, dacă atunci când ar fi supărat m-ar lovi... Aș rămâne alături de el și aș uita totul de îndată ce mi-ar oferi o mângâiere...

L-aș aștepta zi de zi cu o bucurie nemărginită și aș face orice ca să îi fiu pe plac.

Eu îi iubesc pe oameni. Mie toți oamenii mi se par minunați și demni de a fi iubiți.

Iar într-o zi unul dintre ei va fi stăpânul meu.

Cu devotament necondiționat,
Un Câine

NOI, ĂȘTIA CARE SCRIEM, DESPRE CE AR TREBUI SĂ SCRIEM?

Scriu pentru că mi-e bine în fața cuvintelor ca la ieșirea luminoasă din biserică într-o noapte de Înviere. Mi-e liniște. Mi-e pace, iar ea se așterne doar în urma pașilor lor.

CARMEN VOINEA - RĂDUCANU

Atunci când scrii și publici pe un blog personal, te confrunţi frecvent cu tot felul de critici și dezaprobări din partea celor care te citesc. Nu mă deranjează opiniile contra, mai ales dacă ele duc la evoluţia mea ca om și ca scriitor. Însă ceea mă deranjează este că unii cititori nu înţeleg că tu ai dreptul să scrii orice dorești, dar că ei nu sunt obligaţi să te citească. Și faptul că tu ai ales să îţi expui opiniile public nu îi îndreptățește pe ei să îţi impună ce și cum să scrii. A citi este o alegere personală. Proprie. A fiecăruia.

Indiferent de subiectul abordat și de maniera în care acesta este expus, se vor găsi mereu cârcotași, veșnic nemulţumiţi care vor încerca să te contrazică, să te desfiinţeze și să te judece fie pentru gândirea ta rudimentară, fie pentru inteligenţa ta precară, fie pentru sinceritatea închipuită...

Dacă scrii despre partea frumoasă a vieţii, încercând să fii pozitiv, să vezi totul prin ochii celui care apreciază frumosul și care e recunoscător pentru ceea are, ești acuzat că fabulezi, că scrii utopii.

Dacă scrii despre frustrările personale, despre episoade triste trăite și despre oameni care te-au dezamăgit, ești acuzat că ai fi depresiv și negativist.

Dacă scrii despre principii morale, ești acuzat de ipocrizie.

Dacă scrii despre Dumnezeu, ești acuzat că ai fi habotnic și pocăit.

Dacă scrii despre iubiri pătimașe, despre prietenii frumoase și despre oameni minunați, ești catalogat ca fiind naiv și siropos.

Dacă scrii despre cărţi, poeţi și cultură, plictisești, fiindcă nu interesează pe nimeni ce poezii știi tu și nici ce cărţi ai citit.

Dacă scrii despre anumite persoane și despre unele fapte ale lor, care te-au dezamăgit, ești acuzat că-i judeci pe oameni pe nedrept tu, cel care vezi bârna din ochiul altuia, dar nu și paiul din propriul ochi.

Dacă scrii despre vreo faptă bună pe care ai făcut-o sau despre vreun act caritabil (sperând în felul acesta că transmiți un mesaj încurajator lumii), ești acuzat că vrei să te lauzi nejustificat și să defilezi cu generozitatea ta.

Dacă scrii despre sex, ești acuzat că ai fi obsedat, vulgar, pervers.

Dacă scrii despre politică, ești acuzat că ai fi plătit de partidul din opoziţie ca să le sabotezi campania electorală.

Așadar, voi, cei veșnic nemulţumiţi de temele abordate pe bloguri, voi, care nu știți să citiți selectiv, despre ce aţi dori să scriem noi, ăștia care scriem?

Fiindcă noi scriem inspiraţi de experienţele noastre de viaţă sau ale acelora din jurul nostru și în funcţie de stările noastre sufletești... A scrie este un fel de a povesti, de a-ţi descărca sufletul în primul rând pentru ochii tăi, apoi și pentru cei ai celorlalţi. Și mă scuzaţi dacă, atunci când scriu, nu îmi cântăresc cuvintele, nu îmi inhib sinceritatea și nu îmi fac o prioritate din a scrie pe placul celor care mă citesc.

Eu nu am o viaţă perfectă. Voi aveţi? Eu nu sunt un om perfect. Voi sunteţi? Dacă voi aţi scrie în fiecare zi câte un text, ce teme aţi aborda? Aţi mai fi atunci atât de vehemenţi cu ceea ce citiţi pe blogurile altora?

IUBIREA DE SINE

Egoismul nu e iubire de sine, ci o necunoaștere profundă a darurilor lui Dumnezeu pentru noi, o negare abisală a Operei Sale. Și cum să-l iubim pe aproapele nostru, când noi nu știm nici ce e dragostea primordială, cea pentru creația Lui sfântă: pentru noi înșine.

CARMEN VOINEA - RĂDUCANU

Nu numai o dată am fost întrebată de unde îmi iau puterea de a trece peste toate încercările la care mă supune viața... și, credeți-mă, am fost încercată de multe ori, cu probleme reale, nu cu necazuri închipuite...

Răspunsul meu este întotdeauna același: din iubire. Din iubirea pentru mine, pentru viață și pentru oameni.

Viața nu este mereu perfectă. Mai suntem și abandonați de oameni de care depindem sufletește, mai pierdem lucruri dragi, locuri de muncă, mai avem lipsuri materiale și ne mai luptăm cu boli care ne incapacitează ori cu propriile neputințe, nevoi și ambiții neconstructive. Ne mai luptăm și cu provocarea de a-i urî pe oameni, de a ne răzbuna, de a deveni meschini și răi... Acestea toate fac parte din luptele vieții. Din jocul vieții.

Dar ce e de făcut? Să ne abandonăm tristeții, să ne lăsăm pradă depresiilor, să nu ne mai pese de noi, să nu mai credem în nimeni și în nimic? Este asta ceea ce merităm? Este asta tot ceea ce putem să facem?

Știți care este primul pas pentru a reuși să te ridici de la pământ, să redevii o forță, să recâștigi o viață bună? Să ne iubim pe noi înșine înainte de tot și de toți. Să ne iubim pe noi mai mult decât îi iubim pe acei oameni pe care i-am lăsat să ne rănească, să ne iubim pe noi mai mult decât iubim niște lucruri pe care le-am pierdut și pentru care nu merită să ne întristăm, să ne iubim atât de mult, încât să regăsim forța de a lupta cu bolile, cu problemele și energia de a reconstrui ceea ce, fără voia noastră, s-a năruit...

A te iubi pe tine însuți presupune a fi responsabil, a te prețui, a avea grijă de tine. Presupune, mai întâi de toate, să înțelegi că ești parte din Dumnezeu și că sarcina ta este să ai mereu grijă de creația Lui. Adică și de tine! Ești copilul lui Dumnezeu. Ce faci cu acest copil? Îl abandonezi? Îl lași în voia sorții?

Dacă un părinte ți l-ar încredința pentru un timp pe copilul lui, ai avea grijă de el? Nu-i așa că l-ai proteja, l-ai răsfăța, ai fi responsabil și l-ai îngriji ca pe ochii tăi? La fel ar trebui să faci și cu tine, copilul pe care Dumnezeu ți l-a dat în grijă la naștere.

Ai datoria să-l ajuți pe acest copil să treacă prin toate etapele vieții, să îl protejezi, să îl ajuți să crească, să devină un om minunat, să aibă o educație bună, cele mai frumoase lucruri, oameni de calitate alături, să fie bun și fericit!

Dacă îl iubești pe copilul pe care ți l-a încredințat Dumnezeu, vei lupta pentru binele și fericirea lui. Ai toată puterea să faci asta, iar Dumnezeu te va susține, fiindcă nu ne dă niciodată responsabilități fără posibilități de a le duce până la capăt și pentru că nu ne dă niciodată visuri fără posibilități de a le îndeplini.

OARE LIPSA DE TIMP...

Timpul nu ne este temnicer și nu ne este nici călău. Timpul ne-ar putea deveni însă duhovnic și vindecător deopotrivă.
CARMEN VOINEA-RĂDUCANU

Timpul... cel mai valoros lucru al omului și totuși cel mai irosit și cel mai puțin preţuit. Iar oamenii se plâng din ce în ce mai mult de faptul că nu mai au timp…

Oare lipsa de timp ne ține în loc, prizonieri în propriile ambiţii de a avea cât mai mult, de a dovedi că suntem capabili și de a trăi într-o continuă competiţie cu cei din jur?

Oare lipsa de timp ne dezumanizează, încât devenim indiferenţi la suferinţele altora și nu ne mai oprim din când în când lângă un suflet îndurerat să-l alinăm cu o vorbă bună și trecem nepăsători pe lângă un om flămând sau pe lângă un câine rănit?

Oare lipsa de timp ne împiedică să-L căutăm pe Dumnezeu?

Oare lipsa de timp ne face să trăim ca niște străini în sânul propriilor noastre familii, comunicând pe fugă, jucându-ne cu copiii noștri pe fugă, grăbindu-i mereu să se trezească, să se spele, să mănânce, să își facă temele, să... să...? Oare când a devenit lipsa timpului pretextul să nu ne mai împărtășim visuri și bucurii?

Oare lipsa de timp ne ține departe de prieteni, încât nu mai găsim răgaz să facem o vizită, să scriem o scrisoare, să dăm un telefon?

Oare lipsa de timp ne determină să fim superficiali, să nu ne mai dăruim celor dragi și să nu mai căutăm apropierea de oameni?

Oare lipsa de timp ne ține izolaţi în case, refugiaţi în monotonia programelor de la televizor sau trăind povești de iubire și de prietenie virtuale?

Oare lipsa de timp ne face să nu ne mai bucurăm de nimic, să trăim totul în viteză, programați să ne atingem scopurile?

Oare lipsa de timp ne anesteziază sufletele, încât devenim imuni la frumos, la căldură, la iubire?

Oare lipsa de timp ne obligă la vieţi netrăite, la amânări repetate și la renunțări?

Oare când lipsa de timp a devenit pretextul pentru a nu ne mai trăi viaţa?

ȘTII SAU NU ȘTII SĂ IERȚI?

A ierta înseamnă a-i oferi celuilalt ocazia de a mai greși o dată.
GOETHE

„Nu știi să ierţi“ ţi se va spune atunci când vei refuza să mai acorzi o altă șansă. Fiindcă despărţirea este asociată cu lipsa puterii de a ierta, cu egoismul și cu orice alte scuze care l-ar putea exonera pe celălalt de vina de a te fi alungat de lângă el.

Dar tu, de fapt, ierţi... doar că nu mai poţi merge în continuare alături de cineva care te face să te simţi în nesiguranţă, care se poartă altfel decât ai merita și care nu-ţi va recunoaște niciodată eforturile, așa cum nu-și va recunoaște niciodată greșelile, lipsurile și propriile neputinţe...

Ajungi la o limită de la care nu mai suporți să trăiești cu senzația că nu-l cunoști pe omul de lângă tine.

Și atunci nu vei fi înţeles că ai obosit să tot acorzi șanse și că te-ai săturat să repeţi mereu aceleași reproșuri și să cerșești întruna iubire și consideraţie...

Nu vei fi înţeles că te-ai săturat să primești mereu doar jumătăţi de măsură și să îţi justifici nevoile și așteptările.

Și atunci pleci.

Iar în urma ta va rămâne un om care se va simţi nedreptăţit, neînţeles, care se va victimiza, care va trăi cu falsa impresie că ai plecat pentru că nu l-ai iubit, pentru că nu l-ai înţeles, pentru că ești egoist...

A ierta nu înseamnă că trebuie să te amăgești iar și iar că lucrurile se vor schimba și nu înseamnă că trebuie să te irosești la nesfârșit acordând șanse și așteptând schimbarea ce n-a dat nicicând semne că o să apară...

A ierta nu te obligă să rămâi alături de un om care nu te merită...

DESPRE UN MÂINE MAI FERICIT

Fericirea înseamnă o sănătate bună și o memorie proastă.

INGRID BERGMAN

Atunci când simţi că nu mai poţi, când ai impresia că totul în jurul tău se năruiește, închide ochii și gândește-te la oamenii care te iubesc. La aceia care au nevoie de tine. Ia-ţi puterea de a merge mai departe din dragostea lor!

Iar dacă simţi că nu mai ai alături oameni care te iubesc, gândește-te că viaţa ţi-a pregătit oameni minunaţi pe care să-i cunoști, care te vor copleși cu toată dragostea de care depinde sufletul tău.

Amintește-ţi că viaţa nu este întotdeauna roz. Că există și zile însorite și zile înnorate. Dar starea ta sufletească depinde de încrederea pe care o ai tu în tine, iar reușitele tale depind de forţa ta de a lăsa trecutul în urmă și de îndrăzneala de a merge mai departe.

Nu lăsa dezamăgirile să îţi ia încrederea în tine, nu lăsa deziluziile să îţi ia bucuria de a trăi.

Amintește-ţi mereu că există un mâine ce îţi va aduce alte șanse, alte visuri și alţi oameni care să te iubească și să te preţuiască.

Amintește-ţi că ești o minune, că meriţi tot ceea ce este mai bun și mai frumos și că ai o mare datorie faţă de tine: să fii fericit!

DESPRE UN MÂINE MAI BUN

Mâine voi fi ceea ce am ales astăzi să fiu.
JAMES JOYCE

Orice nereușită și orice pierdere ne debusolează... O despărțire, un divorț, un abandon ne fac să credem că viața s-a terminat și ne răstoarnă întregul univers pentru că de multe ori ne limităm întregul univers la o singură persoană. Și ne trezim dintr-odată în cea mai cumplită singurătate, înstrăinați de restul lumii și de noi înșine. Devenim temători, vulnerabili, precauți, descurajați și încărcați de complexe. Ne este greu să ne adunăm forțele și să ne recompunem visurile, pentru că avem nevoie de timp să acceptăm pierderea și să ne resemnăm în fața ei. Ne este aproape imposibil să vedem mai departe de acel sfârșit ce ne-a prăbușit lumea.

Dar un sfârșit nu înseamnă doar un sfârșit, ci și un nou început. Iar o pierdere se dovedește adeseori a fi, de fapt, un câștig...

Încetează să te mai condamni pentru că nu ai reușit să-i păstrezi alături de tine pe oamenii care te-au părăsit! Încetează să crezi că nu ești suficient de bun, de frumos și de valoros doar pentru că unii oameni nu au știut să te iubească! Încetează să te mai compari cu aceia cu care ai fost înlocuit, pentru că asta nu înseamnă că ei sunt mai buni și mai valoroși decât tine – sunt doar... altceva! Dacă o persoană în care ai investit suflet te-a abandonat, înseamnă că nu te-a iubit suficient de mult pentru a respecta uriașa investiţie pe care ai făcut-o în ea sau poate că nu s-a iubit pe sine suficient de mult încât să creadă în ea – că poate fi iubită și preţuită. Oricum ar fi, încearcă să înţelegi că o astfel de persoană nu ar fi rezistat să te însoţească pe drumul vieţii tale și e mai bine că s-a terminat totul acum, când încă ai șanse să găsești prietenia adevărată sau iubirea autentică.

Timpul îţi va arăta de ce s-a întâmplat așa, îţi va arăta că această pierdere a fost în scopul de a te elibera de oamenii care doar îţi ţineau umbră pe drumul tău. Viaţa ţi-a pregătit alţi oameni pe care să-i iubești, care să te iubească și să te preţuiască, oameni care pot să-ţi apară în cale numai dacă le faci loc. Deci bucură-te că le-ai făcut loc!

Iartă trecutul cu tot ceea ce a avut rău, acceptă prezentul cu tot ceea ce-ţi oferă și trăiește cu încredere în viitor. Așteaptă-i frumos pe aceia care vor veni să te iubească și să te preţuiască, iar până atunci alege în fiecare clipă să-ţi eliberezi sufletul de tristețe și să-l umpli cu iubire. Merită!

DACĂ UN OM TE VA FACE MAI MULT SĂ PLÂNGI DECÂT SĂ RÂZI, ATUNCI RENUNȚĂ LA EL

Nefericirea oamenilor vine din ușurința cu care se lasă păcăliți.
TUDOR ARGHEZI

Printre ultimele poveţe pe care mi le-a dat tata a fost aceasta: „Dacă un om te va face mai mult să plângi decât să râzi, atunci renunţă la el."

De multe ori, nu l-am ascultat. Scuza mea ar putea fi faptul că îndemnul tatălui meu contrazicea un altul, tot al lui, conform căruia trebuie să-i iert pe oamenii pe care-i iubesc, să le înțeleg rătăcirile și neputințele indiferent cât de mult m-ar afecta ori cât de des s-ar repeta.

Și, pentru că eu nu pot relaţiona fără iubire, am iertat... și-am tot iertat... irosindu-mi liniștea plângând. De prea multe ori, în singurătate, am plâns mii de lacrimi amare, tot sperând că omul meu se va schimba.

Dar, la un moment dat, am obosit. Ajunsă la limita suportabilității, m-am trezit. Mi-am șters lacrimile și am realizat că am plâns mai mult decât am râs, deși nu asta a fost ceea ce am meritat, deși nu asta a fost ceea ce i-am promis tatălui meu.

Merit să zâmbesc și să râd, nu să vărs lacrimi, fiindcă eu îi iubesc pe oameni, nu îi fac să plângă. Eu nu îmi vărs frustrările și durerile în sufletele altora. Eu nu fac promisiuni de dragul unor avantaje de moment, nu vând iluzii și nu le irosesc oamenilor timpul prețios doar pentru a mă folosi de ei. Eu nu-mi las neputințele să le afecteze altora viețile.

Cum zicea și tata uneori: „*C'est fini la comédie!*"

Pot ierta și zâmbind, și râzând, dar de departe.

Niciun drum nu mi se pare prea greu, prea urât sau prea înspăimântător cât timp îmi este limpede că-l parcurg cu iubire, fiindcă știu că la capătul lui mă așteaptă Dumnezeu.

Am ales iubirea...

... pentru că un inel cu diamant nu leagă două suflete mai mult decât un inel simplu, din argint.

... pentru că într-un castel doi oameni se pot rătăci unul de celălalt, pe când într-o căsuță vor fi mereu mai aproape, împărțind împreună totul.

... pentru că un măr împărțit la doi este mai bun decât orice cină sofisticată într-un restaurant de lux, unde cei doi se simt înstrăinați.

... pentru că o cană din care beau amândoi poartă și aroma iubirii celuilalt.

... pentru că o limuzină luxoasă, chiar dacă asigură confort, nu oferă aceeași siguranță și împlinire ca atunci când doi oameni merg ținându-se de mână.

... pentru că niciodată cele mai frumoase haine și bijuterii nu mă vor face să fiu mai frumoasă decât privirea plină de iubire a aceluia care mă va considera perfectă indiferent de felul în care aș arăta.

... pentru că frumusețea fizică a unui om nu va putea compensa niciodată frumusețea inepuizabilă a unui suflet minunat.

... pentru că nicio bogăție pământească nu oferă atâta fericire câtă oferă iubirea.

Am ales și aleg clipă de clipă iubirea pentru că ea este salvarea. Mântuirea.

CU CÂTĂ UȘURINȚĂ...

Am o memorie admirabilă – uit tot.
ALPHONSE ALLAIS

Cu câtă ușurință uităm promisiunile făcute și datoriile morale pe care le avem față de oameni care ne-au ajutat, oameni care au adus ceva bun și frumos în viața noastră, oameni cărora le datorăm respect și considerație...

Cu câtă ușurință uităm gesturile frumoase pe care alții le-au făcut pentru noi, momentele speciale petrecute alături de oameni dragi și iubirea cu care am fost copleșiți...

Cu câtă ușurință uităm că am greșit și că am fost răi...

Cu câtă ușurință uităm că am dezamăgit și că am părăsit, luându-le unor suflete visurile și încrederea...

Cu câtă ușurință uităm că am fost înțeleși și iertați...

Cu câtă ușurință uităm că nu suntem perfecți...

Cu câtă ușurință uităm de unde am plecat și că am fost și noi mai mici, mai jos, mai stângaci...

Cu câtă ușurință îi uităm pe aceia pe care i-am iubit și pe aceia care ne-au iubit.

Cu câtă ușurință închidem uși în urma noastră fără a ne păsa câtă durere lăsăm dincolo de ele...

Cu câtă ușurință uităm că sufletele nu se cotropesc, ca mai apoi să le abandonăm și să le distrugem visurile...

Cu câtă ușurință uităm că fiecare om își duce propria bătălie cu viața atunci când devenim egoiști, nervoși și urâcioși...

Cu câtă ușurinţă uităm să fim umani – îngăduitori, generoși și iertători.

Cu câtă ușurință uităm valoarea unui zâmbet, a unei vorbe bune, a unei mângâieri, a unei îmbrățișări, a unui „Te iubesc"...

Și cu câtă uşurinţă îi judecăm pe ceilalţi atunci când uită toate acestea cu atâta uşurinţă...

DE CE ÎL IUBESC?

Rațiunea de a iubi este chiar iubirea.
ANTOINE DE SAINT-EXUPÉRY

De ce îl iubesc?

Pentru că face parte din profunzimea mea sufletească.

Pentru că mă face fericită.

Pentru că alături de el mă simt liberă.

Pentru că mă respectă și mă face să mă simt importantă.

Pentru că mă răsfață atunci când am nevoie să mă alint ca un copil.

Pentru că nu trebuie să-i spun ce îmi place și ce nu, fiind atent și receptiv la detalii și la nevoile mele.

Pentru că îmi înțelege capriciile și îmi acceptă defectele.

Pentru că nu îmi refuză nimic, dar totodată știe să se impună atunci când trebuie să înţeleg că ceva nu e în favoarea mea.

Pentru că eu nu-i cer nimic, dar el îmi oferă totul.

Pentru că eu aștept atât de puțin, iar el îmi oferă prea mult.

Pentru că, atunci când mă refugiez într-un colț și plâng, nu mă întreabă de ce plâng și nici nu îmi spune să nu mai plâng, ci îmi spune „Haide în brațe să plângem".

Pentru că mă menține vie.

Pentru că îi pot spune cele mai tenebroase secrete și gânduri ale mele fără să-mi fie teamă că mă va vedea altfel.

Pentru că mă face să râd și să plâng de bucurie.

Pentru că nu e perfect, dar se străduiește să fie perfect pentru mine.

Îl iubesc cu toate defectele lui, de care este conștient, pe care și le recunoaște și pe care încearcă să și le corecteze.

Îl iubesc cu toată încărcătura trecutului său și cu toate suferințele venite la pachet, cu toate greșelile lui, cu toate decăderile, cu zilele proaste și cu rătăcirile lui.

Îl iubesc pentru că se încăpățânează să rămână alături de mine chiar și atunci când îl alung.

Pentru că știe să fie și matur, și copilăros.

Pentru că este un bărbat adevărat.

Pentru că este elegant în comportament și în ținută.

Pentru că îmi cântă și pentru că îmi citește povești ca unui copil.

Pentru că nu obosește niciodată explicându-mi iar și iar cât de mult mă iubește atunci când sunt nesigură sau când pur și simplu vreau să mă alint.

Pentru că îmi dovedește iubirea în cele mai nebănuite moduri.

Pentru că în fiecare dimineață mă reîndrăgostesc de el.

Pentru că brațele lui mă adăpostesc de tot răul lumii, iar ele îmi oferă siguranța de care are nevoie sufletul meu.

Pentru că mă ferește de partea urâtă a lumii.

Pentru că noi doi avem o lume a noastră, un cer al nostru, visurile noastre...

Pentru că alături de el iubesc și liniștea, și tăcerea, și lacrimile, și ploaia, și întunericul, și tot.

Pentru că în fiecare zi descopăr alte și alte motive pentru care îl iubesc.

DESPRE BĂTRÂNII NOȘTRI

Tu, cel ce cauți taina într-o filă, [...]
Spune-mi cinstit: ascunzi sub pleoape milă?
ADRIAN MUNTEANU

Bătrânii... aceia de care ne împiedicăm pe străzi și prin autobuze, la care ne uităm urât atunci când sunt stângaci prin magazine, cărora le spunem fără pic de remușcare „boșorogi".

Nu le cunoaștem poveștile de viață, nu știm cât au pierdut și cât au suferit. Nu știm cât au trudit, cum au iubit și cât de nedreptățiți au fost în viața lor.

Oare nu putem fi mai buni cu ei? Nu-i putem respecta?

Trebuie să ajungem la vârsta și la neputința lor pentru a-i înţelege? Oare atunci chiar îi vom înţelege?

Mulți dintre ei sunt triști și singuri. Ca să nu mai luăm în calcul neputinţele vârstei, bolile și durerile. Universul lor e limitat la icoana de la capătul patului și la puţinele tabieturi zilnice. Trăiesc din amintiri și suferă de dor și din cauza visurilor neîmplinite.

Unii își așteaptă sfârșitul pentru că nu mai au nicio perspectivă. Nu au planuri și nu știu ce le aduce ziua de mâine. Tânjesc după o vorbă bună, după puțină căldură și considerație, după o îmbrățișare a unui copil, a unui nepoțel...

Ai încercat vreodată să vorbești cu un bătrânel? Ai încercat vreodată să-i oferi un ajutor? Un zâmbet, un „Bună ziua!", o mână întinsă atunci când coboară din autobuz? Nu cred că nu te înduioșează mâinile lor fragile, îmbătrânite, pătate de timp.

N-ar trebui să ne „împiedicăm" de bătrâni și nici să-i facem să se simtă nedoriți, inutili și neiubiți. Sunt sensibili și fragili ca niște copii. Devin neputincioși și uituci și au nevoie de atenție specială, de răbdare, de înțelegere și de iubire...

În fiecare bătrân avem un bunic, o bunică, o istorie, o realizare de care azi noi ne bucurăm. Ei nu s-au bucurat de confortul nostru, ei au sacrificat mai mult decât noi, au îndurat mai multe nedreptăţi și neajunsuri. Au trăit în sărăcie, frig, foamete. Duc și acum destule lupte cu viaţa, cu bolile, cu singurătatea, cu neajunsurile. În fiecare zi își pierd din putere, din sănătate, din speranţă. Trăiesc deja cu atât de puțin și au pierdut deja atât de mult...

Să nu le mai răpim liniștea, să le oferim ca sprijin inimile noastre! Să nu le amplificăm și noi durerile și tristeţea prin purtarea noastră egoistă. Să le înţelegem neputinţa și, dacă acum suntem mai puternici, să îi ajutăm. Le datorăm asta, chiar dacă sunt pentru noi niște străini, deoarece, dacă acum avem energia și entuziasmul tinereţii, la vârsta lor vom vrea și noi cu siguranţă să fim respectaţi și acceptaţi.

BĂRBATUL IDEAL

Iubitul adevărat este bărbatul care îți dă fiori când te sărută pe frunte sau când te privește zâmbitor sau pur și simplu se uită pierdut în zare.

MARILYN MONROE

Bărbatul ideal?

Este acela care nu trebuie să facă eforturi pentru a te iubi.

Acela pentru care fericirea ta este un fel al lui de a fi.

Acela pe care nu trebuie să te temi că îl vei pierde din cauza schimbărilor și crizelor la care vă supune viața.

Acela care te determină să te grăbești acasă. Acela lângă care orice loc de pe pământ ţi se pare un colţ de paradis.

Acela care știe cine ești și cum ești chiar și atunci când tu pierzi drumul către tine. Acela care înțelege tristețea din spatele zâmbetului tău, furia din spatele cuvintelor tale și fericirea din spatele lacrimilor tale.

Acela căruia nu trebuie să i te explici și în fața căruia nu trebuie să te justifici.

Acela care te face să râzi în hohote și să plângi de fericire.

Acela care nu poate lipsi din gândurile tale nicio clipă.

Acela care cu o simplă privire îți transmite admirația și iubirea lui.

Acela lângă care nu te simți săracă nici măcar atunci când ai pierdut totul.

Acela lângă care o bucățică amărâtă de pâine ți se pare cea mai dulce hrană.

Acela care nu te lasă să te simți singură nici măcar atunci când se află la mii de kilometri distanță.

Acela care te pune pe primul loc fără să te pună să îi cedezi și tu lui primul loc.

Acela care nu revendică sentimente și drepturi.

Acela care nu te minte.

Acela cu care faci dragoste câteva minute, dar simți extazul mult timp după aceea. Acela care cu o simplă îmbrățișare îți alungă toate grijile și temerile lumești.

Acela cu care împarți fericirea, durerea, lacrimile și totul la doi.

Acela cu care, deși ai împărțit și clipe grele, tu ai doar amintiri frumoase...

EDUCAȚIA ÎNCEPE CU LUMEA POVEȘTILOR

Viața însăși este cea mai bună poveste.
HANS CHRISTIAN ANDERSEN

Una dintre cele mai frumoase povești pe care mi le-a spus tata când eram copil a fost despre doica lui.

Era o doamnă trecută de 50 de ani, care lucra în casa bunicilor mei încă din tinerețe. Era omul bun la toate, cunoștea rostul casei și cred că era persoana în care bunicii mei aveau cea mai mare încredere. Știam de la tata că doica lui a fost mereu singură. De când s-au născut tatăl meu și frații lui, acea femeie a avut grijă de ei.

Tata mi-a povestit că doica lui avea o carte de povești din care îi citea seara înainte de culcare. „Cred că mi-a citit cele mai frumoase povești", mi-a spus tata.

Când era mic, tata privea cartea groasă de povești ca pe un obiect magic. De-a dreptul miraculos. Cartea stătea sus, pe cel mai înalt raft din bibliotecă, iar doica o lua ori de câte ori tata o ruga să-i citească o poveste.

Anii au trecut, doica a murit, iar tata a ajuns bărbat în toată firea. Într-o zi, când a mers să reamenajeze casa în care a copilărit, a găsit în bibliotecă acea carte fantastică ce i-a înfrumusețat copilăria. Și-a amintit de îndată de bucuriile copilăriei și s-a dus cu gândul imediat la o poveste care îi plăcea foarte mult, pe care o ruga mereu pe doică să i-o citească. Nostalgic, tata a luat cartea prăfuită și a privit-o. Copertele învechite și cartonate, pe care se mai vedea puţin scris auriu, nu-i spuneau nimic. A deschis nerăbdător cartea, sperând că va găsi acolo poveștile minunate ce i-au încântat copilăria, dar în cartea aceea cu litere gotice nu erau povești... Era scris cu totul și cu totul altceva...

Atunci tata a realizat că doica lui nu știa să citească, ci inventa poveștile pe care i le spunea cu atâta dragoste și răbdare. Ori poate că îi spunea povești pe care le auzise și ea în copilăria ei.

Această relatare m-a impresionat prin simplitatea și bunătatea acelei femei, care, deși nu știa să citească, nu le-a răpit copiilor de care avea grijă bucuria poveștilor. Această întâmplare este ea însăși o poveste despre dragostea unei femei pentru un copil care avea nevoie de magia basmelor, care avea nevoie să viseze senin la lumea fabuloasă în care totul este posibil.

Tata a păstrat cartea cu sfinţenie, ca și cum acolo chiar s-ar fi aflat poveștile pe care i le „citea" doica lui.

Dragi părinţi, v-aţi gândit vreodată cât de important este pentru un copil ca părinţii lui să îi citească povești? Eu cred că, prinși în iureșul vieţii agitate de azi, părinţii zilelor noastre au uitat să își mai petreacă timp citindu-le copiilor povești. Preocupaţi să le oferim copiilor „totul" – adică toate bunurile materiale pe care noi nu le-am avut –, uităm ce este mai important pentru ei: momentele petrecute împreună.

Copiii nu își vor mai aminti ce lucruri le-aţi oferit, dar își vor aminti cu mult drag clipele în compania voastră. Cele mai frumoase amintiri ale lor trebuie să fie despre apropierea dintre ei și părinţi, despre momentele calde, de fericire, despre momentele când au fost ajutaţi să înţeleagă, să creeze, să viseze, când au fost copleșiţi cu dragoste și atenţie...

Educaţia începe cu lumea poveștilor... mai ţineţi minte asta?

PARADOXURI

Viața e un paradox. Ești terminat dacă o trăiești, ești terminat și dacă nu o trăiești.
ANONIM

Eram mai frumoși atunci când nu aveam atâtea lucruri opulente cu care să atragem atenția și cu care să ne împodobim, lucruri după care să-i ascundem, de fapt, pe adevărații oameni din noi.

Eram mai buni atunci când aveam mai puțin, când nu cunoșteam abundența de lucruri și de bunătăți, fiindcă prețuiam o banală portocală și o împărțeam bucuroși cu ceilalți.

Eram mai prieteni atunci când amiciția nu era condiționată decât de compatibilitatea sufletească și de valori comune, când nu ne comparam viețile și succesele, când ambițiile noastre nu se limitau la a le dovedi tuturor că avem mai mult, că putem mai mult, că le suntem într-un fel sau altul superiori.

Învățam mai multe atunci când nu aveam acces la atâta informație inutilă, care nu ne ajută la nimic, ci doar ne distrage atenția de la lucrurile frumoase și cu adevărat valoroase, ce ne pot îmbogăți spiritul.

Comunicam mai mult atunci când nu aveam telefoane mobile și internet, fiindcă ne întâlneam și vorbeam ore în șir, împărtăşind poveşti de viaţă, visuri şi dureri sufleteşti. Şi ne priveam în ochi. Sau ne scriam scrisori pline de emoţii, nu de emoticoane, pe care le păstram ca pe nişte comori.

Azi, deşi avem atâtea lucruri frumoase, ne simţim adeseori urâţi şi nu suntem pe deplin mulţumiţi de noi.

Azi, deşi avem mult, simţim tot timpul că nu avem destul şi nu mai împărţim cu ceilalţi ceea ce avem.

Azi, deşi vorbim şi scriem mult, pe mijloace de comunicare ultraperformante din punct de vedere tehnic, nu mai reuşim performanţa de a comunica: adică nu mai avem decât foarte rar întâlniri reale şi nu mai transmitem nicio emoţie despre noi.

Azi, deşi suntem înconjuraţi de mulţi oameni, foarte puţini dintre ei ne sunt prieteni.

Azi, deşi suntem atâtea miliarde de oameni pe planetă, ne simţim mai singuri ca niciodată...

CIOCOLATĂ AMĂRUIE

Când plecam unul de lângă celălalt, nu ni se părea că ne despărțim, ci că mergeam să ne așteptăm altundeva.
CESARE PAVESE

La început ne aveam doar unul pe celălalt. Locuiam împreună cu chirie într-o mansardă a unui imobil din perioada interbelică. Doar puţinele haine pe care le aveam erau ale noastre, dar nu ne lipsea nimic. Încă îmi amintesc că aveam două farfurii, două linguri, însă numai o furculiţă. Ne contraziceam de fiecare dată care să folosească mai întâi furculiţa, fiecare din noi cedându-i-o celuilalt, dar nu am cedat niciodată presiunilor ei de copilă răsfăţată.

Prima investiţie pe care am făcut-o a fost într-o plapumă groasă, pe care, când ne-am mutat în altă casă, am folosit-o pe post de saltea, așezată direct pe podea.

Munceam amândoi, iar după muncă ne grăbeam să ajungem în micul nostru cămin, nerăbdători să fim din nou împreună. Pe atunci numai cei foarte bogaţi aveau televizoare cu care să își omoare timpul. Noi jucam cărţi și șah, iar în nopţile geroase de iarnă stăteam înghesuiţi unul lângă celălalt, iar eu îi citeam cărţi pe care cu greu le procuram. Îi plăcea să îi citesc, iar uneori adormea și eu o priveam recunoscător ca pentru un miracol.

Nu ne-am certat niciodată. Ea era atât de blândă și de bună, încât era incapabilă să se supere vreodată.

Am întrebat-o într-o zi ce-i place la mine, eu fiind un băiat foarte sărac de la ţară și nici măcar o frumuseţe, și mi-a spus că mă iubește fiindcă o fac să râdă. Într-adevăr, râdea foarte mult. Nicio muzică nu era la fel de frumoasă ca râsul ei, iar când râdea umplea orice spaţiu și orice inimă cu fericire. Probabil că mă iubea și pentru că o respectam și o alintam. Nu am contrazis-o niciodată și nu am făcut-o niciodată să se simtă altfel decât cea mai importantă ființă și stăpână a inimii mele. Mă mai iubea și pentru că în fiecare duminică îi cumpăram o ciocolată amăruie. Știam că adoră ciocolata amăruie, dar nu ne permiteam să cumpărăm decât duminica, iar în unele duminici doar cu eforturi din partea mea, eforturi despre care ea nu a știut nimic. Uneori mergeam pe jos până la muncă, pe viscol și prin ploaie, pentru a economisi banii pe care i-aș fi dat pe biletul de tren cu care mergeam la serviciu. Nu voiam să o privez de bucuria ei de duminică și mi-am promis că, orice se va întâmpla, mereu va primi duminica o ciocolată amăruie. Și mie îmi plăcea enorm ciocolata amăruie, dar i-am spus că nu mă dau în vânt după ea, ca să îi rămână ei, să se bucure ea de toată. Mă bucuram mai mult privind-o pe ea cum o savurează decât dacă i-aș fi simţit eu gustul.

Într-o seară în care ne hotărâserăm să ieșim la plimbare, am privit-o cum se aranja ca să fie frumoasă. A scos un ruj dintr-un sertar și cu un băţ de chibrit a scos din el puţină culoare, pe care și-a întins-o pe buzele-i frumoase și pline. Nu știam că nu mai avea ruj și mi-am promis în sinea mea că nu voi mai permite să se întâmple asta. Am privit-o cu drag cum s-a îmbrăcat și abia atunci am observat că tocurile pantofilor ei erau tocite vizibil. Mi-am promis atunci că am să muncesc oricât ca să nu îi mai lipsească nimic celei care îmi dăruia atâta fericire și care a pornit alături de mine în călătoria complicată și plină de neprevăzut numită viață.

Am muncit cât doi oameni la un loc. Nu am refuzat nicio ofertă de muncă, indiferent cât de greu mi-a fost. Iubirea pentru ea îmi dădea forță. Știam că orice bănuț în plus îi poate oferi ei măcar o ciocolată amăruie.

După patru ani de muncă asiduă, am reușit să închiriez o casă mai spațioasă. Era căminul perfect pentru noi doi. Îmi amintesc perfect ziua în care am dus-o să vadă căsuța noastră. A pășit cu emoție în holul spațios, apoi a cercetat curioasă fiecare încăpere, rostindu-și planurile legate de cum va decora camerele. O priveam din sufragerie și mi se părea cea mai frumoasă ființă de pe pământ. Atunci am realizat că, pentru a fi frumoasă, o femeie trebuie doar să fie fericită. Mi-a sărit în brațe și mi-a mulțumit, iar eu am învârtit-o fericit. Nu a vrut să mai aștepte să mobilăm casa. Ne-am mutat peste câteva zile, luând cu noi puținele lucruri pe care reușiserăm să le agonisim. După câteva luni a venit pe lume fiul nostru. Nu am mai simțit niciodată fericirea de atunci.

Soția mea a fost o mamă minunată, iar eu am înțeles că nu poate să mai fie aceeași soție atentă, dar îmi lipsea. Îmi lipseau momentele noastre, îmi lipsea să îmi verifice ținuta când ieșeam din casă și îmi lipsea să îmi adoarmă în brațe, să îi aud inima bătând în liniștea nopții. Dormea mai mult cu copilul nostru și îi dedica lui tot timpul ei. Cu toate că au fost perioade în care m-am simțit neglijat de ea, a fost cea mai bună prietenă a mea.

Mi-am găsit refugiu în muncă și mi-am înființat propria afacere. Acum aveam și copilul, căruia trebuia să îi construiesc un viitor. Peste câțiva ani am reușit să cumpăr casa în care locuiam, iar soția mea a fost foarte fericită.

În prima zi în care l-am dus pe băiatul nostru la școală am fost atât de mândru, încât aveam impresia că mi se umflase pieptul ca acelor cocoși care se pregătesc de luptă.

Anii au trecut în zbor, nu știu cum, nu știu când. Am realizat cum s-a dus timpul abia într-o dimineață în care m-am trezit înaintea soției mele. Ea dormea lângă mine și i-am privit chipul mângâiat de câteva raze de soare. Abia atunci am observat că pe lângă tâmple părul îi albise. M-am întrebat când a trecut timpul și cum de am permis să se întâmple asta. Realizam dintr-odată că, fără să vreau, mă purtasem mult timp de parcă aș fi fost supărat pe ea. O perioadă nu îi mai cumpărasem nici măcar acea ciocolată amăruie și atunci mi-am promis că nu voi mai lăsa să se întâmple asta, că nu o voi mai neglija. Abia atunci am realizat că noi doi uitaserăm cumva să ne mai iubim. Uitaserăm să ne mai privim unul pe celălalt cu dragoste, uitaserăm să mai vorbim unul cu celălalt și mi-am promis că voi recupera tot ceea ce nu făcusem așa cum ar fi trebuit.

M-am ridicat ușor din pat și am plecat să cumpăr ciocolată amăruie. Când m-am întors cu o sacoșă plină cu ciocolată, mi-a zâmbit. Avea același zâmbet cu care mă cucerise în urmă cu 40 de ani. Doamne, când au trecut 40 de ani?

A desfăcut o ciocolată și a început să mănânce din ea cu o poftă copilărească. Văzând că mă uit lung, mi-a spus zâmbind:

– Doar nu vrei și tu! Ție nu-ți place ciocolata amăruie.

Atunci a fost pentru prima dată când i-am spus că de fapt îmi place la nebunie ciocolata amăruie, iar ea a înțeles pe loc cât de mult am iubit-o. M-a îmbrățișat într-un fel aparte, diferit, ca și cum brațele ei îmi mulțumeau. Acea îmbrățișare mi-a oferit, parcă, toate îmbrățișările pe care uitase să mi le ofere atât timp.

Fiul nostru a ajuns medic, iar eu mi-am trăit visul prin el. Ceea ce nu reușisem eu din lipsă de posibilități reușise el, iar eu eram foarte mândru de el. Nu-mi mai doream decât să nu se rușineze vreodată cu mine. Fiul meu m-a făcut fericit și mândru. S-a căsătorit cu o femeie cumsecade și ne-a dăruit nepoți frumoși și cuminți. Atunci am aflat că viața aduce permanent bucurii dacă ţi-o construieşti frumos. Plecarea fiului nostru într-un alt oraş în care a ales să muncească ne-a lăsat un gol mare în suflete şi în casă. Atunci ne-am regăsit din nou unul pe celălalt şi am învăţat din nou să ne bucurăm unul de altul.

Când am sărbătorit nunta de aur, mi s-a părut ireal că trecuseră atâţia ani şi că eu încă aveam impresia că totul s-a întâmplat atât de repede, prea repede ca să fi avut şansa să realizez câte aş fi putut face altfel, poate mult mai bine...

Mi-am privit soţia şi o vedeam la fel ca în ziua în care ne-am căsătorit. Avea aceleaşi trăsături blânde şi aceiaşi ochi senini. Câteva riduri îi transformaseră puţin chipul, iar părul alb i se potrivea foarte bine. Atunci am realizat că o femeie nu este frumoasă doar atunci când este tânără, ci şi atunci când e bunică.

După petrecerea pe care am organizat-o cu ocazia nunţii noastre de aur, am desfăcut o ciocolată amăruie şi am mâncat-o împreună pe terasa casei noastre, bucurându-ne de ea ca nişte copii.

Atunci am observat că soţia mea purta inelul de argint pe care i-l dăruisem în urmă cu 50 de ani, când eram doar un băiat sărac care încerca să îşi construiască un viitor.

– Ai păstrat acest inel? am întrebat-o uimit şi emoţionat.

– L-am purtat mereu, mi-a spus cu o voce blajină.

Cum de nu am observat timp de 50 de ani că purta inelul? E adevărat, în cei 50 de ani i-am dăruit alte inele, din aur cu safire şi cu briliante, dar ea l-a purtat mereu şi pe acela, acolo lângă verighetă. Atunci am realizat că există cu siguranţă multe lucruri pe care eu nu le observasem. Regretam. Nu puteam să-mi explic neatenţia mea. Am dat vina pe preocupările cotidiene şi pe stres, dar mi-am promis că nu voi mai lăsa să se întâmple asta.

Ajungând la anii bătrâneţii, sosise timpul să descopăr şi eu la ce se gândesc de obicei bătrânii. Cert este că au multe frici. Mie îmi era frică de moarte. Nu de moartea mea, ci de moartea ei. Îmi doream să mor eu primul, să nu fiu nevoit să trăiesc fără ea. Știind-o pe ea alături, până și moartea mi se părea sigură și frumoasă. Însă ea a plecat prima. Niciodată nu am fost mai nefericit. Atunci mi-am dat seama că sărăcia de care m-am temut și pe care am detestat-o toată viaţa era de dorit în comparaţie cu golul lăsat de plecarea soţiei mele. Atunci am aflat că nu există sărăcie și durere mai mare decât singurătatea. Tot atunci am înţeles ce înseamnă, de fapt, iubirea. Iubirea nu moare odată cu oamenii care ne părăsesc. Mi-a fost greu să accept și să mă obișnuiesc cu lipsa soţiei mele. Încă o căutam prin casă și aveam impresia că o aud uneori strigându-mă de undeva din grădină. Dacă înainte să moară mă enervam când uita să ia ceva din casă și mă deranja să îi duc, acum mi-aș fi dorit enorm să mă strige, să îi pot fi de folos.

Abia după ce am rămas fără soţia mea am realizat că nu mai am nimic. Nu-mi mai găseam locul prin casă și nici rostul pe lume. Încercam să mă consolez cu gândul că îi aveam totuși pe fiul nostru și pe nepoţi. Aveam totuși o familie, chiar dacă familia mea era incompletă fără ea, soţia mea.

Într-o zi, când nu am mai suportat singurătatea și dorul de soţia mea, am decis să merg la fiul meu în vizită. L-am întrebat dacă mă primește și mi-a confirmat. Aveam de gând să stau o săptămână, să mă bucur de el și de nepoţi, gândindu-mă că nu mai am nicio garanţie că îi voi vizita și altă dată. Eram deja bătrân, iar inima mea era slăbită. Nu știam cât mai aveam până ce urma să plec și eu după soţia mea. Speram ca prin fiul meu și prin copiii lui să o mai văd pe minunata mea soţie, de care îmi era atât de dor, dar nu am regăsit-o în ei. Cu excepţia unor mici asemănări fizice, nimic nu-mi amintea de ea. Ei nu aveau căldura ei, nu aveau blândeţea ei, nu știau să transmită iubire așa cum o făcea ea.

M-au primit bucuroși, dar după două zile am avut senzaţia că îi incomodez. Aveau o casă mare și totuși simţeam că îi încurc. Fiul meu era distant, iar nora mea îmi făcea tot felul de observații. E adevărat, nu eram obișnuit cu casa aceea, mai uitam o ușă deschisă, mai lăsam telecomanda în altă parte decât pe masă, dar nu am vrut să îi supăr. La un moment dat chiar am simțit că ar trebui să plec. Îmi era greu să accept, dar nu eram dorit acolo. Prezența mea nu era o plăcere pentru ei. Am plecat plângând. Nu mă mai simțeam iubit de nimeni. Și mă durea că niciodată fiul meu nu mi-a arătat un mic semn că ar fi mândru de mine. Poate că nu era. Eu nu am reușit să devin medic, am fost doar un simplu muncitor la căi ferate, apoi constructor.

M-am refugiat în casa mea, unde, chiar și singur fiind, simțeam cumva iubirea soției mele. Iubirea ei rămăsese în fiecare lucru, în fiecare colțișor și, mai ales, în amintirile mele. Înțelegeam acum că, de fapt, nu am fost niciodată sărac. Nu după ce am avut-o pe ea, cea mai minunată ființă din lume, cea care m-a făcut să mă simt iubit, împlinit, mândru și recunoscător.

Când fiul nostru a decis să dăm lucrurile mamei lui, a venit acasă. Am sortat împreună hainele și lucrurile ce i-au aparținut soției mele și le-am pus în pachete ce aveau să ajungă la o asociație umanitară.

Într-o cutie dreptunghiulară, aflată în dulapul soției mele, am găsit câteva lucruri: poze, o șuviță din părul băiatului nostru tăiată când era copil, scrisorile pe care ni le-am trimis noi după ce ne-am cunoscut și o hârtie de la o ciocolată amăruie. Păstrase acea hârtie de la o ciocolată amăruie pe care i-o dăruisem în urmă cu 50 de ani. Oare de ce o păstrase tocmai pe aceea? Am încercat să-mi amintesc ceva despre acea ciocolată și am realizat că aceea fusese prima pe care i-o dăruisem. S-a întâmplat în ziua în care am cerut-o de soție. Mi-am amintit că i-am spus atunci că nu am ce să-i ofer în afară de dragostea mea. Ea mi-a mulțumit pentru ciocolată și a mâncat-o pe toată ca un copil care abia o așteptase. Atunci și numai atunci am mințit-o: i-am spus că nu îmi place ciocolata amăruie. Voiam doar să o aibă ea pe toată. Și acum îmi amintesc că împrumutasem banii cu care am cumpărat acea ciocolată. Acum îmi vine greu să cred că un om poate fi atât de sărac încât să nu aibă bani pentru o ciocolată, dar atunci erau alte vremuri, iar ciocolata era un lux.

În aceeași cutie am găsit și o felicitare. Era datată cu zece ani în urmă și îmi era destinată. Am început să o citesc cu emoție. Mâinile îmi tremurau, așa că am așezat felicitarea pe masă. Soția mea o scrisese cu ocazia zilei mele de naștere, dar nu mi-o dăduse. Îmi mărturisea că a avut o viață frumoasă alături de mine și că îmi este recunoscătoare. Îmi mulțumea pentru toată fericirea, pentru că am respectat-o și pentru că am făcut tot posibilul să nu îi lipsească nimic. În stilul ei amuzant, mi-a mărturisit că, dacă ar fi să aleagă din nou, l-ar alege pe același băiat sărac de care s-a îndrăgostit în urmă cu 50 de ani. În încheiere mi-a scris: „Trebuie să îți mărturisesc ceva, chiar dacă e amuzant să mă destăinui după 50 de ani de conviețuire cu tine. Nu mi-a plăcut niciodată ciocolata amăruie. Atât de mult te-am iubit și te iubesc!”

VISEZ LA O LUME...

Fata care trăia în vis își construise o lume ideală, un univers ridicat pe năzuințele ei știute ori nebănuite din viața adevărată. Și habar nu avea că visele ei erau o altă dimensiune a realității, a vieții bogate pe care i-o dăruise soarta cu adevărat.

CARMEN VOINEA-RĂDUCANU

Visez la o lume fără bătrâni umiliți de copiii lor care-i tratează ca pe niște poveri, fără bătrâni care simt că sunt nedoriți și că tocmai aceia pe care i-au iubit și cărora le-au dat totul le așteaptă sfârșitul pentru a le lua și puţinul ce le-a mai rămas.

Visez la o lume în care oamenii care fac orez cu lapte și clătite le duc câte o porție și vecinilor bătrâni, săraci și singuri.

Visez la o lume în care copiii nu sunt răi cu alți copii, în care nu le spun copiilor săraci „Tu nu vii la ziua mea pentru că ești îmbrăcat urât și ești murdar".

Visez la o lume în care oamenii nu se mai amuză pe seama animalelor dresate și închise în cuști, conștienți că dresura presupune chinuri, umilințe și lipsire de libertate.

Visez la o lume fără grădini zoologice, pe care le consider pușcării pentru animale. Niciun animal nu e atât de odios încât să merite să își petreacă toată viața în închisoare.

Visez la o lume în care să nu mai existe coride. Am văzut cândva o poză ce m-a marcat, o poză care îl arăta pe un taur în arena de coride; rănit și plin de sânge, el s-a dus târâș să-și pupe stăpânul care-l crescuse de mic și care l-a vândut la coridă spre a fi torturat și umilit în ochii tuturor...

Visez la o lume în care să nu mai existe câini legați cu lanțuri și nici păsări captive în colivii.

Visez la o lume în care oamenii să nu se sperie atunci când te oprești cu mașina în dreptul lor și te oferi să-i duci acasă dacă îi vezi așteptând în ploaie și în frig cu vreun copil mic în brațe sau cărând bagaje pe care abia le pot duce.

Visez la o lume fără oameni flămânzi și singuri, o lume sigură, în care fiecare om să aibă un loc pe care să-l numească „acasă" și oameni pe care să-i numească „familie".

Visez la o lume în care oamenii nu plâng mai mult după lucruri decât după prieteni.

Visez la o lume cu oameni buni, generoși și plini de compasiune.

Visez la o lume plină de pace și iubire, în care oamenii nu se întrec în ambiții mici.

Visez la o lume în care trăim în armonie cu toții.

UNEORI UIT

Cu cât judeci mai mult, cu atât iubești mai puțin.
BALZAC

Uneori uit că nu este de ajuns să-i ofer unui sărac o bucată de pâine și că l-aș putea ajuta să nu mai depindă de alții.

Uneori uit să privesc Cerul și să-i mulţumesc pentru pace și pentru toate împlinirile mele și merg cu privirea spre pământ.

Uneori uit să fac lucrurile cu iubire și mă las copleșită de povara responsabilităţilor.

Uneori uit că și oamenii din jur au propriile dureri și că-mi las durerile și nemulţumirile să mă transforme într-o persoană egoistă.

Uneori uit să văd măreţia oamenilor buni și mă împiedic de oamenii mărunţi care-mi ies în cale.

Uneori uit că a te ruga nu înseamnă doar a cere, ci mai ales a mulţumi și a-ţi cere iertare.

Uneori uit să îmi iau rămas bun cu iubire, de parcă ar exista garanţii că-i voi mai revedea pe aceia de care mă despart.

Uneori uit că nu machiajul mă face frumoasă, ci zâmbetul și privirile pline de duioșie și de lumină.

Uneori uit că starea mea de fericire nu depinde de starea celor din jur, dar că eu pot influenţa în bine starea tuturor.

Uneori uit că *iubirea* este răspunsul și rezolvarea tuturor problemelor, temerilor, slăbiciunilor și durerilor și că iubirea poate orice, iartă orice și vindecă orice...

AM VĂZUT CUM ARATĂ IUBIREA

Dacă pe cerul neumbrit
Ar fi-ntre stele mica stea
La care nimeni n-a privit,
Pe TINE doar eu te-aş vedea.

DUMITRU LUPU

Pe coridorul unei clinici am văzut o scenă care m-a emoţionat foarte tare. O doamnă în vârstă a ieşit dintr-un cabinet medical, vădit dezorientată, şi îşi căuta soţul cu privirea. Acesta a apărut imediat în faţa ei, i-a luat haina şi geanta pe care aceasta le ţinea pe braţ şi a condus-o cu grijă să se aşeze pe un scaun. Domnul i-a pus hainele lângă ea, apoi s-a aplecat şi i-a tras în sus fermoarul de la cizme. A scotocit puţin în poşeta doamnei, a scos o batistă cu care i-a şters ochii şi obrajii. Apoi a scos din poşetă şi un pieptene, cu care i-a aranjat soţiei părul alb. A mai cotrobăit puţin prin geantă şi a scos un ruj cu care, cu o grijă deosebită şi zâmbindu-i permanent doamnei, a dat-o pe buze. Apoi, cu răbdare şi grijă, a ajutat-o să se ridice, să se îmbrace, i-a aranjat eşarfa (ştia perfect cum) şi au plecat ţinându-se de mână.

Pe coridorul acelei clinici am văzut de fapt cum arată iubirea...

Fiecare pas al tău să te poarte pe drumuri
frumoase și sigure.
Fiecare zâmbet al tău să umple cu soare sufletele
celor care te întâlnesc.
Fiecare cuvânt al tău să ofere mângâiere
și învățătură celor care te ascultă.
Fiecare bătaie a inimii tale să însemne iubire.

– Care crezi tu că este cel mai frumos loc din lumea asta? l-am întrebat.

– Sufletul tău. Și oriunde te afli tu.

EXTRAORDINARUL EXISTĂ ACUM ȘI AICI

Oare câți dintre noi își amână fericirea de moment până când speră să întâlnească Marea Fericire? Câți uită că viața este ceea ce se întâmplă în timp ce așteaptă altceva?

CARMEN RADU

Atâtea amânări și irosiri în așteptarea extraordinarului!

Pentru mine, extraordinarul înseamnă, pur și simplu, viața. Viața cu tot ce presupune ea din clipa în care deschid ochii în zori și până noaptea târziu, când adorm cu gândul la oamenii dragi, la planurile de viitor și când Îi mulțumesc lui Dumnezeu pentru reușite, pentru șanse și pentru oamenii minunați pe care mi i-a adus aproape.

Mie mi se pare extraordinar faptul că pot vedea. Și că pot merge.

Mirosul cafelei mi se pare extraordinar.

Mi se par extraordinare florile din balconul meu și faptul că le pot îngriji, ajutându-le să fie frumoase.

Zâmbetele oamenilor pe care îi întâlnesc, micile atenţii şi dovezi de prietenie pe care ni le oferim unii altora mi se par extraordinare.

Îmbrăţişările şi mângâierile mi se par extraordinare.

Împăcările mi se par extraordinare.

Muzica, râsetele copiilor şi vocile oamenilor dragi mi se par extraordinare.

Aromele şi culorile fructelor mi se par extraordinare.

Ploaia, nuanţele naturii, anotimpurile cu toate capriciile lor, cerul în toate stările lui şi razele soarelui care încălzesc tot ce ating mi se par extraordinare.

Liniştea din mijlocul naturii mi se pare extraordinară.

Momentul în care împart cu cineva un covrig pe o bancă în parc mi se pare extraordinar.

Braţele primitoare şi confortabile ale iubitului meu mi se par extraordinare.

Faptul că o mai pot vizita pe mama mi se pare extraordinar.

Exuberanţa prietenilor mei mi se pare extraordinară.

Faptul că în fiecare zi am ceva de făcut mi se pare extraordinar.

Faptul că pot dărui, că am pe cine mângâia, că am pe cine iubi mi se pare extraordinar.

Faptul că pot hrăni un animal flămând mi se pare extraordinar.

Faptul că pot aduce bucurie unui suflet mi se pare extraordinar.

Şansa de a cunoaşte oameni, de a vorbi cu ei, de a împărtăşi cu ei învăţături şi visuri mi se pare extraordinară.

Voi sunteţi extraordinari!

Extraordinarul meu nu este atunci şi acolo. Este acum şi aici. În clipa de faţă, în tot ceea ce avem, în oamenii de lângă noi.

Extraordinarul înseamnă viaţa trăită, nu acele momente la care visăm şi pe care le plănuim mult timp, sacrificând ceea ce suntem, ceea ce avem şi timpul atât de preţios, netrăit...

ŞTII CE AM FĂCUT AZI, DOAMNE?

Întotdeauna există ceva pentru care să fii recunoscător.

CHARLES DICKENS

M-am trezit dimineaţă fără niciun chef de viaţă. În loc să mă bucur de lumina soarelui, i-am invidiat pe aceia care pot dormi până mai târziu, fără să mă gândesc și la aceia care azi nu s-au mai trezit.

Am blamat soarta că trebuie să mă duc la serviciu, fără a mă gândi că alţi oameni nu au unde să muncească.

Când am ieșit din casă, m-a deranjat ploaia care mă lovea peste obraji și nu m-am gândit și la cei obligaţi de boală să stea în case, la cei care ar alerga bucuroși prin ploaie dacă ar avea picioare sănătoase.

Am detestat zgomotele făcute de mașini și de oameni, fără a mă gândi la aceia care trăiesc în liniște deplină și care ar da orice să asculte sunetele vieţii.

„Ce zi urâtă!" mi-am spus, fără să mă gândesc că alţi oameni sunt prin spitale sau poate își conduc pe cineva drag pe ultimul drum.

Am ajuns la serviciu și, fără să îmi dau seama, am rănit cu privirea mea încruntată și cu răceala mea, fără să mă gândesc că fiecare om pe care-l întâlnesc are propriile bătălii de dus și că privirea mea posomorâtă i-ar putea amplifica tristețea, îndoiala, durerea... pe când un zâmbet i-ar putea aduce soarele în suflet. Fie și numai pentru o secundă.

Am mâncat în grabă, nemulţumită de hrana mea, uitând că atât de multe suflete sunt înfometate.

Ziua a trecut foarte repede, iar eu nu am făcut nimic important. A fost aceeași rutină zilnică, în care am uitat să mă bucur, în care am uitat să fac un gest pentru cineva, în care m-am gândit doar la mine, mi-am plâns de milă și am uitat să fiu recunoscătoare pentru tot ceea ce am în prezent.

Iar seara am adormit, uitând să Îţi mulţumesc pentru că am ajuns cu bine acasă, pentru tot ce am, pentru primele raze de soare, pentru ploaie, pentru oameni, pentru sănătate, pentru hrană și pentru speranţa zilei de mâine.

Și am realizat câte lucruri excepţionale poate oferi o zi obișnuită din viață, iar eu am uitat să mă bucur de ele.

Ce bine că există un mâine! Îți mulțumesc, Doamne!

BĂIATUL CARE NU S-A SUPĂRAT NICIODATĂ

Libertatea este ceea ce faci cu ceea ce ți s-a făcut.
JEAN-PAUL SARTRE

În ultimul timp, când mă mai enervează cineva și am tendința să mă supăr, îmi amintesc de un băiat cu care am copilărit, căruia îi voi spune „băiatul care nu s-a supărat niciodată".

A fost un băiat deosebit. Îmi amintesc o scenă care m-a impresionat profund. Băiețelul avea vreo 4–5 anișori pe atunci. Sora lui i-a cerut să nu se mai țină după ea și, pentru că el mergea la câțiva metri în urma ei, ea s-a enervat foarte tare și i-a dat o palmă zdravănă peste față. Imediat, băiețelul a îmbrățișat-o strâns, de parcă aceasta l-ar fi mângâiat sau i-ar fi dăruit cel mai scump cadou. Sora lui s-a smuls din strânsoarea brațelor băiatului și l-a împins, iar el a căzut. S-a ridicat și a îmbrățișat-o din nou. Sora a început atunci să-l umilească de față cu ceilalți copii, râzând de un defect fizic pe care îl avea băiețelul. Pentru că acesta stătea cuminte în fața ei, fata l-a împins din nou, iar băiețelul a căzut. Zâmbind cu fața plină de lacrimi, a îmbrățișat-o din nou.

Zâmbetul acela m-a marcat profund. Am văzut cumva Cerul pe chipul lui... am văzut bunătate pură, dragoste sinceră, seninul unui suflet incapabil să urască.

Atunci, copilă fiind, am pus supunerea băiatului și lipsa lui de reacție pe seama fricii de sora lui mai mare, dar acum știu că sora lui mai mare era mică de tot, iar el, un puiuț de om pe lângă ea, era cel cu suflet mare. Mare prin bunătatea lui, prin puritatea sufletească.

Altă dată, niște copii i-au luat bicicleta și făceau giumbușlucuri cu ea, mergeau într-o roată, loveau bordura și încercau să-i facă în ciudă băiatului că i-ar putea strica bicicleta, iar el nu poate să facă nimic în privința asta. Dar băiatul îi privea zâmbind și se bucura de bucuria lor, neimaginându-și, poate, că bucuria lor era, de fapt, răutate și dorință să-l supere. Mi-l amintesc râzând cu tot sufletul, fără pic de îngrijorare pentru bicicleta lui.

Anii au trecut și sora băiatului a plecat la casa ei, lăsându-și fratele singur și fără ajutor, în casa veche și sărăcăcioasă, în care ploua prin acoperișul degradat. Lumea o condamna pe sora lui, dar el vorbea mereu frumos despre ea, apărând-o cu tot felul de justificări naive. În lumea lui nu e pic de răutate. În lumea lui toţi sunt buni.

Privind în urmă și analizându-i viaţa acestui băiat, mi-am dat seama că acest suflet nu s-a supărat niciodată pe nimeni, cu atât mai puțin pe Dumnezeu, pe care nu-L condamnă pentru handicapul pe care-l are și căruia Îi mulțumește pentru tot, chiar dacă îi este greu, chiar dacă are atât de puțin, chiar dacă e singur.

L-am revăzut după mulți ani și am constatat că are același chip senin, același zâmbet și niciun pic de răutate în suflet. Mulți i-au pus nervii la încercare în răstimpul acesta, dar el a răspuns mereu zâmbind, chiar și acelora care l-au insultat și care au căutat să-l rănească în mod gratuit.

E un suflet care m-a inspirat și mi-aș dori să pot fi ca el. Vreau să fiu asemenea lui.

De ce ne-am urâți ca aceia care sunt urâți cu noi, de ce ne-am înrăi ca aceia care sunt răi cu noi, de ce ne-am tulbura pacea sufletească pentru cei care nu vor avea niciodată liniște?

Să ne păstrăm sufletul senin, să zâmbim, să-i iertăm pe cei care nu ne iubesc și care caută să ne rănească și să fim recunoscători pentru tot, buni și iubitori așa cum este băiatul care nu s-a supărat niciodată...

Cu drag, pentru T.

IUBIREA ASCUNSĂ ÎN BUCHEȚELE DE FLORI

Adevărata valoare stă în lucrurile simple.
OANA PELLEA

Când eram mică, aveam o vecină pe nume Maria. Era o tânără frumoasă și blândă, de care m-am atașat foarte tare. Ori de câte ori o vedeam, inima îmi tresărea de bucurie. Alergam fericită către ea și o cuprindeam într-o îmbrățișare strânsă, ca pe o mamă bună. Orice bucurie aveam, o împărţeam cu ea. Iar dacă aveam ceva dulce, trebuia neapărat să îi dau și ei. Îi dăruiam desene și adoram să îi duc flori. Culegeam toate floricelele ce îmi ieșeau în cale și le adunam în buchețele mici pe care i le dăruiam cu dragoste. Voiam să știe cât de mult o iubeam și, mai ales, îmi doream să îi bucur sufletul.

Într-o zi, i-am dăruit un buchețel delicat de flori pe care le culesesem din grădină. Ea m-a pupat, mi-a mulţumit și a plecat acasă. Mai târziu, tata m-a trimis la ea ca să-i duc ceva acasă. La câţiva pași de ușa ei, am văzut buchețelul de flori pe care i-l dăruisem mai devreme: zăcea aruncat pe o dală de piatră. Florile erau deja ofilite...

M-am întristat atât de tare, încât abia am reușit să vorbesc cu Maria, iar când am ieșit pe poartă am izbucnit în plâns. M-a durut să îmi văd sufletul aruncat pe jos și abandonat... Fiindcă acolo, în acel buchețel, era o parte din sufletul meu. Fiecare floricică avea o bătaie a inimii mele, bătaie plină de iubire, speranță și inocență.

De atunci nu i-am mai dăruit flori Mariei. Și m-am resemnat cu gândul că ea nu mă iubea, ci doar era amabilă cu mine, așa cum este orice adult cu un copil.

Nu am uitat niciodată acea poveste, care m-a întristat și m-a dezamăgit profund. Mult timp m-am temut să mai dăruiesc ceva cuiva. Mi-a fost teamă că voi fi respinsă, că gestul meu nu numai că nu va fi prețuit, ci va fi de-a dreptul ridiculizat, că mi se va răspunde cu indiferență la iubire.

Adeseori, fără să vrem, îi rănim pe oameni sufletește, acolo unde doare cel mai rău. Uneori o facem conștient, alteori inconștient. Le rănim sufletele oamenilor cu indiferență față de sentimentele lor frumoase, le rănim pentru că nu știm să primim iubirea ce ni se oferă.

Fiecare gest frumos, fiecare zâmbet, fiecare intenție de apropiere sufletească, fiecare cuvânt frumos poate fi asemănat cu un buchețel de flori ce ne este dăruit. Fiecare buchețel ascunde iubire și dăruire, oricât de banal și de neînsemnat ar părea.

Nu aruncați „buchețelele de flori“ pe care vi le dăruiesc aceia care cred în voi și care vă prețuiesc! Apreciați orice floare, oricât de mică și de neînsemnată ar fi. Prețuiți-o, îngrijiți-o și fiți recunoscători – ea poartă prinsă în ea iubirea aceluia care v-a dăruit-o.

NU SUNT CAPABILĂ SĂ URĂSC

Niciodată ura nu pune
capăt urii, ci dragostea.
BUDDHA

Nu sunt capabilă să urăsc. O spun cu toată sinceritatea având-L ca martor pe Dumnezeu, singurul care poate vedea sentimentele adevărate, nu declarate, ale omului.

Da, mă supăr, mă enervez, gândesc negativ și uneori simt și nevoia de răzbunare, dar, oricât de mult mi-ar greși un om, nu pot să îl urăsc. Dincolo de orgoliul meu lezat de nedreptatea pe care cineva mi-o face, există un raţionament puternic, poate naiv, care îmi spune că noi, oamenii, nu ne naștem răi. Ne naștem puri, buni și plini de iubire, dar experienţele trăite pe parcursul vieţii ne înrăiesc. Depinde de puterea fiecăruia să depășească necazurile. Pe unii necazurile îi fac slabi, pe alţii îi fac puternici.

Nu pot să urăsc fiindcă eu cred că răutatea oamenilor ascunde suferinţe, neîmpliniri și dezamăgiri.

Mai mult decât că nu urăsc, mă bucur de binele și de fericirea acelora care mi-au făcut rău. Nu, nu e ipocrizie, nu sunt cuvinte care să mă pună pe mine ca om într-o lumină bună. Este sinceritate și am un argument puternic în această privință. Dacă nu lași orgoliul să decidă sentimentele pentru un om, ci lași bunătatea să facă asta, te vei bucura de fericirea acelora care te-au nedreptăţit. Orgoliul va spune că aceștia nu merită fericirea, dar bunătatea te va ajuta să vezi lucrurile dintr-o altă perspectivă...

Nefericirea acelora care mi-au făcut rău nu îmi face mie dreptate, nu îmi alină durerile, nu schimbă trecutul. Mă bucur sincer pentru reușitele și fericirea lor pentru că eu cred că orice bucurie pe care o trăiesc ei este o răsplată binemeritată pentru suferinţele și nedreptăţile ce i-au făcut să devină răi și nedrepţi. Şi, în naivitatea cu care cred în schimbare, în reabilitare și în iubire, sper că bucuriile și fericirea pe care le trăiesc oamenii care mi-au făcut rău le vor aminti că pot fi buni.

DACĂ AȘ SCRIE ULTIMUL TEXT...

În inima recunoscătoare va fi vară mereu.
CELIA THAXTER

Într-o împrejurare anume mi-a venit în minte următorul gând: dacă aș ști că scriu ultima oară ceva, oare ce le-aș scrie cititorilor mei? Ce le-aș spune?

Răspunsul a venit imediat. Primul lucru pe care l-aș scrie ar fi: „Vă mulțumesc!" Le-aș mulțumi tuturor celor care m-au citit – pentru fiecare clipă pe care au petrecut-o ca să îmi cunoască gândurile. Le-aș mulțumi pentru fiecare gând bun trimis, fiindcă toate gândurile bune primite au fost pentru mine ca niște mângâieri. Le-aș mulțumi pentru momentele în care au avut răbdare să îmi regăsesc pacea și optimismul și pentru faptul că nu s-au grăbit să mă judece și să mă părăsească atunci când nu am fost pe placul lor.

Apoi, le-aș spune cât sunt de minunați. Da, le-aș aminti că fiecare în parte este o minune, că fiecare are ceva frumos, ceva unic de dăruit și, mai ales, că fiecare are dreptul la fericire! Aș încerca să îi conving să renunțe la complexe și la prejudecăți, să nu își mai impună limite și interdicții, să trăiască din plin tot ceea ce le oferă viața, să se bucure de fiecare clipă și să învețe din fiecare deziluzie. Le-aș mai spune că frumusețea nu e definită de un chip de un anumit fel, nici de un corp armonios și în niciun caz de machiaj, de haine sau de bijuterii frumoase. Și că bogăția unui om nu se măsoară în lucrurile pe care le are, ci în comorile pe care le poartă în suflet și în faptele lui bune, în toate cuvintele prin care a oferit învățătură, mângâiere, speranță, curaj, dar și în momentele în care s-a dăruit semenilor lui. Așa cum a știut. Așa cum a putut.

Le-aș spune să ierte și să uite ceea ce i-a rănit, să își elibereze sufletele de toată încărcătura negativă și de durerile nemeritate.

Și le-aș mai scrie oamenilor care mă citesc că nimic nu este imposibil în viață, că niciodată nu e prea târziu să devină cine doresc să fie, că pot trăi într-o lună ceea ce nu au trăit într-o viață, că pot iubi cu o pasiune nebună chiar și după ce au trecut cu mult de a doua tinerețe, că bătrânețea nu e decisă de vârsta biologică și că tinerețea este o stare a sufletului – una care nu îți fură curajul de a face lucruri, nici bucuria de a trăi intens.

Le-aș mai scrie că omul decide cât de fericit și de împlinit este și i-aș asigura că nu au nevoie de mult pentru a avea totul și nici de titulaturi și de funcții pentru a fi cineva.

Și le-aș mai scrie că îi rog să nu se mai irosească pentru lucruri mărunte, să prețuiască fiecare minut al vieții, să se bucure de natură, să caute compania oamenilor buni, să râdă cu toată inima și să plângă atunci când sufletele le sunt încărcate cu dureri și regrete.

I-aș sfătui să nu amâne nimic, să spună cât mai curând acel „Iartă-mă!“ și acel „Te iubesc!“ pe care le țin ferecate în suflete, de teama că vor fi respinși.

Și neapărat le-aș cere iertare dacă vreodată nu am avut răbdarea pe care ar fi trebuit să o am, dacă nu am știut să-i ascult, dacă nu am fost capabilă să transmit ceea ce mi-aş fi dorit, dacă printr-un cuvânt nelalocul lui am furat pacea vreunui suflet.

Probabil că aş scrie mult încercând să cuprind tot ceea ce aş vrea să le spun, dar, scriind, am realizat că tocmai ele, cuvintele, sunt atât de neînsemnate și de sărace atunci când vrei să exprimi cu ajutorul lor sentimente grandioase, cum ar fi dragostea, respectul, preţuirea...

Și nu, nu mi-aş lua rămas bun. N-aş spune că e ultimul text pe care îl scriu, nu m-aş smulge din sufletele cititorilor mei, ci le-aş lăsa speranţa că voi reveni într-o zi să scriu din nou pentru ei.

Și le-aş spune că pentru mine nu au fost simpli străini, că am crezut în ei, că tot ceea ce am scris a fost scris din iubire pentru ei, cu iubire pentru ei, cu sufletul deschis și cu încrederea că mă destăinui celor mai buni prieteni.

Și le-aş dori să aibă parte de tot ceea ce iubesc, să fie protejaţi de Dumnezeu, să nu cunoască teama, singurătatea și durerea, să se bucure din plin de viaţă, de tot ce e frumos, de oameni, de pace și de toate șansele ce li s-au dat.

Apoi m-aş semna cu câteva lacrimi, pe care ei nu le-ar vedea, dar care ar uda florile pe care eu le-am sădit în sufletul meu, special pentru oamenii minunaţi care m-au citit.

Vă iubesc și vă mulțumesc pentru că faceți parte din lumea mea frumoasă!

Cel mai frumos dar pe care mi-l poate face un prieten este să fie bun, iar cea mai mare bucurie pe care mi-o poate oferi este să fie fericit.

Nimeni nu îți poate spune:
cine ai fost, cine ești și cine vei deveni,
ce și cât poți,
ce și cât meriți,
ce și cât ar trebui să-ți dorești,
ce ar trebui să visezi,
cum ar trebui să trăiești,
cât și pe cine să iubești!

DESPRE CARTEA *INSOMNII* ȘI DESPRE ACEIA CĂRORA TREBUIE SĂ LE MULȚUMESC

Recunosc, nu mi-am propus să public această carte. La fel ca și volumul 3 al romanului *Fluturi*, cartea *Insomnii* a fost cerută de cititorii mei, de aceia care mă urmăresc în mediul on-line de câţiva ani încoace și care mi-au spus că nu toată lumea folosește internetul și că oricine ar trebui să aibă acces la textele mele.

Mi-au scris mulţi angajaţi din librării pentru a-mi mărturisi că oamenii care au cumpărat *Fluturi* revin în librării și întreabă de *Insomnii* sau de alte cărţi scrise de mine. Mă bucură și mă onorează astfel de vești, de aceea mi-am adunat câteva „insomnii" și le-am cuprins cu drag în această carte.

Dacă prin scrierile mele am reușit să vă așez un zâmbet pe chipuri, să vă smulg o lacrimă, să vă dau vreun răspuns la vreo întrebare, să vă dau puţină speranţă sau să vă ajut să vă reamintiţi cât de minunaţi sunteţi, atunci scopul meu este atins.

Și, pentru că această carte nu ar fi existat fără oamenii minunaţi care au muncit pentru ca ea să fie publicată, fără suportul oamenilor dragi din viaţa mea și fără voi, prietenii și cititorii mei, doresc să transmit mulţumiri pline de recunoștință:

Editurii For You – și voi începe cu Doamna Monica Vișan, cea care a înfiinţat această Editură, pentru iubirea de oameni, pentru intuiția și curajul de a publica o autoare necunoscută.

Doamnei Camelia Soceanu, directoarea Editurii For You, un om excepţional care duce cu succes mai departe misiunea frumoasă pe care i-a încredințat-o Doamna Vişan.

Doamnei Carmen Radu, pentru profesionalismul, răbdarea şi dăruirea cu care m-a susţinut în acest proiect.

Celei mai frumoase echipe a Editurii For You, oameni dedicaţi şi adevăraţi profesionişti: Doamnei Ana-Maria Datcu, Doamnei Felicia Drăguşin, Doamnei Adriana Guţă, Doamnei Irina Scăunaş, dar şi celorlalţi angajaţi ai editurii care fac eforturi pentru a le dărui cititorilor cărţi frumoase!

Îi mulţumesc mamei mele, soţului ei, care îmi este ca un tată, şi lui Alex, pentru că sunt familia mea iubitoare şi protectoare, pentru că mă susţin şi se bucură de fiecare reuşită a mea!

Îi mulţumesc Duhovnicului meu pentru susţinere, pentru înţelegere şi pentru tot ceea ce mă învaţă prin exemplul bun pe care mi-l oferă!

Le mulţumesc familiilor şi copiilor mei de suflet care mi-au înţeles lipsa de timp, oboseala şi stresul şi care mă susţin mereu, mă copleşesc cu iubire şi au preluat o parte din responsabilităţile pe care le am faţă de oamenii care au nevoie de mine!

Le mulţumesc prietenilor mei – şi vă rog să mă iertaţi că nu vă menţionez pe toţi, dar abia acum realizez cât de mulţi sunteţi şi sunt recunoscătoare pentru asta!

Le mulţumesc prietenilor mei insomniaci, grupului de oameni dragi cunoscuţi prin intermediul blogului *Insomnii*, oameni minunaţi cu care am legat prietenii pe viaţă şi care m-au primit cu dragoste în familiile lor frumoase: Doamna Nina T., Doamna Mioara N., Doamna Ileana Ş., Dumitrana L., Isabela, Mihai, Diana şi Răzvan R.; Cristina B., Daciana, Dacian şi Teodora L.; Olivia-Daniela, Monica şi Doru M.; Virgil, Alexandra şi Mariana D.; Ovidiu, Mariana şi Tudor Z.; Melinda, Felix,

Melissa-Rebeka și Alex G.; Camelia și Eugen R.; Alina, Christof și Adrian G.; Mihaela T., Felicia Ș., Mihaela C., Claudia R., Gabriela R., Ina M., Erika și Ion H., Violeta L., Andreea N., Vio P., Viorica A., Andrei O., Angela S., Daniela și Pavel S., Cristina F., Dan P., Mariana și Dănuţ B., Adriana S., Simona P., Niculina T., Lore, Ionuț, Sara și Alex U., Mariana S., Natalia și Adi T., Carmen V.R., Alina U., Cristina, Bogdan și Cosmin O., Bianca D., dar și celorlalţi insomniaci cu care încă nu am reușit să mă întâlnesc! De la fiecare în parte am învățat ceva frumos și vă sunt recunoscătoare pentru tot ceea ce însemnați în viața mea!

Le mulțumesc tuturor prietenilor mei de pe Facebook, cei care mă urmăresc pe profilul privat, dar și pe paginile mele! Vă sunt recunoscătoare că mi-ați rămas alături chiar și atunci când nu am fost pe placul vostru. Să mulțumești aproape 1 000 000 de oameni nu este ușor, dar voi sunteți mereu buni cu mine! Sunteți minunați și sunt mândră de voi!

Le mulțumesc librăriilor asaltate de cititorii mei pentru toate eforturile depuse ca să faciliteze accesul la cărțile mele: Libris, Diverta, Cărturești, Librex, Librăriile Ralu, Librăria Eminescu, Elefant, Emag și multe altele, la fel de sufletiste.

Vă mulţumesc vouă, tuturor cititorilor mei dragi! Pentru mine nu sunteți doar simpli cititori. Vă consider prieteni demni de încrederea, respectul și prețuirea mea!

Vă mulţumesc tuturor că faceţi parte din lumea mea frumoasă!

Succesul meu este, de fapt, iubirea voastră.

Vă îmbrăţişez cu mult drag!

Irina Binder

CUVÂNTUL EDITORULUI

Editura For You și-a propus să le aducă cititorilor din România cele mai noi și mai profunde cărţi de spiritualitate și dezvoltare personală, răspunzând tendinţei tot mai puternice de a ne îndrepta către Lumină și Iubire – aspecte esenţiale ale mileniului III.

Nu este întâmplător, Irina, că Dumnezeu ne-a intersectat drumurile. Simt că realizăm o lucrare frumoasă împreună, pentru că aceste cărţi au ajuns atât de repede în inima oamenilor – este meritul tău și al harului tău, precum și al misiunii Editurii For You, care a intrat în sufletul oamenilor datorită doamnei Monica Vișan. Domnia sa a avut flerul de a descoperi noi talente în meșteșugul scrisului și a știut să le insufle cititorilor dorinţa de a-și regăsi liniștea sufletească și fericirea. Am fost eu însămi alături de doamna Vișan în toată această perioadă și am sprijinit cu bucurie evoluția atâtor proiecte frumoase și apariția atâtor cărți minunate.

Cititorii au jucat un rol crucial în această ecuaţie: au fost fascinaţi de toate subiectele publicate de editură și au participat constant la creșterea activităţii noastre. Ne-am bucurat să menținem această flacără aprinsă în sufletul și în mintea lor. Îţi mulţumim, dragă Irina, pentru că mesajul de iubire al Editurii For You circulă mai departe și ajunge la ei și prin cărţile tale! Ele trezesc conștiinţe și unesc oameni, astfel încât *Fluturi* a devenit un fenomen fără precedent pentru piaţa editorială din România: ai reușit să-i faci pe cititori să trăiască povestea, să se identifice cu personajul și să simtă că sunt emoţie mai întâi de toate. Ne înclinăm cu admirație în fața ta!

În numele meu, al doamnei Vișan și al colegilor din Editura For You, îţi mulţumesc și îţi doresc succes mai departe!

Dragi cititori, cu speranţa că iubirea noastră vă va atinge pe toți, vă așteptăm cu aceeași dragoste să ne citiți cărțile.

Camelia, Monica & Echipa Editurii For You

CUPRINS

CĂRȚI ÎN PREGĂTIRE

Neale Donald Walsch	*Ce a spus Dumnezeu* *Conversații cu Dumnezeu pentru părinți și adolescenți*
Deepak Chopra	*Rețeta fericirii supreme* *De ce râde Dumnezeu?*
Marianne Williamson	*Lacrimi și triumf*
Eldon Taylor	*Autohipnoză și tehnici subliminale*
Seka Nikolic	*Știi mai multe decât crezi*
Sandra Anne Taylor	*Secretele Legii Atracției*
Jamie Turndorf	*Iubirea nu moare niciodată*
Cherry Gilchrist	*Iubirea începe la 40 de ani*
Ermes Ronchi	*Sărutările pe care nu le-am dat*
David Phillips	*Cum să devii expert în numerologie*
Alan Cohen	Cursul în Miracole *pe înțelesul tuturor*
Denise Linn	*Vieți în trecut, miracole în prezent*
Michael Tamura	*Tu ești răspunsul*
John F. Demartini	*Inima iubirii*
Guy Finley	*Secretul sinelui tău nemuritor*
Linda Backman	*Sufletul care evoluează*
Jim Dincalci	*Cum să ierți atunci când nu poți*
Angelique du Toit	*Cum să reziști într-o lume în derivă*
Nadine Voindrouh Apostolescu	*Îndeplinește-ți visul!*
Cristina Podoreanu	*Lup nebun*
Loretta Popa	*Scrisori pentru Ema*
Valeriu Pănoiu	*Numerologie și Destin*

EDITURA FOR YOU

Str. Hagi Ghiţă, nr. 58, sector 1, Bucureşti
Tel./fax.: 021/665.62.23
Mobil: 0724.212.695; 0724.212.691
E-mail: foryou@editura-foryou.ro
comenzi@editura-foryou.ro
Website: www.editura-foryou.ro
Facebook: Editura-For-You
Instagram: @edituraforyou
Twitter: @EdituraForYou